KB156749

내 고향 서울엔

내 고향 서울엔

82년생 서울내기가 낭만하는
기억과 장소들

황진태 지음
2020년 4월 20일 초판 1쇄 발행

펴낸이 한철희
펴낸곳 돌베개
등록 1979년 8월 25일 제406-2003-000018호
주소 (10881) 경기도 파주시 회동길 77-20 (문발동)
전화 (031) 955-5020 | 팩스 (031) 955-5050
홈페이지 www.dolbegae.co.kr | 전자우편 book@dolbegae.co.kr
블로그 imdol79.blog.me | 트위터 @Dolbegae79

주간 김수한
편집 김진구·오효순
본문 일러스트 이윤희
표지디자인 박연미
본문디자인 박연미·이미연
마케팅 심찬식·고운성·한광재
제작·관리 윤국중·이수민·한누리
인쇄·제본 상지사 P&B

ISBN 978-89-7199-466-5 03800

이 도서의 국립중앙도서관 출판시도서목록(CIP)은
서지정보유통지원시스템홈페이지(http://seoji.nl.go.kr)와
국가자료공동목록시스템(http://www.nl.go.kr/kolisnet)에서
이용하실 수 있습니다. (CIP제어번호: CIP2020014039)

책값은 뒤표지에 있습니다.

내 고향 서울엔

82년생   서울내기가   기억과
낭만하는   장소들

황진태 지음

돌베개

차례

프롤로그   9

1장   서울을 서울이라 부르지 못하는—우리 동네   17

  1   반달 모양 월계동   19

  2   학원별곡 1   30

  3   학원별곡 2   35

  4   우리 동네 '아파트 공화국'의 기원 1   40

  5   우리 동네 '아파트 공화국'의 기원 2   52

  6   편의점—당신의 꿈과 방황을 궁금하게 만든   59

  7   장위동이지만 장위동이 아닌 장위동   70

  8   우리 동네 김정일 위원장   79

2장   당신이 누구든 무지개 아래서 당신의 낙원을
       발견하기를—종로 일대   85

  1   아상블라주 종로   87

  2   다시 세울 세운상가   103

  3   언더 더 레인보우, 낙원상가   113

4 익선동 그리고 기타 동동 120

5 순라길, 너만 봄! 129

6 북촌 방향 137

7 남산 위에 저 서울타워 148

8 옥스브리지 대학로 160

9 동대문시장, 동대문운동장 그리고 Hurry Go Round! 169

3장 수요일의 신촌은 너라는 영주가 부재해도
너의 영토—신촌·홍대 181

1 밀푀유 신촌 183

2 신촌역과 신촌역 사이 185

3 1987년, 1996년, 2008년 그리고 오늘의 연세대 191

4 이화여대 앞엔 개복치도 있고…… 201

5 홍대 없는 홍대 거리 1 210

6 홍대 없는 홍대 거리 2 219

7 신촌역 7번 출구를 평계로 228

4장 한 번도 제철을 만끽하지 못하고 시들어간
연인의 젊은 얼굴―영등포구로구   237

1 예외공간, '영등포구로구'   239

2 구로공단과 구로디지털단지 사이   243

3 대림동의 숨겨진 지명들―바드고데스베르크, 바이로이트,
아디스아바바   251

4 노량진은 황달색   261

5 여의치 않은 여의도   273

5장 강남은 대한민국이 꾸는 꿈―강남   283

1 강북의 거울, 강남   285

2 88강남올림픽   294

3 비강남인을 위한 연극무대, 강남 고속버스터미널   304

4 한 장의 사진 속을 다녀오다   309

5 시네마오즈   321

6 이디야의 배신과 강남 따라 하지 않기   328

에필로그   334

일러두기   외래어는 국립국어원의 표기 규범을 대체로 따라 썼지만, 규범 표기가
           오히려 뉘앙스를 잘 살리지 못하거나 관례적으로 쓰이고 있는 표기가
           있을 때는 따르지 않은 경우도 있다.
           (예: 코스모폴리타니즘, 레오나르도 디카프리오)

쌓여도 난 그대로 둘 거예요

이 책에서 나는 하나의 정답을 찾듯 서울에 관한 기존의 뻔한 서사를 따르지 않는다. 이 책은 내가 오롯이 걷고, 뛰고, 넘어지고, 생각하고, 기억하고, 응시하고, 멍 때리고, 가끔 술 취해 멍멍거리고, 펑펑 울고, 팡팡 웃고, 전전긍긍하고, 쿵쿵거린 나의 감각들로 채워진 뻔뻔한 오답투성이의 서울을 비추고 있다.

가수 검정치마의 〈내 고향 서울엔〉(2016)이란 곡이 없었다면 이 책은 결코 세상에 나올 수 없었을 것이다. 이 곡을 만든 검정치마 조휴일은 나와 동갑인 1982년생이다. 그는 이 곡에서 "발 디딜 틈 없는 명동 거리", "그대 살던 홍대 이층집 뜰", "우리 할아버지 산소 위로" 내리는 눈으로 상징되는 어린 시절의 서울 곳곳에 쌓인 장소에 관한 기억들을 도시의 흐름과 이동을 방해하는 눈으로 간주하고 서둘러 치우기보다는 "쌓여도 난 그대로 둘 거예요"라면서 서울을 '고향'으로 당당하게 선언한다. 이 곡의 뮤직비디오는 오래전에 VHS테이프로 녹화한 영상을 재생하듯 저화질의 화면에 한강유람선, 명동 거리, 롯데월드, 63빌딩, 서울올림픽 경기장을 두루 보여줌으로써, 이들 도시 공간이 대한민국의 발전과 성장의 공간으로만 수렴되지 않는 개인적 기억의 장소, 즉 고향이 될 수 있음을 내비친다.

그동안 한국 사회에서 고향은 서울보다는 지방이나 시골과 더 친밀한 용어였다. 한국의 근대화 시기였던 1960~1970년대에 절정에 달했던 이촌향도離村向都는 지방/시골은 고향이고, 서울은 타향임을 잘 드러낸다. 그렇게 농촌을 떠나 도시로 간 결과 서울은 '한강의 기적'이란 이름으로 '조국 근대화'가 실현된 자랑스러운 민족과 국가의 공간으로 간주되었다. 서울에서 '고향' 같은 개인의 기억들이 들어설 여지는 없었다. 하지만 이러한 인식이 다음 세대에서도 견고한 것은 아니다. 아무리 견고해 보이는 것들도 새로운 시선, 감성, 감각을 통해 녹아버릴 수 있기 때문이다.

나는 아직 서울의 대표 경관인 남산서울타워 꼭대기와 63빌딩에 가보지 않았고, 한강유람선도 타지 않은 서울 시민이다. 이런 '가짜' 서울 시민이 비단 나 혼자만은 아닐 것이다. 그리고 국가 만들기에 동원된 정치적 상징성과 발전의 서사가 응축된 대표 경관들이 마치 서울의 전부인 것처럼 보편화되면서 서울 시민들이 공유하고 기억하는 장소들의 조용한 숨결을 막아왔던 것은 아닐까 하는 의구심이 들었다. "함께한 시간도 장소도 마음도 기억나지 않"아서 "보편적인 날들이", "보편적인 일들이"(브로콜리너마저 1집(2008), 〈보편적인 노래〉중) 되어버린 상황은 실은 전혀 보편적이지 않음을 가리킨다.

이 책에서 다루는 장소들은 나의 고향인 서울시 노원구 월계동이라는 지극히 개인적인 장소에서 출발하지만, 1980년대 서울에서 태어나 1990년대와 2000년대 서울에 살았던 동시대 사람들 사이에 형성된 세대적 보편성과도 연결된다. 지리학자로서 나는 서울의 공간을 분석해왔지만, 이론을 사용해야 하는 학문의 언어가 우리 세대가 경험한 서울 곳곳의 수많은 기억들을 담아내기에 편리한 바구니가 되지는 못했다. 다행히도 이런 고민을 나 혼자만 했던 것은 아니었다. 검정치마가 〈내 고향 서울엔〉의 가사를 짓고, '9와숫자들'이 만든 〈그대만 보였네〉(2012)의 뮤직비디오(2017)에 우리 동네의 오래된 미성아파트가 나온 것은 1980년대 초반 서울에서 태어나 성장한 친구들 사이에 공통적으로 경험하고, 기억하고, 느끼는 무언가가 있기 때문일 것이다. 그러니까 여기서 내가 사는 월계동의 이음동의어는 당신의 목동, 상암동, 신림동, 홍제동, 계동, 방배동…… 우리가 사는 '고향', 바로 서울이다.

전략적 낭만주의

혹자는 골목 풍경을 서울의 대표적 경관의 하나로서 시민권을 부여한 드라마 《응답하라 1988》을 두고서 '가난의 낭만화'라고 한 평론가들의 지적을 떠올리면서, 이 책이 서울을 '고향'으로 바라보고 기억하는 것도 낭만주의라고 치부할 수 있다. 한국 사회가 느끼는 이러한 낭만주의에 대한 거부감의 근원에는 박정희가 있다. 한국의 '앙시앙 레짐'ancien régime(구체제)은 박정희 정권의 근대화-산업화-도시화의 과실만을 부각하면서 1960~1970년대를 미화하고, 민주주의의 후퇴에 대해서는 침묵함으로써 '정치적 낭만주의'를 확산시켰다. 이에 대한 반감이 한국인들의 인식에 깊숙이 자리 잡고 있는 것이다. 이러한 반감이 좀 더 증폭된다면, 내가 말하는 '고향'이라는 기표는 나치에 부역한 철학자 마르틴 하이데거Martin Heidegger가 집착한 민족의 영토로서의 '고향'Heimat이라는 정치적 반동의 공간적 심상心想으로 연결될 수 있다. 그렇다면 고향 개념을 폐기해야 할지도 모른다.

이 책은 이러한 정치적 질문에 대한 만족스러운 답을 담고 있지는 않다. 독자들은 숨은그림찾기처럼 어떤 글에서는 필자의 지극히 개인적인 기억에 대한 낭만화를 읽을 수 있고, 다른 글에서는 은근하게 혹은 노골적으로 드러나는 정치적 메시지를 찾을 수 있을 것이다. 혹은 동일한 글에 대해서 한 사람은 낭만화된 기억을, 다른 사람은 정치적 맥락을 읽을 수도 있다. 언급될 장소에 대한 상세한 정보와 맥락을 전부 담을 수 없는, 짧은 호흡으로 쓰인 에세이의 묘미 중 하나는 이처럼 독자가 저자의 텍스트를 다양하게 해석할 수 있다는 것이다. 다만 다음의 제안 정도는 해볼 수 있지 않을까 한다. 필자는 독재정권 경험으로 인해 낭만주의를 곧 정치적 낭만주의와 동일시하는 역사적 관성에서 비켜나 '전략적 낭만주의'를 제안하고자 한다. 전략적 낭만주의란 이성의 육지로

부터 점프하여 낭만의 바다에 풍덩 빠지는 게 아니라, 이성과 더불어 낭만을 적절하게 활용하는 것을 말한다. 18세기 유럽에서 이성을 유일한 인식론으로 간주하는 고전주의가 팽배하자 이에 대한 반발로 낭만주의가 출현했듯이, 그간 '발전', '근대', '이성'의 레토릭과 그 의미 속에 갇혀 있으면서 대수롭지 않게 여긴 우리의 '기억', '감성', '상상력'을 해방시키자는 것이다. 차가운 이성과 뜨거운 감성이냐, 뜨거운 이성과 차가운 감성이냐는 중요하지 않다. 이성을 상징하는 머리만 너무 커버리고 다른 감각은 퇴화하고만 우리의 신체는 이성과 감성이 적절하게 배합되어 작동할 수 있어야 한다. 그래야 비로소 누군가가 먼저 해석한 세상을 그저 읊는 게 아니라, 스스로 세상을 인식하고 나아가 세상을 바꿀 대안적 실천을 상상할 수 있다.

서울의 감각

1974년생 93학번 김동률이 작사·작곡한 전람회 3집(1997)에 수록된 〈졸업〉에서 "세월이 지나면 혹 우리 추억 잊혀질까 봐" 친구들 간에 "근심스런 얼굴" 표정을 지을 수 있었던 것은 1990년대 초·중반, 정치적 민주화와 경제적 호황이 맞물리면서 졸업 이후 맞이하게 될 사회에서 정치경제적 불안감을 더는 느끼지 않아도 되었기 때문이다. 하지만 1982년생 01학번 윤덕원이 작사·작곡한 브로콜리너마저 2집(2010)에 수록된 〈졸업〉은 헤어지는 친구들에 대한 애틋함을 한가롭게 논할 여유가 없다. 졸업생들은 사회적 양극화와 만성적 청년실업을 야기한 경제 불황, 불공정한 특권 구조가 반죽된 "이 미친 세상" 속에 내던져지기를 기다리고 있기 때문이다. 즉 "희망도 찾지 못해 방황하던 청년들"은 "팔려가는 서로를 바라보며 서글픈 작별의 인사들을 나"눌 수밖에 없다. 암울한 졸업 풍경이다.

앞선 세대로부터 '88만원 세대', 'N포 세대', '밀레니얼 세대' 같은 다양한 명칭으로 호명되고 개념화된 지금의 청년들에게 이 사회 어른들은 사회 부조리와 시스템을 바꾸려면 변혁이념이나 정치사회이론을 섭취해야 한다며 진심 어린 조언을 하기도 한다. 하지만 그러한 추상적인 개념들은 무중력 진공상태에서 존재할 수 있는 것이 아니라 자신이 딛고 서 있는 일상생활 속 공간과 장소에 대한 감각, 인식과 결합되어야 비로소 변혁의 씨앗이 될 수 있다.

이 책을 쓰는 목적 중 하나는 1980년대와 1990년대 그리고 그 이후에 태어난 세대들이 서울에서 어떻게 살아왔는지를 기억하는 행위에 낭만주의적이라는 혐의가 붙을지언정 스스로 기억들을 나열해보고, '이 미친 세상'에서 파편화된 세대 안의 기억들을 공유할 수 있는 마중물을 마련하고 싶다는 것이었다. 기억의 공론장을 가져본 경험이 부재한 상황에서 이러한 기억의 공유를 선제적으로 정치적 낭만주의로 치부하는 것은 공정하지 못하다. 잊었던 혹은 외면했던, 우리 세대가 경험한 서울의 장소들을 기억의 공론장으로 끄집어냄으로써 개별화된 개인의 기억들 사이에 공동의 기억이 만들어지지 않을까? 더 나아가 서울을 국가와 민족의 상징 공간으로 묘사하는 지배적 서사에 대한 대항서사를 만들 수 있는 전략적 낭만주의도 가능하지 않을까?

이 책에서 강조하는 우리 세대 안의 고민은 세대 간 대립을 전제하지는 않는다. 초고를 읽은 출판사 편집자 한 분은 내 글에서 듀오 '어떤날'(조동익·이병우)의 정서가 느껴진다고도 말했다(그들의 음악과 정서가 궁금하면, '어떤날'의 〈그런 날에는〉(1989) 그리고 유희열이 "'어떤날'을 좋아해"라고 대놓고 고백한 '토이'의 〈우리〉(2014)를 들어보기를 추천한다). '1987년, 1996년, 2008년 그리고 오늘의 연세대'를 미리 읽은 연세대 사회학과 김왕배 선생님은 자신이 학부생이었던 '1977년의 연세대'가 떠올랐다고 하면서, 자신의 도시사회학 강의를 수강하는 학생들이 이 책을 읽어 그들도 '1987년, 1996년, 2008년의 연세대'를 알았으면 좋겠다고 말했다.

나보다 먼저 태어난 세대뿐만 아니라 2000년대 이후 출생한 세대에서도 공통의 교감 지점을 확인할 수 있으리라 생각한다. 내가 성장한 비非아파트 주택들이 모여 있던 동네에 대한 장소애착을 보여준 1장을 읽은 친구들은 자신은 최신 아파트에서 성장했지만 아파트를 따스한 공간으로 기억하고 있다고 말했다.

어떤 세대에게는 '토이'가, 어떤 세대에게는 '브로콜리너마저'가, 어떤 세대에게는 '볼빨간사춘기'가 '어떤날'과 같은 존재이고, 그렇게 기억되고 있다는 점에서 세대 간 대화와 연대가 가능한 지점들은 얼마든지 찾을 수 있다. 사실 나는 세대론으로 환원되지 않는 경제적·정치적·사회적·문화적·젠더적 정체성들의 교차성 intersectionality이 우리 세대 안에 존재하고 있음을 보여주고자 했다. 이 책에서는 이러한 다양성과 복잡성을 깔끔하게 해석하기보다는 나열하는 데 의의를 두려 한다.

풀리지 않는 질문들을 툭툭 던지는 불친절한 저자로서 독자들에게 미안한 감이 없지 않지만, 독자들 자신의 감각과 인식을 가지고 나름대로 '서울의 감각'을 경험하고, 해석하고, 실천하는 데 이 책이 유용한 오답노트가 되었으면 좋겠다.

1장

서울을 서울이라
부르지 못하는

—

우리 동네

1
반달 모양 월계동

가짜 서울 vs 진짜 서울

경상남도 진주에서 상경한 부모님은 1982년 5월 15일 아침 6시 23분, 《응답하라 1988》의 배경인 서울 도봉구 쌍문동의 한 개인병원에서 나를 낳으셨다(2년 후에는 남동생 진성이가 태어났다). 이후 나는 줄곧 노원구 월계동에서 30여 년을 살고 있다. 월계동은 한자로 달 '월'月과 시내 '계'溪를 쓰는데, 우이천과 중랑천 사이에 위치한 동네의 모습이 높은 데서 바라보면 마치 반달을 닮아서 붙여진 이름이다. 음, 예쁜 이름이다. 그뿐이라 생각했다.

동네 전철역 이름이 한성의 바깥 북쪽을 의미하는 성북城北역 (2013년 2월 광운대역으로 변경)이었다는 사실에서 알 수 있듯이 서울 중심부에 위치한 종로처럼 보존할 만한 역사적 경관이 있지도 않고, 강남처럼 1960~1980년대 압축적 도시화를 거치면서 청담동, 테헤란로, 코엑스 등으로 대표되는 세련된 도시 경관을 갖고 있지도 않다. 말 그대로 행정구역만 서울에 속한 평범한 동네로만 생각했지 그 이상으로 깊이 생각해보진 못했다.

혹여 우리 동네를 잘 알지도 못하면서 섣불리 평범하다고 단정지은 것은 아닐까 싶어 내가 태어났던 해의 월계동 관련 신문 기사를 검색해보니, 주택 건설 관련 기사들이 쏟아졌다. 그중 한 기사를 읽어보면 다음과 같다. "월계동은 성북 전철역을 중심으로 건평 20~30평대의 연립주택이 최근 3~4년 사이에 대거 들어섰다. 전철로 시청 앞 도심까지의 통근 시간이 20분 정도로 맞벌이부부들이 많이 살고 있다."(「집 사려면 가장 안 팔릴 때를 노려라」, 『경향신문』, 1982년 12월 16일자) 당시 월계동을 포함한 강북 지역은 도심과 가까워서 출퇴근이 용이하고 집값도 싸서 신혼부부나 맞벌이부부들이 많이 사는 베드타운의 기능을 했다. 흐흠, '잠만 자는 마을'이니 '평범하다'가 적절한 표현인 듯하다.

어릴 적 TV드라마 속 배경은 강북의 종로나 명동 아니면 강남의 강남역 사거리, 압구정 로데오거리였고, 서울의 발전을 상징하는 경관으로 63빌딩, 남산타워, 한강유람선이 간간이 등장했다. 내 고향은 엄연히 서울이지만, TV에 나오는 서울을 '진짜 서울'이라고 생각했다. 정작 내가 사는 월계동에 있는 성북역(광운대역)과 석계역, '베비라산'(유아복 브랜드 광고판이 산 정상에 설치되어 있어 붙여진 이름)으로 불렀던 동네 뒷산, 우이천, 으뜸유치원, 선곡국민학교, 광운중학교, 광운대학교, 제1~4놀이터, 장계시장, 동신아파트, 미성아파트, 재미보는슈퍼 같은 내 일상 속 장소들은 굳이 서울이란 레테르를 필요로 하지 않았다. 1982년의 신문 기사들과 유사하게 지금도 우리 동네를 바라보는 사람들의 인식은 크게 달라지지 않은 것 같다. 예컨대 양천구 목동에서 성장한 93년생 친구가 우리 집에서 가까운 역이 어딘지 묻자 나는 광운대역이라 답했는데, "해운대 친구 같다"는 엉뚱귀여운 반응이 돌아왔다. 같은 서울이지만 그 친구에게는 목동에서 18킬로미터 떨어진 우리 동네가 직선거리로 350킬로미터 떨어진 부산만큼이나 낯설었던 것이다.

　일상적으로 접하는 TV드라마 같은 미디어의 영향이든, 월계동 거주민들이 형성해온 집단적 사고방식에서 기인한 것이든, '서울 같지 않은 서울'(강북) vs '진짜 서울'(강북 도심인 광화문, 종로 등과 강남)이라는 이분화된 공간 인식에 따라 내가 사는 동네는 미디어에서 재현될 가치가 없고, 서울의 공식적인 역사의 일부가 될 수 없으며, 서울 시민들에게 기억될 만한 공간이 아니라고 은연중에 생각하고 있었다. 공간과 장소를 연구하는 지리학자로서 나를 둘러싼 생활세계보다는 서울 도심에서 발생한 정치사회적 갈등(예컨대 청계천 복원사업이나 광화문 촛불집회)에 주목했던 것도 이러한 이분법으로부터 자유롭지 않았음을 보여준다.

　2014년 가을에 나온 서태지의 노래 〈소격동〉은 종로구 소격동을 배경으로 옛사랑에 대한 애틋한 추억을 담았다. 그로부터 1년 후인 2015년 가을에 방영된 《응답하라 1988》(이하 《응팔》)의 배경은 1980년대 후반 우리 동네에서 멀지 않은 도봉구 쌍문동이다. 비슷한 시기에 대중이 접했던 이 노래와 드라마의 공통된 코드는 1970년대 후반에서 1980년대라는 그리 머지않은 과거를 추억하기다. 이처럼 가까운 과거에 대한 '추억팔이'는 2010년경에도 이미 있었다는 점에서 그리 새로운 것은 아니다. 하지만 지리학자의 관점에서 〈소격동〉과 《응팔》이 갖는 차별성은 그동안 대중매체에서 전면적으로 드러나지 않았던, 동네를 의미하는 공간적 단위인 동洞, 그것도 드라마에서 부잣집의 상징이던 평창동이나 청담동이 아닌, 대중에게 잘 알려져 있진 않지만 그들의 일상 세계와 밀접한 평범한 '기타 동동'이 호명되었다는 점이다.

이러한 동의 부각은 내가 성장했던 동네가 엄연히 서울인데도 불구하고 서울이라 부르지 못하던 인식의 견고함에 균열을 내기 시작했다. 《응팔》에서 재현된 1980년대 강북의 골목 풍경이 대중이 기억할 만한 서울의 옛 경관으로 받아들여진 것처럼, 내가 살았던 1980~1990년대 '서울 같지 않은 서울'의 장소성들도 당당히 서울의 일부로서 기억할 수 있지 않을까?

응답하라, 우리의 80년대·90년대

옛날 사진을 뒤져보니 유치원 입학 전부터 고등학교를 졸업할 때까지 20여 년 동안 살았던 우리 집과 동네의 모습이 일부 담겨 있다. 우리 동네는 2층 규모의 다세대주택 열 채 정도가 U자 모양으로 둘러싸인 형태였다. 주택마다 마당이 있었고, 마당에는 장독대가 있고 꽃과 채소를 키울 수 있는 조그만 화단이 있었다. 어떤 마당은 유난히 넓었고, 어떤 마당에는 꽃사과나무 한 그루가 심어져 있어 여름이면 동네 사람들이 종종 그 밑에서 더위를 피했다.

　우리 집은 2층 다세대주택의 1층에 자리 잡았고, 방 세 개(나와 동생은 아직 어려서 같은 방을 쓰고, 방 하나는 광운대에 다니는 대학생 형에게 세를 주었다), 부엌 하나, 거실 하나, 화장실 하나, 다락방 하나 그리고 지하실이 하나 있었다. 장독대로 올라가는 계단 옆에는 연탄을 채워놓는 작은 창고도 있었다. 대문 옆 벽에는 《응팔》에서도 재현된 콘크리트로 만든 쓰레기통이 있었고, 잭슨 폴록의 액션페인팅을 연상시키는 벽의 낙서는 내 작품이었다. 2층에는 동갑내기 친구네가 살았는데, 재건축한 후에도 같은 건물에 살면서 여전히 인연을 이어가고 있다(이 글을 쓰기 며칠 전 그 친구가 결혼했다. 축하해!). 《응팔》의 홍보 포스터로 사용됐을 법한 구도의 24쪽 하단 사진(왼쪽부터 결혼한 친구, 나, 내 동생)은 친구의 2층 집 안방에서 찍은 건데, 당시 집집마다 있었던 자개 화장대와 어항, 전축이 일렬로 배치되어 있다.

　작은 마당을 지나 대문 밖을 나오면 동네 친구들과 함께 놀던 더 큰 마당이 있다. 지금은 초등학교라고 불리지만 내가 졸업한 1996년 이전까지 나는 '국민학교'를 다녔다. 학교에서 돌아오면 친구들과 낮에는 동네 마당에서 얼음땡, 고무줄놀이, 무궁화꽃이피었습니다를 하며 놀았다. 겨울엔 눈싸움을 했고, TV만화 때문에 유행한 피구(《피구왕 통키》, 1993), 미니카(《달려라 부메랑》, 1994), 축구(《축구왕 슛돌이》, 1993)에 빠지기도 했다. 우리는 자신이 만화를 찢고 나온 줄 착각하고 손으로는 불꽃슛을, 발로는 독수리슛을

우리 집 대문 앞에서 이웃 친구가 세발자전거를 탄 나를
밀고 있다. 1985년.
—
우리 가족은 2층 다세대주택 1층에 살았다. 어느
날인가 2층 친구 집 안방에서 친구, 나, 내 동생(왼쪽부터
차례대로)이 나란히 앉아 포즈를 취했다. 왼편 자개 화장대
거울에 비친 분은 2층 친구의 어머니다.

연마했다.

가로등에 불이 들어오기 시작하면 엄마들은 저녁을 먹으라며 친구들의 이름을 불렀고, 아이들로 시끌벅적했던 동네는 이내 조용해졌다. 저녁을 먹고 난 후에도 아직 체력이 남은 친구들은 '껌껌이'(야간 술래잡기)를 했다. 그렇게 하루 종일 놀고 체력이 방전돼서야 잠자리에 들었다. 집에서 400미터가량 떨어진 성북역에서 야간 화물열차가 철로 이음매와 마찰하며 내는 덜커덩덜커덩거리는 소리가 대기와 땅으로 전달되는 것을 들으며 잠들었다. 그러나 동네에 5층이 넘는 건물들이 들어서면서 기차와 철로가 불러주던 자장가는 더 이상 들리지 않게 되었다.

동네 마당은 현대차 포니2와 화물차 한 대 정도가 세워져 있는 정도였지만 1990년대 '마이카 시대'를 맞아 집집마다 프레스토, 스텔라(우리 아빠 차), 엑셀, 소나타, 엘란트라 등등의 자동차를 소유하게 되면서 밤에는 주차장이 되었고, 낮에 몇 대만 세워져 있어도 예전처럼 노는 게 부담스러운 공간이 되었다. 여기에 더해 우리의 몸과 키가 성장하면서 동네 마당은 우리 집 마당처럼 작아졌다. 우리는 좀 더 넓은 공간을 찾기 시작했다.

우선, 축구 골대와 농구 골대가 있던 광운대학교와 광운공고의 운동장은 구기운동으로 특화되었다. 여름에는 선곡국민학교 앞 우이천에서 피라미를 잡거나(물론 먹지는 않았다) 물장구를 쳤다. "오늘은 제2놀이터다!" 외치면서 자전거를 타고 떼거리로 이동하곤 했다(구청은 동네에 흩어져 있는 놀이터에 '제1놀이터'부터 '제4놀이터'에 이르기까지 각각 이름을 붙였다). 폭주족도 아닌 우리가 떼로

자전거를 타고 이동했던 것은 토요일이면 친구들과 월계비디오나 태양비디오에서 빌려 함께 보았던 비디오테이프 《후뢰시맨》, 《바이오맨》, 《마스크맨》 시리즈에서 빨강, 파랑, 노랑, 보라, 분홍 등 단색 쫄쫄이 옷을 입은 채 오토바이를 타고 대오를 갖추어 괴수에 맞서는 지구방위대원들의 모습에서 받은 영향이었을 것이다. 친구들 간 협동의 미덕은 '바른생활' 교과서가 아닌 후뢰시맨들이 모두 모여야만 발사 가능한 합체무기 '롤링발칸'을 통해서 배웠다.

최루탄이 굴러와도, 롤링발칸이다!

동네 마당에 자동차가 늘어나고 우리의 몸집도 커지면서 '놀이터로서 우리의 영토'를 월계동 전체로 확장하고, 우리 영토의 배타성을 대외적으로 표출하곤 했다. 가령 광운대 근처 빌라와 빌라 사이의 30센티미터가 채 안 되는 틈새에 대학생 남녀 커플이 있다는 첩보를 듣고 우리 동네 방위대가 물총을 들고 출동했다. 현장에 도착해 보니, 거기에 어떻게 들어갔나, 아니 끼었나 싶었다. 마치 마르셀 에메의 『벽으로 드나드는 남자』(문학동네, 2002)의 마지막 장면처럼 사랑의 장소를 찾아 벽으로 드나들던 커플이 영영 벽에 끼이게 된 광경 같았다.

우리는 그들에게 "얼레리꼴레리"라고 하며 놀리는 심리적 공격과 물총을 이용한 물리적 공격을 병행했다. 우리의 짓궂은 공격에도 그 커플은 화를 내지 않았는데, 아마도 다른 사람은 보이지 않을 정도로 둘이 서로 너무 좋아서였겠지만, 만약 나라면 화가 났을 거란 생각에 뒤늦게 미안한 마음이 들었다(그 커플의 인연이 어떻게, 얼마나 이어졌을지 모르겠지만, 어디선가 살고 있을 두 분의 행복을 빈다).

　어마무시한 세를 과시하던 우리 동네 방위대의 배타적 영토성이 처절하게 무화無化될 때도 있었다. 1987년 민주항쟁에도 불구하고 역사의 비극이자 희극인 것처럼 '보통 사람'임을 자임하던 노태우 정권이 들어서며 한국 사회는 여전히 민주화운동을 필요로 했고, 전국의 대학생들은 경찰과 빈번히 대립했다. 광운대학교도 마찬가지였다. 광운대 정문 앞 도로를 점거한 광운대생들이 오와 열을 맞추어 앉아 있는 모습을 일상적으로 스쳐 지나갔다. 시위대 맨 앞에는 마스크를 쓴 형들을 중심으로 행동대원이 있다면, 뒤편에는 누나들이 앉아서 비장한 분위기의 노래를 불렀다. 대오의 맨 끝에는 화염병을 담은 콜라병 상자들이 놓여 있었다. 당시 구멍가게에 빈병을 팔아 푼돈을 받는 것은 넝마주이만의 특권이 아니었다. 나와 동네 아이들도 종종 하곤 했다. 이러한 검약 정신에 근거해, 나는 화염병이 어떻게 만들어지고 얼마나 위험한지보다는 저 많은 화염병이 적재된 콜라병 상자를 구멍가게에 팔면 돈을 얼마나 받을 수 있을지가 더 궁금했다. 혹여 씩씩 소리를 내며 터진 회색 플라스틱 최루탄이 앞에 또르르 굴러오면 도로 쪽으로 차버리고 가던 길을 가는 게 익숙한 아이였다.

　대학생 시위대와 진압 경찰들이 충돌하면서 최루탄이 터지면 스컹크가 방귀 뀐 것처럼 최루탄 냄새가 월계동을 뒤덮었다. 그런 날은 동네 마당이든 광운대 운동장이든 밖에서 놀기를 포기해야 했다. 하굣길에 광운대 정문 앞이자 선곡국민학교 후문 앞이기도 한 도로에 최루탄이 터지고 뿌연 아수라장이 되면 "앗! 5분만 빨리 나올걸!" 구시렁거리곤 했다. 그날은 국민학교 후문에서 집까지 5분도 채 안 걸리는 하굣길이 30분은 족히 더 걸렸다. 삼창, 동신아파트를 지나 성북역을 뼁 돌아서 가야 했기 때문이다.

지금까지 반달 모양인 우리 동네를 정신없이 소개했다. 아직 우리 동네 월계동, 노원구, 종로, 신촌, 강남……, 내 고향 서울에 대해 할 이야기가 반달이 보름달이 될 만큼 많이 남아 있다.

2
학원별곡 1

그냥 가기 싫던 학원

인터넷에서 '강북의 대치동'을 검색하면 중계동 은행사거리가
가장 많이 나온다. 내 중고등학교 시절에도 은행사거리에 학원이
있었지만, 월계동처럼 강북에서도 사교육 시장의 주변부에 사는
학생들까지 수강생으로 받을 수 있는 '허브'hub는 노원역 인근에
형성된 학원가였다.

요즘 학생들에게는 학원이 단지 공부하는 장소가 아니라 또
래친구들을 만나는 교류의 공간이라는 점에서, 학원의 역할은 더
욱 다양해졌다고 볼 수 있을 것이다. 그만큼 일상에서 차지하는
비중도 더 커졌다. 그렇다고 예전에는 학원이 중요하지 않았다는
말은 아니다. 교실에서 친구들이 각자 다니는 학원을 중심으로 강

북 학원들에 대한 품평회를 여는 것을 어쩌다 엿들으면서 '그 세계'의 존재를 인지하고는 있었다. 우리 세대에서도 학원은 한 번은 다룰 만한 '공간'이다.

한 가지 마음에 걸리는 것은 학원에 거의 가지 않았던 나의 선택과 경험이 같은 세대의 다른 독자들한테는 오히려 이질적이고, 예외적이고, 공감을 얻지 못할 수 있다는 점이다. 이런 찝찝함은 동시에 다음과 같은 질문들을 떠올리게 한다. 그때 그 시절, 한 반에서 학원에 다니는 친구들이 절반은 되었을까? 나의 경험이 이질적이고 예외적일까 봐 눈치를 보는 것은 이 책의 독자를 '학원에 다녔던 친구들'로 한정 짓는 것은 아닐까? 그럼에도 학원과의 드문드문한 인연은 적어도 교실의 절반을 차지했던 '학원을 거의 다니지 않은 친구들'의 경험과 공유될 수 있다는 점에서, 약간의 정당성을 확보할 수 있지 않을까?

국민학교에 다닐 때 동네의 솔로몬속셈학원을 잠깐 다녔는데, 학교 친구에 만족했는지 학원 친구는 제대로 사귀지 않았고, 학원에 대한 기억도 없다. 다만 우리 집의 최초이자 마지막 '비非인간' 가족 구성원이었던 반려견 '졸랑이'를 아버지가 친구분에게 넘긴 것에 대한 항의의 표시로 학원을 하루 빠진 게 학원에 관한 유일한 기억이다. 중학교 때도 비슷한 동네 속셈학원에 다녔는데, 국민학교 때와 마찬가지로 얼마 못 다녔다. 이 주제로 글을 써야겠다고 생각했던 게 무의식에 영향을 미쳤는지, 아침 출근길에 동네를 지나다 "맞아, 이곳에 학원이 있었지!"라고 중얼거렸다. 학원 이름이 영탑Young Top 학원이었다는 것도 불쑥 떠올랐다. 아이돌 그룹 틴탑Teen Top과 유사한 작명 의도로 지어졌을 것으로 추정된다.

이렇게 학원과 얄팍한 인연만을 만들었던 것은 학교 친구들만으로도 놀기에 필요한 인원을 확보했다는 실용주의적 셈법과, "건강하게만 자라다오!"를 지향하는 자유주의 성향의 부모를 운 좋게 만난 덕분이었다.

그냥 가고 싶던 학원

단 한 번 내 의지로 가고 싶은 학원이 있었으니, 피아노 학원이었다. 어려서부터 손가락이 하얗고 길다는 이유로 동네 아주머니들은 "진태는 피아노를 잘 치겠다"라고 말씀하시곤 했다. 아주머니들의 빈말 때문인지, 아니면 그때 귀에 맴돌았던 재즈 피아니스트 김광민의 1집《Letter from the Earth》(1990)의 영향인지 모르겠지만, 아무튼 피아노 학원만큼은 가고 싶었다. 문제는 그때가 하필 1997년 IMF 외환위기 때였다는 것이다. 아버지는 회사에서 아직 버티고 있었지만 국가 정책에 따라 집안 경제도 '긴축재정'으로 돌입해야 했다. 피아노에 천부적인 소질이 있는 것도 아니고, 취미로 배우려는 거라 신속하게 포기할 수 있었다. 하지만 학창시절 유일하게 학원에 대한 작은 욕망을 부모님에게 드러내서일까? 부모님에게는 그때 일이 기억에 깊게 남았나 보다. 제대하고 복학생이 된 20대 후반의 어느 날, 엄마는 그때 피아노 학원에 보내주지 못한 것에 대해 처음 이야기를 꺼냈다. 눈물이 나올 상황은 아니었지만 초밥 먹을 때 젓가락 끝에 살짝 묻힌 와사비에

반응한 정도로 코끝이 찡해졌다.

공부와 담을 쌓고 지내는 나를 보면서 부모님도 걱정이 되었는지 중3을 코앞에 두고 드디어 결단을 내리셨다. 중학교 2학년 겨울방학에 처음으로 월계동을 벗어나 '핫'한 노원역 학원가로 진출하게 된 것이다. 당시 노원역에 있는 대형 학원은 서진학원과 세일학원이었다. 나는 버스 정류장에서 더 가깝다는 이유로 서진학원에 영어과목을 등록했다. 수업 첫날, 학원 강사는 라디오 DJ처럼 비틀스의 〈Yesterday〉를 들려주었고, 가사가 담긴 유인물을 20명 남짓한 수강생들과 함께 해석했다. 예상하지 못한 공간에서 비틀스를 들어서 처음엔 좋았지만, 한 곡만 계속 듣다 보니 지루함을 느꼈는지, 한 달 만에 관두고 말았다. 그렇게 노원역 학원가 입성은 종지부를 찍었다.

《Antichrist Superstar》(1996)에 수록된 마릴린 맨슨의 노래를 선곡했다면 몇 달은 더 다녔을지도 모른다. 물론 그런 가사가 수능 문제로 나올 리도 없고 청소년 정서에 유해한 어휘만 잔뜩 빨아들였을 것이다. 아니면 좀 더 생산적(?)으로 1997년 젝스키스의 데뷔곡인 〈학원별곡〉에서 의미도 모르고 불렀던 영어 랩 가사를 해석해주었어도 좋았을 것 같다. 이제는 학자로서의 생존을 위해 영어와 제법 친숙해졌다고 생각했는데, 〈학원별곡〉의 영어 가사는 다시 봐도 무슨 의미인지 도통 이해를 못하겠고, 다만 six, mix, this로 이어지는 라임은 여전히 입에 착착 감긴다.

Ah rise up Do not mess around the time is up

Gotto scream now who can mess with six

not with this mix Booh watch this

—젝스키스, 〈학원별곡〉 중에서

어느 세대나 마찬가지지만, 우리 세대도 오래된 친구들을 만나서 술 기운이 오르면, 나이 먹어감을 서러워하며 "최대한 늦게 태어났어야 했는데"라는 실없는 탄식을 하곤 한다. 그런데 가끔은 일찍 태어나서 다행이라며 안도할 때도 있다. 바로 한국의 교육을 논할 때다. 만약 '학원 안 다닌 친구'로 분류되었던 나와 친구들이 현재의 청소년이라면, 20년 전과 달리 사회적 공간들(놀이터, 레코드 가게, 독서실, 골목길, 만화방, 당구장, PC방, 서점, 오락실, 분식집 등)에서 더 이상 우리와 같은 부류의 친구들을 찾기 힘들었을 것이다. 그래서 결국 자의 반 타의 반으로 친구 따라 학원에 다녔을 확률이 높다.

이처럼 요즘에 학교를 다니지 않아 다행이라고 말하면 중고등학생들은 "그래서 좋니?"라며 한심하다는 듯이 쳐다볼 것이다. 그래서 한 편으로 끝낼 계획이었던 학원에 관한 글을 하나 더 쓰기로 했다.

1장 우리 동네

3
학원별곡 2

찻잔 속 태풍

중학생 때 들었던 젝스키스의 데뷔곡인 〈학원별곡〉(1997)은 "왜? 내가 알고 싶은 사실들을 학교에서 배울 수가 없나? 내가 수학 시간 공부했던 방정식 그게 어떤 도움이 되나? 만일 영어 시험에서 백 점을 맞는다고 아메리카 맨과 말이 통하나? 우리 가르치는 선생님은 그렇게 아나? 나는 모르겠다! 알고 싶은 것이 많다!"라며 학교의 경직된 교육 내용과 교육 방식을 비판했다. 당시 나와 친구들은 방과 후 친구 부모님이 운영하는 석계역 노래방에서 이 노래를 부름으로써 공교육 비판에 동참했다고 생각했다. 요즘의 중고등학생들은 최대 네 명까지 들어갈 수 있는 코인노래방에서 방탄소년단의 노래를 부른다.

지겨운 same day, 반복되는 매일에

어른들과 부모님은 틀에 박힌 꿈을 주입해

장래 희망 넘버원…… 공무원?

강요된 꿈은 아냐, 9회말 구원투수

시간 낭비인 야자에 돌직구를 날려

지옥 같은 사회에 반항해, 꿈을 특별 사면

자신에게 물어봐 네 꿈의 profile

억압만 받던 인생 네 삶의 주어가 되어봐

—방탄소년단, 〈No more dream〉 중에서

　　20년 전 아이돌 조상이 교육 시스템에 대해 문제를 제기했다면, 현생 아이돌은 "지옥 같은 사회에 반항"하고, "네 삶의 주어가 되"어야 한다며 청소년들을 변혁의 주체로 상정한다는 점에서 좀 더 급진적인 메시지를 담고 있다(여기서 잠깐! 다소 장황한 보론이자 변명을 하면, H.O.T는 〈We are the future〉(1997)에서 "난 내 세상은 내가 스스로 만들 거야! 똑같은 삶을 강요하지 마. 내 안에서 꿈틀대는 새로운 세계 난 키워가겠어! We are the future!"를 외치면서 방탄소년단보다 먼저 청소년들의 주체성을 언급했다. 나 또한 노래방에서 친구들과 문희준의 진공관 춤을 추고, 장우혁의 샤우팅랩을 따라 했다는 점에서 젝키의 가사를 진영논리에 따라 편파적으로 인용한 것이 결코 아님을 밝힌다. 다만 H.O.T의 곡은 교육을 직접적으로 겨냥하지 않았기 때문에 여기서 다루지 않은 것이다).

　　하지만 오늘날 중고등학생들이 애용하는 코인노래방이 학교와 학원 인근에 밀집해 있다는 지리적 특징은 '찻잔 속 태풍'처럼 노래방 안에서 사회를 뒤집든 삶의 주인공이 되든, 하고 싶은 말들을 잔뜩 배설하고 가뿐해진 몸과 마음으로 학교와 학원의 교육에 충실하라는 불편한 진실을 마주하게끔 한다.

삶의 주어

이런 상황이 오기까지 우리 세대도 그 책임에서 자유롭지 못할지 모른다. 20년 전 노래방에서 날것의 언어로 교육 시스템을 정면 비판하는 〈학원별곡〉을 부르면서 해방감을 만끽했을 때, 우리가 어른이 된 사회에서는 청소년 세대와 공감할 수 있는 작은 실천들을 '찻잔' 밖에서 시도하지 않을까라는 막연한 기대를 품었던 것 같다. 서태지와아이들의 〈교실이데아〉(1994)에 열광했던 바로 윗세대도 비슷하지 않았을까?

1980년대와 1990년대에 태어난 청년세대가 사회 시스템의 중추가 되기에는 아직 어리다거나 윗세대가 만든 견고한 사회구조를 비판하는 것이 우선이라고 지적하는 것과 별개로, 청소년들과의 연대에 있어서 그들보다 '윗세대'인 우리가 그들의 이야기에 귀를 기울이는 것은 우리 세대가 우리의 윗세대를 비판할 정당성을 확보하기 위한 최소 요건이다.

20년 전처럼 사회 비판적인 메시지가 담긴 가사를 부르는 아이돌 가수와 그런 가사에 열광하는 청소년이라는 구도가 동일하게 양산되는 상황을 그저 세대를 초월한 아이돌 문화로 치부한다면, 우리 세대가 윗세대를 비판하듯이 언젠가 아랫세대가 우리 세대를 비판하지 말라는 법도 없을 것이다.

고작해야 네 명이 들어갈 수 있고 춤도 추기 힘든 코인노래방이라는 '찻잔 같은 공간'뿐만 아니라 이들에게 더 다양한 사회적 공간에서의 마주침을 경험할 수 있도록 세대 간 대화의 기회를 만들어야 한다. 언젠가 그들이 자신의 고향 서울에 대한 기억을 나열하는 순간이 왔을 때, 회상할 공간이 고작 학교, 학원, PC방 그리고 코인노래방 정도라면, 우리 세대가 청소년 세대에 공감하고 그들과 연대하는 데 실패했음을 의미할 것이다.

여기서 경계해야 할 부분은 학교 밖에서 새로운 공간을 만드는 것이 기존 교육 시스템의 변화를 추동할 수 있는 필요조건은 아니라는 점이다. 독일 유학시절에 목격한 서유럽의 중등교육 체계에서는 학생들의 사회적 활동과 교류가 학교 공간을 중심으로 이루어지고 있었다. 내가 누렸던 학교 밖 사회적 공간들이나 심지어 학원도 그 중요도가 덜했다. 오히려 서유럽에서 중등교육을 받은 동료들은 한국의 학교 밖 사회적 공간의 존재와 이들 공간이 학교가 마땅히 해야 할 사회적 기능을 보완한다는 사실을 알고 놀라워했다.

다시 말하자면 아랫세대 스스로 '삶의 주어'가 되는 데 필요한 새로운 의미와 방향성을 학교와 학원 공간에 불어넣는 것도 유연하게 고려해야 한다.

이처럼 학교 안과 밖에서 다양한 사회적 공간 만들기에 대한 상상력이 증폭된다면 '세대 간 갈등은 필연이고, 세대 간 연대는 우연이다'라는 고루한 전제도 깰 수 있지 않을까? 당장 해답을 찾

진 못하더라도 일상의 어떤 공간에서 그들을 만나든지 그들의 말
에 좀 더 귀 기울이고 싶다.

4

우리 동네
'아파트 공화국'의 기원 1

태초에 아파트가 있었다

유치원생부터 고등학생 때까지 우리 집은 지금의 광운로를 경계로 북서쪽의 월계2동(언제부터인가 월계4동으로 바뀌었다)에 있었는데, 월계2동은 단독주택과 다세대주택이 밀집한 동네였다. 반면 남동쪽에 해당하는 월계1동은 12층의 복도형 아파트인 삼창과 동신 그리고 5층 규모의 신동아, 세 아파트 단지들이 중심을 차지했다. 내가 태어나기 전에는 이 세 아파트 단지가 없었다는 것을 옛날 앨범을 보고서야 알았다. 아빠를 찍은 사진 속 눈 내린 동네 풍경에는 아파트가 보이지 않는다(41쪽). 하지만 어릴 적 나에게는 그곳엔 '태초에 아파트가 있었다'라는 인식이 자리해 있었다.

이러한 인식을 갖게 된 것은 수직성이 강조되는 아파트의 외

내가 태어나기 전해, 1981년 겨울 눈 내린 언덕 위에서
포즈를 취한 아빠. 뒤쪽에 보이는 공사 중인 건물은
광운대 새빛관(구 중앙도서관)이다. 1981년 1월.

관 때문인 듯싶다. 그리고 TV만화에서도 일부 영향을 받았을 것이다. KBS에서 방영한 《개구쟁이 스머프》에서 스머프들은 납작한 버섯집에 살고, 스머프를 괴롭히는 가가멜은 음침한 성에 살았다. 중세 유럽의 봉건영주는 '평평한' 영지 위에 '우뚝 솟은' 성을 쌓고 살았는데, 1980년대 후반 월계동 한복판에 들어선 삼창아파트와 동신아파트는 마치 월계동을 통치하는 영주의 성처럼 보였던 것이다. 나는 매일같이 그곳을 '우러러'보았다.

숫자의 힘도 작용했다. 월계'1동'은 '1등'과 발음과 모양이 비슷해서 바뀌지 않는 것이고(왜냐면 1등이니까!), 내가 사는 동네가 2동이었다가 4동으로 바뀌는 것(왜냐면 1등이 아니니까!)을 목격하고서는 1등인 월계1동에게 월계2동과 4동이 종속되었다는 이상한 논리가 작동한 것이다. 성에 사는 영주와 벌판에 거주하는 농노의 관계처럼 보이는 이러한 공간적 인식은 최근 우리 동네가 월계1동으로 통합되고서도 정말 여기가 1동이 되어도 괜찮을지 하는 농노해방 직후의 농노가 느꼈을 법한 얼떨떨함으로 이어졌다. 돌이켜보면, 20세기 강북의 10대 소년에게 중세적 공간 인식이 형성되기까지는 경험의 '다단계'가 다닥다닥 연루되어 있었다.

국민학교에 입학하기 전에 1년 동안 다닌 유치원의 이름은 으뜸유치원이었다. 그 당시 유치원에서 배웠던 노래 가사에 따르면 이곳은 "으뜸유치원~♪ 으뜸유치원~♬ 착하고 귀여운 아이들의 꽃동산"이었다. 실제 유치원은 꽃동산이 아니라, 일곱 살 아이의 걸음걸이로 집에서 10분 거리인 삼창아파트 상가 안에 있었다. 길을 건너지 않고 갈 수 있는 성북유치원이 있는데도 굳이 위험하게

4차선 광운로를 건너야 하는 이 유치원을 선택한 이유를 부모님께 물어보진 않았다. 아마도 부모님 친구의 자식인 동갑내기 친구가 먼저 다니고 있던 그 유치원이 낯을 가리는 내가 좀 더 잘 적응하리라 부모님은 기대했을 것이다.

일곱 살 벤야민도 놀랐을 삼창아파트 상가

다세대주택과 높아야 3층 규모의 영세상가가 몇 채 있었던 집 근처 우리 동네와 비교할 때, 높은 아파트 단지의 품속에 안긴 하얀 비둘기처럼 새하얀 타일로 감싼 4층 규모의 삼창아파트 상가가 있는 월계1동이 월계2동 또는 4동이었던 우리 동네보다 우아優雅하게 느껴졌다. 물론 유치원생인 나는 '우아'라는 한자어를 모르고 다섯 살이 되어서야 말을 떼었지만, 그래도 원초적인 감정을 드러내는 '우아!'라는 감탄사는 사용할 줄 알았다.

우아한 근대적 경관의 중심에는 우리 동네 구멍가게들(가장 많이 이용했지만 이름은 기억나지 않는 그냥 '구멍가게'와 '우리슈퍼'와 '재미보는슈퍼')과는 상점의 크기와 상품의 종류가 현격히 차이 나는 거대한 마트가 상가 지하에 있었다. 그땐 군것질이 주요 일상활동이다 보니 자연스레 마트에 관심이 쏠렸다. 지하로 내려가면서 곰팡내와 시원함이 짙어지는 조명 없는 통로의 바닥에 당도해 두꺼운 유리문을 열면 통로의 어둠과 대비되는 밝은 공간에 자리한 마트를 마주하게 된다. 비좁은 구멍가게와 달리 산뜻한 마트 진열대에는 과자들이 소담하게 배치되어 있었다.

어린이 진태가 중독된 과자로는 새콤달콤, 밀크카라멜처럼 씹다가 은이빨이 빠져서 성북치과 의사 선생님(최종건 원장님은 지금까지 30여 년째 내 주치의다)한테 혼이 나도록 만드는 캐러멜류를 중심으로 아이셔, 샤브레, 웨하스, 다이제스티브(광고에서 입을 크게 벌려 한입에 먹던 배우 손지창이 멋있어 보였고, 다행히 손지창처럼 입이 컸던 나의 생물학적 동질성에 안도했다), 칸쵸, 홈런볼, 연양갱 등등이 있었고, 이 과자들을 먹고 나서 마지막으로 입안의 단맛을 정리해주는 목캔디가 있었다. 애늙은이 입맛을 가져서인지 목캔디와 유사한 역할을 한 음료수로 '솔의 눈'도 좋아했다(TV광고에서 소나무 숲을 배경으로 "솔의~~~ 눈!"이라고 외치는 성우의 목소리가 힘차고 시원했다). '얼음과자'인 아이스크림은 다행(?)스럽게도 "부라보콘이냐 월드콘이냐만 결정하면 됐던 시절"(김영하, 『퀴즈쇼』, 문학동네, 2007, 78쪽)이었다. 비록 소프트아이스크림과 유사한 빵빠레가 있었지만 한국 정당사에서 제3당의 운명처럼 견고한 양당 구도를 위협하진 못했다.

이 밖에도 구멍가게에서 보기 힘든 신선한 채소들이 웅크린 파란 조명의 진열용 냉장고와 신선도가 최상임을 알리는 붉은 조명의 정육 코너 그리고 깔끔한 계산대까지 유치원생의 작은 동공을 가득 채운 마트의 풍경은 마치 20세기 초 문화비평가 발터 벤야민이 소비사회의 환등상phantasmagoria(불투명한 스크린에 다양한 빛을 투사하여 환상적인 이미지를 만드는 매체로, 영화가 등장하기 이전 18세기에 발명되었다)으로 기능한다고 본 백화점, 카페, 아케이드와 그 속에 배치된 상품들과 별반 다르지 않았다. '일곱 살짜리 벤야민'이 으뜸유치원을 다니고 후에 비평가가 되었다면, 분명 삼창아파트 상가 마트를 '달콤한 환등상'의 예로 추가했을 것이다.

기린보다 좋던 아파트의 수직성

마트가 있던 지하부터 유치원이 있던 3층 그리고 유치원생들의 야외활동 명목으로 고무줄놀이나 '우리 집에 왜 왔니'를 하러 올라간 옥상까지 금색 테가 입혀진 상가건물의 계단을 1년 동안 오르내리고, 상가 옥상에서 바라보는 병풍 같은 아파트들에 포위당하면서 수직성에 대한 감각이 형성되었다. 기린반에 소속되었음을 상기시켜주는 개인사물함에 그려진 기린의 '생물학적 수직성'과는 다른 수직성이었다. 2층 이상 또는 지하로 내려가는 계단을 밟을 일이 없던 우리 동네 주택과는 확연히 다른 공간적 감각이었다. 그때 그러한 수직성이 싫지 않았다. 아니 기린보다 좋았다.

유치원생 때는 삼창아파트가 병풍으로 보였는데, 국민학교에 입학하면서 그곳에 사는 게임기(패밀리 혹은 슈퍼컴보이)를 갖고 있던 친구에게 낚여서 나는 그 병풍 속으로 들어가게 된다. 밖에서 볼 때는 아파트 측면의 계단을 이용해야 하는 줄 알았다. 100여 년 전 신문물을 마주한 조선인 같아 보이겠지만, 아파트의 수직성과 중력을 체감할 수 있는 승강기를 그때 처음 탔다. 승강기에서 내려 복도에서 까치발을 들어 월계동을 바라보면서 그 고도에 아찔하면서도 우러러보는 게 아니라 '내려다볼 수도 있다'는 사실에 아파트는 우리 동네의 성이라는 생각이 더욱 견고해졌다.

어느 날 동신아파트에 사는 친구 집에서 놀고 나서 승강기를 타고 내려오는 도중에 승강기가 멈춰서고 말았다. 그때 엉뚱한 상상이 발동했다. 바닥으로 떨어질지 모른다는 두려움을 느끼기보다는 당시 동네 골목길에서 유행하던 스파클라(막대폭죽)에 불을 붙인 채 승강기가 추락하고 아파트 밖 누군가가 투명해진 아파트 벽 덕분에 승강기 안을 볼 수 있다면, 위에서 아래로 찰나에 늘어지는 불꽃을 보면서 그 행인은 아파트의 수직미를 온전히 느낄 수 있지 않을까 상상했다. 내가 중학교 3학년이던 1997년 가을이던가? 리들리 스콧 감독의 영화《델마와 루이스》(1991)가 MBC '주말의 명화'에서 방영되었는데, 두 주인공이 탄 클래식 캐딜락이 절벽 밑으로 추락하는 엔딩 장면에서 카메라가 땅바닥에 널브러진 자동차 잔해와 주인공들의 시체가 아닌 추락하는 순간을 담은 것을 보면서 불현듯 승강기에서 했던 엉뚱한 상상이 복기되었다.

추락하는 승강기에서의 폭죽이나《델마와 루이스》의 캐딜락에서 아파트의 수직미를 떠올린 것이 나만의 독특한 연상작용은 아닌 듯하다. 추상표현주의 화가 바넷 뉴먼은 1948년작 〈하나임 Onement I〉에서 먹구름이 몰려든 평원에 한 줄기 번개가 치듯이 캔버스 중간을 가로지르는 선 하나를 그어냄으로써 전통 회화에서 강조하는 색채나 색채들 간의 관계로부터 만들어지는 구성미보다 수직의 숭고미가 우위에 있음을 표현했다. 프랑스 지리학자 발레리 줄레조가 '아파트 공화국'으로 명명할 정도로 1990년대와 2000년대에 수많은 아파트들이 지어졌다는 점에서, 한국 사회는 다채로운 주택양식들이 만들어내는 구성미보다는 오직 아파트가 만들어내는 수직의 미학을 택해 거국적인 추상표현주의 운동에 동참함으로써 모두가 '하나임'을 증명했다.

우리 동네 '아파트 공화국'의 출발점이었던 동신아파트
분양 광고. '도봉구 최초 고층아파트'라는 문구가 눈에
띈다. 지금은 보통의 낡은 아파트지만 그때는 우리 동네의
'성'城이었다. 『경향신문』 1982년 4월 16일 1면 광고.

부르디외의 가정통신문과 졸업앨범

국민학교에 다니면서 아파트와 비非아파트 간의 물리적 경관의 차이가 공교롭게도 사회경제적 차이와 긴밀한 관계를 지니고 있음을 깨닫게 되었다. '가정환경'을 파악한다는 명분으로 학교에서 배포한 가정통신문은 별의별 것을 시시콜콜 캐물었다. 주거 형태가 단독인지 다세대인지 아파트인지. 소유 방식은 월세인지 전세인지 자가인지, 부모의 직업은 뭐고 최종학력은 뭔지, 가정형편은 상, 중, 하 중 어디에 속하는지, 흑백TV냐 컬러TV냐, 심지어 VHS캠코더를 갖고 있는지도 물었다. 가정통신문을 그 시절 순수한 아이들답게 대수롭지 않게 서로 비교해보면, 아파트에 동그라미 표시를 한 친구들은 대체로 '자가'→'대졸'→'중'(설령 상이더라도 상으로 표시 안 하는 겸손함(?)이 있었다)→'자동차'→'캠코더'로 동그라미를 연결했다. 국민학교 영어 어휘 목록에서 학급을 의미하는 'class'는 배웠어도 계층이나 계급을 뜻하는 'class'는 아직 못 배웠지만, 우리 동네에서 아파트에 사는 가난한 영주와 비아파트에 사는 부유한 농노는 존재하기 힘들다는 사실을 막연하게나마 눈치챘다.

우리 동네 국민학교는 그때나 지금이나 공립인 선곡과 사립인 광운이 있다. 중학교에 진학하면서 광운국민학교 출신들을 만나게 되었는데, 이 친구들은 좋은 아파트로 인식된 동신아파트에 몰려 있었다(물론 선곡국민학교 출신도 동신아파트에 꽤 살았다). 이들 집에 놀러가서 보게 된 국민학교 졸업앨범은 내가 받은 앨범과 달리 고급스러운 양장본이었고, 졸업사진을 액자에 담아 거실에 걸어두고 있었다. 특히 인상 깊었던 부분은 교복을 입었다는 사실이다. 그것도 영화《해리포터》시리즈의 마법학교인 호그와트의 교복을 닮아서 중고등학생이 입는 '평민 교복'과는 '때깔'이 달랐다. 그렇다고 동신아파트 내에서 공립과 사립국민학교 자녀를 둔 집안 간의 경제적 격차가 컸던 것 같지는 않다. 다만 일개 중학생이 졸업앨범에서 느꼈던 때깔이 다르다는 인상은 친구 가족들의 말씨, 겸손함, 여유 같은 고상한 분위기와 연결되어 기억에 남아 있다. 지금 생각해보면 친구들의 집안은 프랑스 사회학자 피에르 부르디외가 말한 숫자로 드러나는 경제적 자본뿐만 아니라 집단 내 생활방식을 통해 스스로를 다른 계층과 교묘하게 구별 짓는 '문화적 자본'을 보유해서 때깔이 좋아 보였던 것이다.

가끔 사진에서 유치원 친구들과 노란 병아리가 되어 천진난만한 표정을 짓고 있는 나를 보면 정말 낯설게 느껴진다. 그 사진들을 촬영한 카메라 렌즈의 밖에 서 있던 나는 낮에는 잠자리와 같은 겹눈의 시선으로 주변을 바라보고, 밤에는 우주를 넘어서는 공상을 좋아했다. 고감도의 더듬이를 달고 있는 영악한 앙팡 테리블enfant terrible이었던 덕분에 유치원생 시절에 체험한 아파트 단지에 관한 파편적 기억들을 모아서 이렇게 글도 쓸 수 있게 되었다.

하지만 유별난 호기심이나 관찰력 덕분에 아파트 단지를 기억하고 있다기보다는 아파트 단지의 형태와 물질성이 발현하는 '가시적 수직성', 그리고 비아파트 지역과의 수평적인 관계의 구축이 아닌 경제적, 사회적, 문화적으로 차별화되고자 하는 아파트

유치원 다닐 적, 어린이대공원으로 소풍 가서 찍은
사진(나는 왼쪽에서 세 번째). 나무 뒤 배경으로 놀이기구와
아차산이 보인다. 1988년.

거주민들의 '비非가시적 수직성'이 절묘하게 결합되면서 나타난 아파트의 '집합적 기이함'이 워낙 튀었기 때문에 비非아파트에 사는 꼬꼬마의 눈에도 밟혔다고 보는 게 적절할 듯하다. 이어지는 글에서 보듯이, 중학생과 고등학생이 되어서도 아파트 단지 관찰이 이어졌던 이유는 당시 즐겨 읽던 애거서 크리스티나 코난 도일의 추리소설에서 잡히지 않는 살인범의 행보가 궁금했던 것처럼 아파트 공화국의 행보가 궁금해서였다.

5
우리 동네
'아파트 공화국'의 기원 2

성냥갑 스펙터클, 아파트 단지

국민학교에 비해 중학교가 학생 유치에 있어 '재화의 도달 범위'가 넓다는 사실을 실감한 계기는 우리 동네의 경계 밖인 성북역 너머에 집적된 월계3동 삼호, 미륭, 미성아파트 단지(9와숫자들 〈그대만 보였네〉의 뮤직비디오 촬영 현장)에 사는 친구들이 광운중학교에 입학한 것이었다. 우리 동네에서 아파트와 비아파트 간의 '차이'에 민감했던 나는 월계3동 아파트에 사는 친구들의 집을 빈번히 드나들면서 아파트 간의 '동질성'에 더욱 흥미를 갖게 되었다. 마치 도미노 게임을 위해 세운 성냥갑과 같은 아파트들로 촘촘히 채워진 동네 밖의 아파트들은 지금까지 익숙했던 우리 동네의 '우뚝 솟은 성'처럼 존재하는 아파트와는 다른 패턴의 스펙터클로

다가왔다.

중학교 2학년 때의 아르바이트 경험은 월계동에서 하계동을 거쳐 중계동 그리고 마지막 성냥갑이 세워진 상계동으로 향하는 북진北進의 신호탄이었다. 첫 번째 아르바이트는 우리 동네 뒷산 베비라산의 북쪽에 인접한 월계사슴아파트에 사는 한 아주머니가 제공한 찹쌀떡 팔기였다. 판매자가 어린아이임을 어필해 선한 어른들의 구입을 유도하는 전략을 사용했고, 판매 가격의 3분의 1이 내 몫으로 돌아왔다. 거주 인구가 많은 아파트 단지로 자연스럽게 발길이 향했고, 주로 월계주공아파트 단지에서 찹쌀떡을 팔았다. 15년 인생에서 처음 본 대규모 아파트 단지인 월계주공아파트 외벽에 그려진 파란색 동그라미 속에 들어간 흰색 집은 한국주택공사의 마크인데, 장난감 밑에 붙어 있는 KS마크 스티커마냥 각 동 아파트 외벽에 찍혀 있는 이 마크를 보면서 거대한 단조로움을 마주했다.

내 생애 두 번째 아르바이트를 한 곳은 중랑천 건너 성냥갑 스펙터클의 시작점인 하계동이었다. 극동, 건영, 우성아파트 주민들이 빌려간 비디오테이프를 직접 방문해서 수거하는 일이었다. 승강기를 타고 최고층인 15층으로 올라가 1층까지 내려오면서 유치원생 때 금색 테가 입혀진 삼창아파트 상가 계단을 오르내릴 때처럼 한가로이 수직성을 생각할 겨를은 없었고, 마치 한라산을 오르내리며 끝없는 나무계단과 현무암을 마주칠 때처럼 반복적인 지겨움에 토할 것 같았다. 찹쌀떡 아르바이트생 같은 잡상인이 잠재적 소비자가 사는 집 안에 들어갈 일은 없었다. 하지만 두 번째 아르바이트를 할 때는 중2짜리가 가방에 교과서가 아닌 비디오테이프를 가득 담은 채 빌린 테이프를 직접 받겠다며 땀을 뻘뻘 흘리며 찾아온 것에 미안한 마음이 들었는지, 집 안으로 들어오게 해서 마실 것을 내주는 사람도 있었다. 손님도 아닌 아르바이트생 때문에 집 안을 정리할 필요까지는 없다고 생각했을 테고, 그 덕분에 후줄근한 옷차림을 한 주민들과 그들의 집안 내부의 속살을 훔쳐볼 수 있었다. 그때 들려온 마음의 소리는 애늙은이 같은 소리로 들리겠지만 "사람 사는 거 다 거기서 거기구나"였다. 거대한 단조로움은 비슷한 생활수준의 사람들이 모여 사는 군집성에 기반을 두고 있었다.

월계동엔 없는 도서관과 백화점

하계동에서 중계동으로 진출하게 된 이유는 대규모 아파트 단지와 함께 들어선 부대시설인 도서관과 백화점이 중계동에 있어서였다. 시험기간은 공부를 하겠다는 평계를 앞세워 친구들과 '합법적'으로 어울리고, 놀 수 있다는 점에서 중요한 기회였다! 동사무소인가 구청에서 운영하는 영세한 독서실이 성북역 앞 파출소 옆에 있었지만, 1층에 탁구장이 있다는 점을 제외하면, 시험을 준비하는 어른들과 함께 있어서 눈치를 봐야 하는 열악한 환경이었다. 그러던 어느 날 중계동에 위치한 중계도서관을 알게 되었다. 버스로 15분 거리이지만 중랑천을 건너야 해서 심리적 거리가 꽤 먼 곳이었다.

직접 가보면 심리적 거리는 줄어드는 법인데, 오히려 더더욱 멀게 느껴졌다. 버스를 타고 하천을 건너 우리 동네에는 없는 남의 동네 도서관을 간다는 게 빈정이 상했던 이유이고, 이것이 줄지 않는 심리적 거리감의 원인이었다. 우리 동네 터줏대감인 광운대학교는 운동장을 없애면서까지 건물을 계속 세우고 있는데도 20여 년이 지난 지금까지 이 동네에는 흔해빠진 공공도서관이 하나 없다.

중학생 때 중계도서관 건너편에 있는 건영옴니백화점(줄여서 '건영옴니'라고 불렀다)은 중계동뿐만 아니라 월계동까지 쇼핑의 허브 역할을 했다. 내가 국민학생 때 전성기였던 서태지와아이들이 협찬받은 292513=STORM, BOY LONDON과 같은 패션 브랜드를 향한 청소년들의 열광은 H.O.T, 젝스키스, 언타이틀, 영턱스클럽과 같은 아이돌 1세대들이 입은 마리떼프랑소와저버, NIX, YAH, TEX REVERSE, 安全地帶 등의 다양한 패션 브랜드들로 확산되면서 청소년들의 소비 욕망을 부추겼다.

국민학교 5학년 때인 1993년에는 후에 《왕의 남자》(2005)를 만든 이준익 감독의 초기작인 《키드캅》이 개봉되었다. 개인적으로 이 영화는 건영옴니를 인식하는 중요한 매개체였다. 《키드캅》은 나와 같은 1982년생인 정태우와 김민정이 주연이었고, 백화점 금고를 노린 악당들을 소탕한다는 줄거리의 아동영화다. 당시 내 또래남자들이 좋아했던 김민정이 출연했음에도 불구하고, 나는 배우보다 촬영 장소에 더 관심을 가지고 보았다. 왜냐하면 악당이 훔치려는 금고가 있던 백화점이 바로 건영옴니였기 때문이다. 당시 집에서 구독하던 일간지에는 백화점 세일 광고지가 끼워져 배달되었는데, 백화점 광고를 보면서 진작부터 건영옴니의 존재를 알고 있던 터였다.

드디어 중학생이 되어 건영옴니를 처음 방문한 날은 백화점의 외부 스피커에서 DJ DOC의 〈슈퍼맨의 비애〉(1994)가 매미처럼 시끄럽게 울리던 여름날이었다. 유치원생 시절 환등상처럼 보였던 월계1동 삼창아파트 상가는 이제 건영옴니에 비교하면 구멍가게로 보였다. 이후 나는 친구들과 건영옴니와 인근에 위치한 한신코아백화점을 뻔질나게 드나들었다.

참 적절히 잘 배치된 동네

어느 날 건영옴니에서 친구들과 헤어지고서 혼자 상계동 방향으로 뻗어 있는 동일로를 따라 노원역 도로표지판만 보고 무작정 걷기 시작했다. 그날 왜 친구들과 함께 버스를 타지 않고 노원역까지 걸어가서 전철을 타려 했는지는 기억이 나지 않는다. 하지만 20대와 30대에 예정 없이 한국에서든 외국에서든 정해진 궤도를 벗어나 걷는 것을 좋아하게 된 나 자신을 보면, 바로 그때가 발터 벤야민이 말한 도시의 '산책자'flâneur가 된 결정적인 순간임은 분명하다. 약 한 시간 반 동안 대로 뒤편의 아파트 단지로 들어갔다가 다시 대로로 나오기를 반복하면서 국민학교, 중고등학교, 학원, 주택공사 마크가 붙은 끝이 보이지 않는 주공아파트 단지, 상계 백병원, 아파트 상가, 근린공원, 공사가 막바지였던 하계역, 중계역을 지나쳐서 종착 지점인 미도파백화점(지금의 롯데백화점 노원점)과 상계동의 중심인 노원역에 다다랐다.

1장 우리 동네

김동원 감독의 《상계동 올림픽》(1988)은 88서울올림픽을 앞두고 외국인들에게 서울의 가난한 모습을 보여주지 않기 위해 '달동네' 상계동을 국가와 자본이 앞장서서 폭력적인 방식으로 재개발하는 과정을 기록한 다큐멘터리다. 한국 최대의 아파트 단지인 하계동, 중계동, 상계동을 걸으면서 원주민들의 흔적은 발견하지 못했다. 대신 '후後주민'들에게 쾌적함을 제공하는 근린공원, 소비를 지원하는 백화점과 상가, 당신들의 자녀가 최소한 한국 사회의 중간에 머물 수 있도록 돕는 학교와 학원 그리고 이러한 개별 공간들의 소실점인 아파트 단지까지 '참 적절히 잘 배치된 동네'라는 생각이 들었다. 즉 중산층 혹은 중산층이라고 믿고 싶은 사람들을 집합적으로 묶어주는 빼어난 전략이었다.

우리 동네 아파트 공화국에서 신민臣民으로 살다가 성장해서 보니, 월계동-하계동-중계동-상계동의 아파트들은 우리 동네뿐만 아니라 바로 한국 사회의 아파트 공화국을 형성한 작은 기원들이었다. 오늘날 아파트 단지를 중심으로 자신을 남들과 끊임없이 비교(평수, 부동산 재산, 학군 등)하면서 정치적, 경제적, 문화적, 사회적으로 구별 지으려는 현상의 정점에는 강남이 있다. 그리고 강남에 살지 못하는 사람들은 강남을 비난하면서도 강남에서 살고 싶어 하는 모순된 집단심리를 갖고 있다. 몇 년 전 이러한 한국의 도시화 현상을 '강남 따라 하기'라는 개념으로 제안한 책을 펴내었다(강남에 대한 이야기는 5장에서 다룰 것이다).

애거서 크리스티의 『오리엔트 특급살인』의 살인범이 기차에 탑승한 모든 승객이었던 것처럼, 비아파트에 살면서도 어린 시절부터 집요하게 아파트를 욕망했다는 점에서 나도 아파트 공화국을 세우고 유지시킨 범인들 중 한 명이었다. 이 글이 그 증거다! 끊임없는 비교하기와 구별 짓기는 우리 동네 그리고 한국 사회의 아파트 공화국을 유지시키는 힘의 근원이다.

6

편의점

—당신의 꿈과 방황을 궁금하게 만든

편의점의 도착

때는 국민학교 4학년이던 1992년 7월, 당대의 '청춘스타'인 최수종과 최진실이 주연을 맡은 드라마 《질투》가 MBC에서 방영되었고, 나는 본방사수를 했다. 28년이 지난 지금 이 드라마에 관한 기억은 두 가지다. 하나는 '남사친' 최수종이 '여사친' 최진실에게 "난 더 이상 질투하기 싫어!"라며 오글거리는 고백을 하는 장면(연애 따위 모르는 열한 살이었지만 이 대사를 들을 때 "이건 뭔가?"라는 생각이 들었다)이다. 그러고 나서 둘은 껴안고 뽀뽀뽀하고, 드라마 주제곡인 "넌 대체 누굴 보고 있는 거야"로 시작하는 유승범의 〈질투〉가 흘러나오고, 두 주인공의 주변을 돌면서 카메라와 조명, 스태프까지 노출되는 독특한 엔딩으로 마무리된다. 나머지 하나는 드라마 속에 나온 편의점이다.

《질투》이후에 본방사수를 했던 드라마로는 최수종, 이재룡, 한석규, 채시라의 《파일럿》(1993), 손지창, 김민종, 이정재, 우희진의 《느낌》(1994), 김원준, 류시원, 이본의 《창공》(1995), 류시원, 김희선, 이창훈의 《프로포즈》(1997)가 떠오른다. 이들 드라마에 나온 청춘스타들은 주로 전문직을 갖고, 자유주의적 가치관과 새로운 소비 취향을 드러내면서 당시 'X세대' 형, 누나들의 워너비이자 아바타였다. 나와 또래 친구들은 20대들이 왜 Y도 Z도 아닌 X세대로 불리는지와 관련하여 당시의 시대정신을 이해하기에는 너무 어렸지만, 우리 집에 함께 살던 대학생 외삼촌의 옷차림을 보면서 시대적 분위기를 느낄 수는 있었다. 지금 돌이켜보면 1980년대 후반의 정치적 민주화는 1990년대 들어 문화적 민주화로 이어졌고, 그러한 시대적 변화의 초입인 1992년에 《질투》라는 한국 최초의 '트렌디 드라마'가 나온 것은 어찌 보면 필연이었다.

트렌디 드라마란 유행을 선도하는 사물, 소비, 패션, 장소들이 담긴 드라마를 의미한다. 《질투》를 트렌디 드라마로 규정한 요소 중 하나는 편의점의 등장이었다. 최수종과 최진실이 한 가게에 들어가더니 컵라면을 사서 그 자리에서 뜨거운 물을 심지어 공짜로 받아 컵에 붓고서는 조금 후에 먹었다. 매우 생경한 장면이었다. 그 가게는 듣도 보도 못한, 바로 편의점이었다. 당시 받은 충격은 20세기의 시작을 앞두고서 뤼미에르 형제의 《열차의 도착》(1895)을 본 관객들이 앞으로 달려오는 열차에 놀라 혼비백산한 일화에 비견할 만했다.

드라마가 끝난 지 얼마 지나지 않아 우리 동네에 미니스톱이 들어왔다. 내부가 훤히 보이는 큰 유리벽 안에 하얀색 플라스틱 식탁과 의자를 차지한 내 또래 아이들이 최수종과 최진실처럼 호로록 짭짭 호로록 짭짭 맛나게 라면을 먹었다. 편의점에서 컵라면 다음으로 신기했던 것은 탄산음료 디스펜서였다. 자잘한 얼음을 받고, 콜라, 환타, 사이다 등을 취향대로 섞은 탄산음료를 먹는 행위는 기존 구멍가게나 슈퍼에서 마시던 병이나 캔 형태로는 경험할 수 없던, 소비자가 직접 음료수를 조합하는 가히 혁신이었다. 이처럼 드라마에서 본 세련된 편의점이 우리 동네에도 생겼고, 내 또래 아이들도 컵라면과 탄산음료수를 잘만 마셨는데, 정작 나는 국민학교를 졸업할 때까지 편의점에 가보지 못했다.

　　내가 편의점에 못 간 것은 소극적인 성격 탓이었다. 지금이야 편의점이 뭐가 대수냐고 하겠지만, 당시에는 드라마 주인공들이나 가는 곳을 내가 가도 되나 싶어 괜히 쭈뼛쭈뼛했다. 지금은 흔한 플라스틱 테이블과 의자이지만 그때는 식당도 아닌 가게에 그런 게 비치되었다는 게 낯설고 심지어 고급스럽다고 생각해 편의점에 들어가는 걸 부담스럽게 여겼다. 더불어 걱정도 팔자라 음료수 디스펜서라는 궁금증이 생기지만 복잡해 보이는 기계를 어떻게 사용해야 할지 모르겠다는 막막한 두려움도 편의점에 가지 못하게 한 이유였다. 고객의 편의를 위해 24시간 문을 연다고 해서 편의점이라고 불렀을 텐데, 그 이름이 의미하는 바와 달리 나는 그렇게 편하게 편의점에 가지 못했다.

중학교에 들어가면서 친구들과 농구나 축구를 하는 시간이 많아졌고, 운동이 끝나면 함께 어울려 편의점에 가게 되었다. 이제는 디스펜서 앞에서 당당히 먹고 싶은 음료수를 컵을 내밀어 뽑아 먹을 줄도 알게 되었고, 컵라면도 호로록 먹을 수 있었다. 그렇게 별거 아니구나 안도하면서 편의점에 익숙해지는 데 몇 년이 걸렸던 내가 몇 년 후 편의점에서 아르바이트를 하게 될 줄은 꿈에도 알지 못했다.

알바천국 말고, 라디오천국

고등학교 시절 나는 교과서보다는 무라카미 하루키 같은 작가들의 소설과 『GMV』, 『서브』Sub 같은 음악 잡지와 『키노』Kino, 『씨네21』 등의 영화 잡지를 읽고, 영화를 보고, 음악을 듣는 데 더 많은 시간을 보냈다. 학교에서 고3이라는 타이틀보다 더 중요한 감투는 방송반 국장이었고, 방송반 동기들과 함께 2학년 후배들이 주도한 가을 방송제를 돕기 위해 교실보다는 방송실에서 시간을 더 많이 보냈다. 음악평론가나 영화평론가가 되고 싶다고 막연하게 생각하면서도 평론가가 되기 위해서 꼭 대학에 가야 하는가라는 질문에 대한 답을 얻지는 못했다.

2000년 수능을 보고서 대학에 진학했다면 01학번이 되었겠지만 결국 어디에도 지원하지 않았다. 대학에서 무엇을 공부해야 할지보다는 왜 대학에 가야 하는지 답을 얻는 게 중요했다. 부모님에게는 안심시키려고 재수를 하겠다고 둘러댔지만, 학원에도 가지 않았다. 내 잠정적 결론은 대학보다는 사회를 먼저 알고 싶다는 것이었다. 그래서 아르바이트를 시작하게 되었는데, 중학교 동창 태근이가 소개해준 편의점 야간 아르바이트였다.

편의점은 노원역 근처에 있는 LG25(GS25의 전신)였다. 부도심답게 근처에는 나이트클럽과 룸살롱이 즐비했다. 이러한 입지의 특성상 밤손님들은 대부분 근처에서 한잔한 사람들이었고, 주로 담배를 사러 왔다. 내 기억에 시급은 주간 1800원, 야간 2200원이었다. 돈을 더 준다고 해서 야간 아르바이트를 하는 사람은 아무도 없을 것이다. 다만 야간 아르바이트를 하는 각자의 이유가 있었다. 나에게도 나름의 이유가 있었다.

점주가 아르바이트생의 업무 수행을 관찰할 수 있는 CCTV가 있어서 책을 읽을 수는 없었다. 그리고 손님이 들어오면 불쾌함을 주지 않는 선에서 나도 '인간 CCTV'가 되어야 했다. 대신에 귀는 자유로워서 라디오를 들을 수 있었다. 초저녁에는 MBC 라디오에 주파수를 맞춰 《배철수의 음악캠프》를 들었고, 그 뒤에는 손님맞이에 경황이 없다 보니 주로 신나는 노래가 나오는 채널로 돌렸다가 손님이 잦아드는 새벽 2시부터는 다시 MBC 《홍은철의 영화음악》을 들었다. MBC 《출발비디오여행》의 초대 진행자였던 홍은철은 대본을 기계적으로 읽기보다는 '홍은철의 왜' 같은 코너에서 자기 나름대로 영화를 해석해 소개하면서 시네필cinephile의 지지를 받았다. 당시의 영화 잡지들을 리트머스 종이로 삼아 홍은철의 포지션을 감별해보면, 『키노』보다는 대중적이지만 『스크린』보다는 작가주의적이고 『씨네21』 정도의 중도적 위치에 가까웠다. 그는 주로 대중영화를 소개했지만, 예술영화도 공중파 프로그램에서 소개해야겠다는 의지를 가졌던 것 같다. 영화에 대한 그의 식견과 노련한 진행 솜씨는 라디오 프로그램에서도 빛이 났다. 나로서는 평상시라면 잠잘 시간에 영화와 음악에 관한 주옥 같은 이야기를 주욱 들을 수 있어서 좋았다.

기본적으로 라디오를 향해 귀를 열어두었지만, 아르바이트생의 본분에도 충실해야 했다. 편의점에 혼자 못 갔던 아이는 성장해서 편의점 아르바이트생이 되었고, 그동안 몰랐던 편의점의 비밀도 알게 되었다. 스태프 전용 문으로 들어가면 냉장고 뒤편으로 연결된 통로가 있어서 선반에 있는 상자에서 캔을 빼내어 바로 냉장고에 채우는 방식을 알고 무척 신기해했던 기억이 난다. 야간 아르바이트는 둘이서 했는데, 기억에 남는 아르바이트생은 나보다 나이가 많은 공익 근무 요원이었다. 그는 낮에는 구청에서 근무하고, 밤에는 편의점 아르바이트를 했다. 아르바이트가 없는 날에는 나이트클럽에 갔다. 당시 나는 군대가 아니라 공익 가서 부럽다는 생각보다는 그 형의 체력에 감탄했다. 도대체 잠은 언제 잤을까?

유통기한 지나기 직전의 음식을 먹게 하는 건 예의의 문제
새벽 2시쯤 되면 손님이 뜸해진다. 물건을 실은 트럭이 들어오면 물건을 내리고, 수량을 확인하고, 진열대에 물건을 채운다. 자동차 공장의 플레이백 로봇처럼 반복되는 일에 몸을 맡긴다. 그래야 시간이 빨리 간다. 3시쯤에는 가끔 나이트클럽이나 룸살롱에서 일하는 웨이터가 와서 위스키를 사간다. 당연히 한창 일할 시

간에 자신들이 마시려고 구입하는 것은 아니었다. 술 취한 손님에게 가정용 위스키를 끼워 팔아서 차익을 남기려는 꼼수임을 알았지만 내가 무슨 국세청 직원도 아니고 그냥 아르바이트생이었기에 직업의식에 따라 위스키도 팔았다. 이렇게 담배와 술을 팔다 보면 심야에 배가 고프기 시작한다.

> 예전의 한 알바는 점심을 거르고 와서 너무 배가 고픈
> 나머지 아직 유통기한 안 지난 삼각김밥을 먹다가 점주한
> 테 들켜 눈물을 쪽 뺀 적도 있다고 했다.
> ─김영하, 『퀴즈쇼』, 문학동네, 2007, 121쪽.

김영하 소설에 나온 점주는 참 매몰찬 사람이다. 적어도 내가 일했던 편의점의 점주는 그리 살갑진 않아도 삼각김밥과 브리또 같은 인스턴트 음식을 유통기한이 지나기 직전에 아르바이트생이 먹는 것을 허용했다. 컵라면도 공짜로 하나를 선택할 수 있어서 왕뚜껑과 함께 김밥을 먹었다. 그렇게 심야에 먹는 것은 맛있어서가 아니라 배를 채우기 위한 것이었다. 쥐꼬리만 한 월급에 앙심을 품고, 모자란 월급을 먹을 것으로 보완할 심산으로 유통기한 지나기 직전의 김밥에 달려들지는 않는다. 하루이틀도 아니고 심야에 매일 먹어야 하는 삼각김밥을 퍽이나 맛을 음미할 수 있겠다. 아르바이트생에게 유통기한이 지나기 직전의 인스턴트 음식을 먹게 하느냐 마느냐는 사장과 아르바이트생 간의 상하관계의 문제이기보다는 동등한 사회구성원으로서 인간에 대한 기본적

인 예의의 문제다.

라디오에서 〈애국가〉가 흘러나오고, 편의점 앞을 청소하고, 아침이 오면 교대를 하고서 퇴근했다. 집에 와서는 간단히 아침을 먹고 샤워를 한 뒤 낮 2, 3시까지 잤다. 일어나서 늦은 점심을 먹으면 다시 출근할 시간이 다가왔다. 일찍 깨서 시간이 좀 남으면 염상섭의 『삼대』를 읽었다. 읽어본 사람은 알겠지만 두터운 분량을 자랑하는 이 책은 참으로 단조롭고 지루한 내용으로 가득 차 있다. 그래서 읽을 만했다. 잡념 없이 온전히 활자에만 집중할 수 있기 때문이었다.

아직 내가 야간 아르바이트를 한 이유를 말하지 않았다. 야간 아르바이트를 원했던 것은 『삼대』를 읽는 동기와 동일했다. 대다수 사람들이 사회활동을 하는 낮의 시선에 노출되지 않고, 사람들이 잠드는 밤에 주변을 의식하지 않고 밖으로 나올 수 있어서였다. 무엇을 해야 할지 결정하지 못하고 방황하는 내 존재의 무게가 버거웠다. 타조가 땅에 머리를 박듯이, 일단 사고정지思考停止부터 하고 싶었다.

봄이 오면서 편의점 아르바이트를 그만두었다. 마지막 월급으로 나이키 신발을 사고 나니 남는 게 없었다. 그리고 좀 더 많은 돈을 벌기 위해서 직업에 가까운 아르바이트들을 했다. 여기서 더 자세히 이야기할 바는 아니지만, 이번에도 야간 일이었다. 물론 위법적인 것은 아니었다.

그러다 6월에 재수생과 대학생이 된 고등학교 친구들을 만났다가 수능을 보기로 결심했다. 결국 첫 번째 수능 점수와 큰 차이는 없었지만 운이 좋아서 '산소학번' 02학번이 될 수 있었다(02학번은 숫자 0을 산소를 의미하는 oxygen으로 보면 산소 화학식(O2)으로 볼 수 있어 산소학번이라 불렸다. 참고로 03학번은 오존(O3)학번이다). 물론 그때도 첫 번째 수능을 치렀을 때처럼 확실한 판단에 근거했던 것은 아니다. 야간 아르바이트는 내 선택이었고, 이 선택이 처음에는 약간의 해방감을 느끼게 했지만, 점차 낮보다 밤에 움직이는 나를 보면서 사회로부터 멀어지는 것에 대한 두려움이 엄습했다. 결국 낮과 밤이 뒤바뀐 생활을 언제까지고 지속할 수는 없다는 자기합리화에 일단 수능이라도 보기로 한 것이었다. 한국 사회에서 고졸로는 내가 하고 싶은 평론을 하기에 진입 문턱이 높았고, 또한 스스로 새로운 길을 개척할 만큼 나 자신에 대한 확신도 없었다.

이제 어느덧 경력이나 가족에게 신경 쓰기 바빠 주변에 관심을 기울이기 힘든 나이가 되었지만, 가끔 편의점에 가서 아르바이트생을 보면 그들의 꿈이 궁금해지곤 한다. 그때의 나처럼 방황하고 있을까? 아니면 당장의 생계 때문에 방황 따위의 사치를 누릴 겨를도 없는 걸까? 혹은 나와 달리 선명한 미래를 이미 설정하고 그 목표를 향해 직진하는 과정일까? 삼색 볼펜처럼 몇 가지 색깔만 들어간 편의점 조끼를 똑같이 입고 있지만, 내 눈에는 한 명 한 명이 다르게 보인다. 아르바이트에 경황이 없을 당신의 눈에 나는 비록 살 것만 사고 서둘러 떠나는 무수한 손님 중 한 명일뿐이지만, 당신의 꿈과 방황이 궁금하다. 적어도 그때의 아르바이트 경험은 당신의 상황과 고민을 조금이나마 헤아리고자 하는 마음

을 갖게 했다는 점에서 대학에서는 할 수 없는 소중한 사회 경험
이었다.

7
장위동이지만
장위동이 아닌 장위동

여기는 장위동이었다

국민학생 시절 종종 엄마 손을 잡고 우이천을 가로지르는 2차선의 좁은 콘크리트 다리를 건너 장위3동에 위치한 장계시장에 갔다. 1970년대 후반에 지어진 낮은 주택들 사이에 약 250미터 길이의 골목을 따라 형성된 시장은 주말이면 사람들로 붐벼 신경 쓰지 않으면 맞은편에서 오는 사람과 어깨가 스칠 정도로 폭이 비좁게 느껴졌다. 닭강정으로 유명해진 어느 전통시장처럼 특별히 어떤 품목이 유명해서 사람이 몰렸다기보다는 쌀, 생선, 채소, 통닭, 고춧가루, 옷, 신발, 철물, 곱창 등 여느 동네 시장에서 구입할 수 있는 품목들이 다 있었기 때문에 사람이 많았다. 엄마는 나와 동생에게 아티스 혹은 타이거 신발이나 서태지 얼굴이프린트된 후드티를 사주시고, 당연한 의식儀式처럼 장을 다 보고 나서는 시장에서 가장 큰 분식점에서 돈가스 정식을 사주셨다. 집으로 돌아오는 길에 나와 동생은 엄마의 장바구니와 비닐봉지를 나눠드는 것으로 효자가 되었다는 귀여운 정당화를 했던 시절이다.

시장 가는 길에 건넜던 오래된 2차선 다리는 4차선으로 바뀌었고, 아티스 신발을 사주면 신나했던 자식들이 더 좋은 신발이 있다는 것을 알게 된 청소년이 되었을 때, 장계시장은 찾는 사람이 확연히 줄어들었다. '활황'은 더 이상 장계시장과 어울리는 단어가 아니었다. 20대가 된 그때의 아이들의 커진 몸집만큼 시장 골목은 더 좁게 보였을 법한데, 통행하는 사람들이 하도 적어지다 보니 넓다 못해 휑한 느낌마저 들었다.

20대 때 나는 저녁을 먹고 산책하면서 종종 장계시장을 가로질러 갔다. 이제는 더 이상 돈가스를 먹으러 엄마와 시장에 가지 않지만, 어린 시절의 추억을 떠올리고, 대형마트의 골목상권 침투에 대항하는 동네 상인들에게 미미하게나마 힘을 보태기 위한 가벼운 장보기를 겸해 이곳을 산책 코스로 삼았다. 하지만 2000년대 초 이명박 전 서울시장이 추진하다 좌절된 뉴타운 개발 계획의 광풍이 지역에 남긴 개발 욕망의 불씨들은 결국 2017년 대규모 아파트 단지를 짓는다는 명목으로 장계시장뿐만 아니라 주택가, 나무들, 재개발 반대 현수막 그리고 여러 장소의 흔적들을 태워버렸다.

장계시장과 그 동네가 통째로 사라지고 아파트가 들어서면서, 가끔은 우리 집도 창동역에 있는 대형마트에 가서 장을 보지만, 주로 장계시장이 있던 자리에서 좀 더 떨어져 있는 장위시장까지 부모님과 운동을 겸해 걸어가곤 한다. 이 시장은 대형마트가 들어오기 힘든 오래된 주택들이 밀집된 곳에 위치해 있어 여전히 많은 사람이 찾는다. 상인들의 목소리는 기운 넘치고, 경동시장과 같은 큰 시장에서 볼 수 있는 각종 생선들을 포함한 다양한 품목들이 진열되어 있어 시장 구경하는 재미가 쏠쏠하다. 하지만 몇 년 전부터 시장 곳곳에 "우리를 그냥 내버려두라"는 현수막이 걸리기 시작했다. 이곳도 얼마나 버틸 수 있을지 불안불안불안하다.

장을 보고 집으로 가는 길에는 아직 재개발이 시작되지 않은 장위동의 복잡한 골목을 지나서 간다. 종종 늦은 밤에 귀가할 때도 그날 낮에 의자에만 종일 앉아 있었다면, 일부러 돌곶이역에 내려서 장위동 골목을 걸어가기도 한다. 봄에 핀 들꽃, 겨울에 쌓인 눈, 초저녁 밥 짓는 냄새, 늦은 밤 창가 너머로 들려오는 가족의 수다, 새벽 골목길 위에 얽혀 있는 전깃줄과 그 위에 참새들이 앉아 있는 골목의 풍경을 나열하다 보면 가난을 낭만화하는 거냐며 누군가 반문할지도 모르겠다. 하지만 이곳에는 현수막의 메시지처럼 그냥 자신들을 내버려두라는 사람들이 살고 있음을 잊지 말아야 한다. 재개발이 유일한 답은 아니다. 부족한 부분은 보수를 하면서 골목이 있는 삶을 누리고 싶은 사람들의 바람도 존중받아야 한다. 젊은 부부가 예쁘게 리모델링한 집 옆의 골목길에서 아기의 울음소리를 듣는다면, 꼭 몇십 평짜리 현대식 아파트로 새로 짓는 것만이 능사인지 깊은 의문이 들 것이다.

엄마, 동생과 장을 보러 가서 돈가스 정식을 먹던 장계시장
자리에는 고층아파트가 들어섰다. 2018년 10월 11일.

최근 1, 2년 사이에 재개발 공사를 하는 곳이 늘면서 그동안 공사장을 피해 산책을 가던 골목길이 많이 줄어들었다. 골목에서 끝까지 버티며 영업하던 조선순대국과 힐링호프도 문을 닫고, 빈 집이 더 늘어나고 있다. 아무래도 장계시장처럼 나머지 공간들도 기억 속으로 보내야 할 때가 가까워지고 있다는 예감이 든다. 그렇다고 굳이 이 지역의 재개발 사업 일정을 미리 파악해서 그 마지막 날을 알고 싶지는 않다.

드르륵 드르륵, 얼굴 없는 소리

상점과 음식점들이 셔터를 내린 대낮에도 적막한 골목에서는 어떤 기계음이 끊이지 않고 들린다. 소리의 출처는 대부분 간판도 제대로 없는 곳이지만 들리는 소리는 "드르륵, 드르륵" 똑같다. 바로 재봉틀 돌아가는 소리다. 도심의 땅값이 오르면서 임대료가 싼 곳을 찾아 봉제공장들이 장위동까지 밀려온 것이다. 20년 전만 하더라도 이곳에서 재봉틀 소리를 듣기가 어려웠지만, 2010년 이후부터 공장들이 장위동으로 스며들기 시작했다. 창신동 봉제 거리처럼 미싱사, 재단사 구인광고지가 여기저기에 붙어 있는 모습이 어느새 일상의 풍경이 되었다.

『민주화 이후의 민주주의』(후마니타스, 2002)의 저자이자 국내의 대표적인 정당민주주의 이론가로 자리매김한 고려대 정치외교학과 최장집 선생이 퇴임 이후의 관심 주제로 잡은 것은 흥미롭게도 봉제공장이었다. 그는 2011년 8월 22일자 『경향신문』에 「장위동 봉제공장의 얼굴 없는 생산자들」이란 제목의 칼럼을 게재했

좋아하던 장위동의 골목 풍경이 사라지기 전에 골목을
돌며 사진을 찍었다. 위 사진 왼쪽에 봉제공장의 사원
모집 광고가 붙어 있다. 2018년 10월 11일.

다. 그날 아침 종이신문을 읽으면서 우리 동네의 일부인 장위동이 중앙일간지의 칼럼 제목으로 나온 게 신기했고, 그 글을 쓴 필자가 다름 아닌 최장집 선생이어서 더욱 놀랐다. 처음에는 칼럼 제목만 보고 정당민주주의를 전공한 학자가 왜 봉제공장 노동자들에게 관심을 갖게 되었을까 의아했다.

그는 칼럼에서 봉제공장 노동자들이 4대 보험의 혜택을 누리려면 업체들이 사업자 등록을 해야 하는데, 그러한 공식적인 경제 행위자로의 가시화가 노동력 부족으로 채용된 불법 외국인 노동자들을 포박하는 단속의 미끼가 될 수 있어서 공식 경제 밖에 방치된 채로 '얼굴 없는 생산자'로 일하게 되었다고 설명한다. 나아가 현재의 한국 정당정치가 이들의 처지를 헤아리지도, 이익을 대변하려 하지도 않는다는 점에서 현재의 민주주의는 거대 이익만을 대표하는 왜곡된 민주주의라고 지적했다. 그의 글을 읽고서야 왜 봉제공장들이 구멍가게도 달고 있는 그 흔한 간판조차 없는지 이해하게 되었다. 장위동에서 어디 봉제공장 노동자들만 얼굴이 없을까? 조선순대국과 힐링호프 사장님, 골목에 앉은 어르신들, 리모델링한 집에서 얼마 못 살고 나가야 하는 신혼부부들, 장계시장과 장위시장 상인들……. 그의 글은 공간과 장소의 변화가 단순히 한 개인의 공간과 장소에 대한 추억과 낭만의 문제일 수도 있지만, 민주주의와도 연관될 수 있음을 보여주었다.

장소 애착과 장소 상실 사이에서
지리학에서는 인간과 장소 사이의 정서적 결합을 주목하는

'인간주의 지리학' 논의가 있다. 인간주의 지리학은 고향이나 자기만의 방처럼 특정 장소에 애착을 갖는 현상을 설명하고자 장소애場所愛(topophilia)를 연구한다. 특히 대중산업이 발달하면서 장소가 획일화되어 장소의 고유성이 사라지는 장소 상실의 과정(예를 들어 젠트리피케이션 현상)에 주목한다. 애착을 느끼던 장소가 성격이 바뀌고 끝내 사라지는 과정을 목격하면서도 우리가 할 수 있는 일은 별로 없다. 사진 찍는 걸로 충분할까 싶다가도 결국 사진으로라도 남겨야지 마음먹었지만 차일피일 미루다가 결국 재개발 이전 장계시장을 못 찍고, 재개발하는 사진만 찍게 되었다. 장계시장 사진을 이 책에 실을 수 없어 후회와 아쉬움이 든다. 그런데 나만 그런 게 아니었다. 자기 동네 사진을 찍는 친구들을 만나면서 그 사실을 확인하게 되었다.

재개발을 앞둔 반포주공1단지에서 유년기를 보내고 지금까지 살고 있는 20대 후반의 아는 동생은 "오래된 나무들과 동네가 사라지고 있지만, 이곳에서 더 살고 싶다"면서 틈틈이 동네 풍경을 사진으로 찍는다고 말했다. 고향이 서울이 아닌 사람들도 각자의 고향을 찍고 있다. 20대 후반의 학계 후배는 강릉 출신인데 어릴 때부터 동네 사진을 찍고, 장소에 대한 메모를 해왔다. 나보다 세 살 연하인 1985년생 경남 진해 출신의 소설가는 자신의 소설 속에서 "1980년대의 진해를 완벽하게 복원하고 싶"다며, "나는 옛 고향의 모습과 흔적과 그때의 일을 소설과 사진으로 꽤 많이 남겨놓았다"(김봉곤, 「컬리지 포크」, 『여름, 스피드』, 문학동네, 2018, 24쪽)라고 밝혔다.

앞으로도 내 고향 서울에서 장위동이었던 장소들은 줄어들고, 장위동이지만 장위동이 아닌 공간들은 늘어날 것이다. 데이터 저장 공간이 허용하는 한에서, 이웃에게 방해가 되지 않는 선에서, 밤이든 낮이든 앙리 카르티에-브레송Henri Cartier-Bresson처럼 장소를 직접 응시하여 '결정적인 순간'을 찍든지, 사울 레이터Saul Leiter처럼 훔쳐보는 시선으로 쭈뼛쭈뼛 찍든지, DSLR카메라로든 휴대전화로든 그렇게 사진을 찍어보는 것은 의외로 서울 시민들의 장소 상실감을 덜어줄지 모른다.

8
우리 동네
김정일 위원장

동물농장 북한?

'우리 동네 김정일 위원장'이라고 써놓으니 내 고향을 서울이 아니라 평양으로 오해할지도 모르겠다. 하지만 내 고향은 이 책과 주민등록증에서 밝히고 있듯이 서울이다.

'학원별곡 1'에서 국민학생 때 졸랑이와 강제 이별을 당한 것에 대한 항의로 솔로몬속셈학원을 하루 안 갔던 게 그 학원에 대한 유일한 기억이라고 밝혔는데, 기억이 하나 더 떠올랐다. 그 학원의 책장에 꽂혀 있던 책 중에는 공산당을 비난하는 그림이 들어간 동화책이 있었다. 나보다 훨씬 윗세대가 보았던 반공 만화 《똘이장군》(1978)에서 김일성은 붉은 돼지로 묘사되었지만(물론 미야자키 하야오의 《붉은 돼지》(1992)의 주인공 포르코 로소처럼 마음 설레게 하는 붉은 돼지와는 거리가 멀었다), 그 그림책은《똘이장군》처럼 북한 최고지도자를 직접 겨냥해 의수화疑獸化를 하지는 않았다. 하지만 늑대를 간첩으로 묘사했다는 점에서 북한을 동물농장으로 바라보는 기본적인 시각에는 별 차이가 없다(조지 오웰의 『동물농장』에서도 돼지가 권력층을 비유하는데, 독재자의 알레고리가 된 돼지는 억울할 것 같다).

그래도 선진국 국민이라면 북한에 대한 인식이 왠지 합리적이지 않을까 했는데, 꼭 그렇지도 않다는 걸 알게 되었다. 독일에 체류할 때 알게 된 친한親韓 성향의 독일인 친구는 같이 웃자며 김정일을 희화화한 유튜브 동영상의 링크를 보내주곤 했다. 기억에 남는 한 동영상에서 김정일은 비디오게임인 슈퍼 마리오의 주인공이 되어 있었는데 수입 양주를 마시면 몸이 커지고, 아사 직전의 북한 소녀들을 모른 채 지나가면서 그들을 죽게 내버려두고, 결국 핵폭탄을 만들어 판 대가로 다시 양주를 마시는 구제불능의 독재자로 묘사되고 있었다.

이러한 동영상이 주목받는 것은 여기에 어느 정도의 진실이 담겨 있기 때문이기도 하지만 그들을 지나치게 악마화했기 때문이다. 이는 은둔형 지도자에 대한 정보가 제약되었기에 생기는 문제다. 마치 우리 윗세대가 어릴 적에 공산당은 돼지나 늑대 같은 짐승으로 알았듯이 말이다. 김정일의 후계자 김정은도 고모부 장성택을 처형시키고, 형 김정남을 암살하면서 대중에게 적어도 정상이 아니거나 새끼악마 정도로 간주되고 있기도 하다.

미래의 한반도 대스타, 영화배우 김정일

선곡초등학교에서 우이천을 건너면 도보로 5분 거리에 "인쇄, 상패, 도장, 판촉물 제작"을 전문으로 하는 거북사라는 가게가 평화롭게 자리하고 있다. 이 가게가 언제부터 있었는지는 모르겠지만 시간이 숙성시킨 외관이 보여주듯 꽤 오래된 것으로 추정된다. 거북사는 일단 화분들이 가게를 둘러싸고 있는 친환경적 외관이 마음에 든다(가을에 찍은 사진이라 여름에 피었던 꽃들이 많이 사라졌다. 83쪽 사진 참조). 또한 가게 앞에 놓인 여러 종류의 의자들로 지역 주민들이 잠깐 담소를 나누기에 최적화된 친공동체적 외관을 이루고 있다는 점도 나의 시선을 끌었다. 광고가 전문인 가게임을 홍보하기 위해 비슷한 간판들로 건물 위에 담을 친 것은 '투머치'라는 인상을 줄 수도 있겠지만, 언뜻 레고의 해적 보물섬 요새처럼 보이기도 하고, 가게 이름처럼 일광욕하는 거북이로도 보여서 내 개인의 취향으로는 싫지가 않다. 간판에 쓰인 "국가기술자격 기능사의 집"이라는 문구에서는 가게 사장님의 자부심이 느껴진다.

간판을 유심히 보면 "KBS, MBC, SBS, 해외방송 출연, 여러 일간지 신문 잡지 보도 다수"라는 문구가 있다. 사장님으로 추정되는 남성이 군복을 입은 모습이나 노래 부르는 모습의 사진도 있다. 물론 도장 파는 기술이 전국에서 독보적이라면《순간포착 세상에 이런 일이》에 출연하지 못할 법은 없다. 하지만 간판에서 자랑하듯이 세 공중파 방송을 비롯한 다양한 언론에 노출되었다는 점은 사장님이 다른 기술을 보유하고 있을지 모른다고 추측하게 한다.

거북사 사장님은 바로 소설가 김진명의 소설을 동명영화로 만든 《무궁화꽃이 피었습니다》(1995)에서 김정일 위원장 역을 맡았던 영화배우 김정일(본명 김영식) 씨다. 또한 내 고향 서울이 아닌 〈내 고향 정남진〉을 부른 가수 김정일이기도 하다. 그의 또 다른 직업은 배우와 가수였다.

어떤 스타의 팬임을 보여주는 기준의 하나가 팬이 스타를 만났을 때 어쩔 줄 모르는 '멘붕 상태'가 되는 것이라고 한다면, 그는 분명 내게 스타였다. 1년 전 광운대역 승강장 계단을 올라갔을 때 전철을 기다리고 있는 그와 마주쳤다. 노숙한 정장차림과 곱슬머리 스타일에 곧추세운 턱 그리고 선글라스까지 《다크나이트 라이즈》(2012)에서 짐 고든 역을 맡은 게리 올드만이 떠오른 것은 너무나 자연스러운 시퀀스였다. 나는 당신이 영화에 출연한 것도 알고 있고, 내 취향을 저격한 멋진 가게의 사장님이라고 말하고 싶었지만 그는 내게 스타였기에 그 앞에서 난 말문이 탁 막혔다. 당연히 사인도 받지 못했다.

노무현 대통령과 김정일 위원장 간 남북정상회담이 열렸던 2007년 이후, 지난 10여 년 동안 남북관계는 경직되어 있었다. 그러다가 2018년 문재인 대통령과 김정은 위원장이 정상회담을 가지면서 어렵사리 남북한 화해의 기류가 조성되고 있다. 자신의 고모부를 죽인 '냉혹한 독재자'는 "대통령이 편안한 마음으로 멀리 온 평양냉면을……, 멀다고 말하면 안 되갔구나. 맛있게 드셨으면 좋겠다"라고 말하며 예상치 못하게 남쪽 대중에게 친근한 인상을 주었다. 앞으로 더 잦은 마주침을 통해서 '냉혹한 독재자'와 '친근

영화배우 김정일 씨가 운영하는 거북사 외관. 간판에
들어간 그의 얼굴에서 배우로서의 존재감이 물씬 풍긴다.
2018년 10월 11일.

한 지도자' 사이의 간격이 점차 좁혀진다면, 반공 동화 속의 붉은 돼지가 아닌 통일의 동반자로서 북한 지도자에 대한 우리 사회의 이해도가 높아지지 않을까라는 생각이 들었다.

앞으로 남북한 교류가 더 활발해진다면, 북한을 소재로 만든 드라마와 영화가 제작될 확률도 높아지고, 거북사 사장님은 김정일 위원장 역을 맡아 배우 활동을 재개할 수 있을지도 모른다. 그렇게 되면 광운대역 승차장에서의 우연한 팬미팅도 더 이상 이루어질 수 없을 거라고 생각하니 아직 오지 않은 미래로부터 진한 아쉬움이 밀려온다! 이것은 아마도 MBC라디오 《FM음악도시》의 시장으로서 심야에 '음도시민'(음악도시 애청자)들과 접선했던 '우리만의 유희열'이 이제는 오디션 프로그램과 각종 예능에 출연하면서 '당신들의 유희열'이 된 느낌과 비슷할 것이다. 팬으로서는 안타까운 일이겠지만(?) 한국 사회에서 그가 유명해진다는 것은 그만큼 남북관계가 좋아진다는 긍정적인 신호일 것이다. 그가 누구나 아는 우주 대스타가 되었으면 좋겠다.

2장

당신이 누구든
무지개 아래서
당신의 낙원을 발견하기를
—
종로 일대

1
아상블라주
종로

종로를 더듬는 거미들

1990년대 후반의 종로 거리는 10대였던 나의 문화적 감수성을 키운 인큐베이터였다. 처음 이 글을 쓸 때는 이 인큐베이터를 책, 음반, 영화 등으로 나누어 다루려 했다. 프랑스 철학자 미셸 푸코Michel Foucault가 말했듯이 무릇 근대성은 분류에서 시작한다. 이곳 근대도시 서울의 심장부도 깔끔한 분류가 가능할 거라 예상했다. 그래서 본래 이 글의 첫 문장은 "교보문고에서 처음 구입한 책은 1999년 출간된 괴테의 시집『나는 그대를 꺾으리 들에 핀 장미여』였다"로 생각했다(주로 읽었던 무라카미 하루키, 무라카미 류를 비롯한 일본 소설들은 고등학교 도서관에 웬만큼 비치되어 있어서 직접 구입하지는 않았다. 이 책들을 대출하는 학생은 거의 없었고, 네 권으로

된 하루키의 『태엽 감는 새』를 한 권씩 빌리더라도 중간에 다른 사람이 대출하는 것을 염려하지 않아도 되었다).

그런데 뒤따라 폭발적으로 떠오른 기억들은 실로 난잡하게 얽혀버린다. 왜냐하면 20세기 말 책 중독자들은 거미줄에 걸린 먹잇감을 잡으려는 거미처럼 종로의 서점들을 엮어두려 했기 때문이다. 사실 서점들의 먹잇감이 책 중독자들이었고, 나를 포함한 중독자들은 기꺼이 먹잇감이 되었다. 그리고 보니 문학에서 보편주의를 주창하고, 식물학/해부학/지질학/색채론 등으로 세상을 '딱! 딱! 딱!' 분류하려 했던 괴테는 18~19세기의 대표적인 근대적 지식인이었다. 적어도 나의 '띡~ 똑똑! 딱? 뚝!?'의 종로는 괴테와 '딱!' 어울리지 않았다.

프랑스의 탈근대주의 철학자인 질 들뢰즈Gilles Deleuze와 펠릭스 가타리Félix Guattari로부터 영감을 받은 아상블라주assemblage라는 개념은 종로의 공간을 설명하는 데 잘 어울린다. 초등학교 미술시간에 색종이, 색연필, 물감, 기타 등등의 물질들을 자신의 의도 혹은 의도에서 벗어나 스케치북 위에 덕지덕지 붙이는 콜라주를 해본 경험이 누구나 있을 것이다. 쉽게 말하자면 아상블라주는 평면인 2차원의 콜라주를 3차원 공간에 표현한 것이다. 즉 아상블라주는 온갖 물질들이 뒤엉키고 연결된 물질적 결합체를 의미한다.

아상블라주는 공간을 구성하는 요소들의 개별성보다 이들 이종異種적인 요소들 간의 관계 맺기를 통해 발생하는 새로운 리듬과 움직임을 중시한다(수채화를 그릴 때보다 콜라주를 만들 때 보다 자유로운 손과 시선을 생각해보라). 아상블라주의 공간에서 인간은 동물, 식물, 사물과 같은 비인간nonhuman보다 우위에 있지 않으며, 이질적인 인간-동물-식물-사물 간의 거미줄의 탄성과 같은 끊임없는 상호작용과 역동성 자체가 세계의 근원으로 인식된다. 이는 인간과 비인간들의 관계를 전자에게 후자가 고개를 조아리는 관계로 보는 근대적 세계관과 대조된다.

여기서 종로를 아상블라주로 바라볼 것을 제안하는 데는 실용적인 이유도 있다. 다음 문단부터는 서점으로 이야기를 시작하다가 갑자기 음악으로 빠지고, 그러다 영화로 확 빠지는 등 과거의 피맛골 길처럼 이야기의 여러 샛길들이 놓여 있다. 이렇게 종잡을 수 없고 난잡한 글쓰기 혹은 좋게 포장해 아상블라주적 글쓰기를 하는 이유는 '나는 종로에 대해서 이렇게 많이 안다'고 잘난 체하려는 게 아니라 종로의 공간성을 글로 옮기는 것의 막막함을 '아상블라주 종로'로 표현하려는 의도다.

현재 종로에는 교보문고, 영풍문고, 종로서적, 알라딘 중고서점 등의 대형서점이 있다. 반디앤루니스였다가 최근 이름이 바뀐 종로서적은 종각역 4번 출구 앞 다이소 자리에 있던 '오리지널' 종로서점과는 다른 것이다. 오리지널은 교보문고가 문을 연 1980년 이전까지 종로에서 가장 오래된 대형서점이었으나, 2002년에 폐점했다.

지금은 스마트폰으로 각 서점의 재고를 파악할 수 있지만, 그때만 해도 베스트셀러를 제외한 책들은 서점마다 재고 상황이 들쭉날쭉이었다. 교보문고에 없으면 영풍문고로 가는 게 익숙한 동

교보문고와 함께 한국을 대표하는 종로의 대형서점이었던
종로서적의 옛 모습. 한국에서 가장 오래된 서점이었으나
2002년 6월 역사 속으로 사라졌다.

선이었다. 특히나 구하기 어려운 책에 소유욕이 생기기라도 하면 거미줄 위를 부지런히 오가야 했다.

나를 종로의 거미로 변신시킨 책 중 하나는 『앙리 까르띠에-브레쏭』(열화당, 1997[초판 1986])이었다. 앙리 카르티에-브레송은 내 인생의 사진작가 두 명 중 하나다. 문고판 사이즈의 작은 이 책에는 무려 63장의 사진과 그의 대표 사진집 『결정적인 순간』의 서문까지 담겨 있어 구성의 묵직함을 자랑하지만 가격은 고작 4000원이었다. 종로에 갈 때마다 "이번엔 있으려나?" 하는 습관성 중얼거림과 함께 교보문고에서 영풍문고로 종로서적으로 종로 바닥을 분주히 돌아다니던 어느 날 드디어 교보문고에 홀연히 나타난 그 녀석을 낚아챘다.

내 인생의 두 번째 사진작가는 사울 레이터다. 홋카이도의 한 서점에서 그의 사진에 나보다 먼저 빠져들었던 누군가를 통해 2018년에 막 접어든 때에 그를 처음 알게 되었다. 일본어판으로 출간된 그의 사진집을 확보하는 것을 빌미로 그해 유난히 자주 일본을 방문했다. 한 도시에 있는 대형서점, 중고서점, 편의점 서점, 심지어 미술서적만을 취급하는 향나무 냄새가 배어 있는 오래된 서점까지, 마치 공주님의 식어버린 마음을 되돌릴 수 있는 묘약을 찾아 나선 왕자님이 나오는 동화에서처럼 서점들을 찾아 헤매었다. 결국 상황을 뒤집을 묘약을 찾는 데는 실패했지만, 왕자님이 아닌 소비자로서 사진집은 구입했다는 어른을 위한 동화의 결말로 끝이 났다.

음악은 귀로만 듣는 게 아니다

1990년대 대형서점은 책만 팔지 않았다. 인간은 글을 읽으려고 눈을, 음악을 들으려고 귀를 장착했다. 고로 대형서점들이 음반매장도 운영하는 것은 시대적 사명이었다. 카르티에-브레송의 사진집처럼 내 머릿속에 꽂힌 책들이 서가에 꽂혀 있지 않았음을 확인했음에도 곧장 귀가하기에는 아까웠다. 지금처럼 30분 내로 환승하면 버스나 지하철을 추가 지불 없이 탈 수 있는 것도 아니었다. 이왕 종로까지 나온 김에 학교 앞 분식집에서 파는 떡꼬치 세 개에 해당하는 교통비를 뽑아내야 했다. 그러려면 다른 감각의 논리를 자극할 또 다른 장소가 필요했다. 자연히, 그리고 당연히 가장 가까운 서점 안에 있는 음반매장으로 직행했다. 약속 장소를 종로의 서점으로 잡고서 일찍 도착한 날에는 평소 익숙했던 하루키의 소설만 들추더라도 모차르트, 베토벤, 브람스, 비발디, 쇼팽, 하이든 그리고 비틀스가 쏟아져 범람했는데, 이곳에서 귀를 닫고 눈만 뜨고 있는 건 고역이었다.

1990년대 중반 히트팝송을 모은 대표적인 컴필레이션 앨범은 두 가지였다. EMI 소속 가수들의 히트곡을 모은 《NOW》와 BMG 소속 가수들의 히트곡을 모은 《MAX》인데, 나는 오아시스의 〈Don't look back in anger〉와 그다음 곡으로 당시 국내에서 유행한 "Ehhhh, Macarena~~"의 로스 델 리오의 곡 〈마카레나〉가 배치된 《MAX》 1집의 이질적인 곡 구성을 좋아했다. 매년 이 두 앨범의 발매를 선전하는 포스터와 CD 및 카세트테이프를 쌓아둔 성벽을 지나치면, 근대적으로 분류하기 힘든 종로의 공간성과는 대비되는 ㄱ부터 ㅎ까지, A부터 Z까지 아티스트 이름의 머리글자를 따라 앨범들이 가지런히 진열된 아름다운 근대적 공간에 진입하게 된다(사실 나는 컴필레이션 앨범보다는 아티스트의 단독 앨범을 더 좋아했고, 《FM음악도시 유희열입니다》(2000)처럼 좋아하는 아티스트가 선정한 곡들로 채워진 컴필레이션 앨범을 아껴 들었다).

이 근대적 공간의 한복판에 들어서면 『씨네21』, 『키노』 등의 영화 잡지에서 다룬 영화음악, 가수 윤상이 MBC FM라디오 《윤상의 음악살롱》과 당시로서는 꽤 세련된 디자인의 자신의 개인 홈페이지를 통해 소개했던 '월드뮤직' 혹은 '제3세계 음악'까지 기억력을 쭉 끌어올려 해당 앨범들을 찾았다. 그땐 멜론이나 유튜브가 있었던 것도 아니라서 앨범을 발견한 그 자리에서 수록된 곡들을 바로 듣기가 어려웠지만, 앨범 디자인을 살펴보고, 네모난 플라스틱 케이스의 딱딱함을 손으로 느끼고, 앨범 뒷면에 쓰여 있는 아직 듣지 못한 곡명들을 훑어보는 것만으로도 좋았다. 20세기 가수였던 박진영이 말하듯이, "레코드판이 카세트가 되고, 카세트 테잎이 CD로 바뀌고, CD가 다운로드 S트리밍이"(박진영, 〈살아 있네〉, 2016) 된 비트의 시대에도 박진영은 21세기 가수로 살아남았지만, 그렇게 손으로 눈으로 만지작거리며 들리지 않는 음악을 들을 줄 알았던 우리의 공감각은 이제 퇴화되었다. 그때 음악은 귀로만 듣는 게 아니었다.

어떤 음반에 확 꽂힐 때는 손의 촉각과 눈의 시각으로 앨범의 물질성을 파악하는 것만으로는 부족했다. 포장지를 뜯어내고 CD와 카세트테이프를 꺼내 직접 곡을 들어야 했다. 종로의 서쪽에서 동쪽 방향으로 교보문고와 영풍문고, 노랗고 빨간 타워레코드(탑골공원 건너편에 있었으나, 2000년대 초반 폐점), '오리지널' 종로서적, YBM 건물 지하 1층의 뮤직랜드(2004년 폐점) 중 최소 세 군데는 들러서 가격을 비교해보고 CD로 살까 카세트테이프로 살까 고민하고, 그곳에서 앨범을 구입하거나, 아니면 종로3가역을 지나 세운상가 직전에 1976년에 문을 연 서울레코드를 비롯한 저렴한 가격으로 앨범을 판매하는 도매상 레코드점까지 걸어갔다. 가격이 유일한 구매 기준은 아니었다. 구하기 어려운 스매싱펌킨스의 싱글앨범들을 모아둔 패키지 앨범이나 류이치 사카모토의 수입 앨범을 발견하면 그 자리에서 주저 없이 구매했다.

콘크리트 건물이라는 견고해 보이는 물질성 속에 웅크린 대형서점이나 음반매장에 비해 매일매일 경관과 사람이 유동적으로 바뀌는 종로 거리에 대한 기억도 콘크리트 못지않게 견고하게 남아 있다. 길거리에는 '길보드차트'에 따라 최신 곡들이 수록된 불법복사 음반테이프를 판매하는 리어카가 즐비했다. 웬만하면 매장에서 정품을 구입했지만, 지갑이 얇은 고등학생이었기에 H.O.T와 젝스키스, S.E.S와 핑클이 평화롭게 공존하는 '짬뽕테이프'도 종종 샀다.

다음으로 강렬하게 남아 있는 거리 풍경은 1997년에 개봉한 영화 《타이타닉》과 긴밀히 연관된다. 1990년대 후반 《타이타닉》만큼 영화의 이미지가 소비된 영화도 없을 것이다. 어떤 영화가 사회적인 관심을 모으고 공론화되는 것은 그 사회의 문화적 풍토의 깊이를 보여준다는 점에서 긍정적인 반응이다. 다만, 영화관에서

1990년대 후반 이곳에 몰려 있던 도매상 레코드 가게들은
모두 사라지고, 서울레코드만 남았다. 심야에 서울레코드
앞을 지나가면 행인들을 위해 사장님이 틀어놓은 음악을
들을 수 있다. 2018년 10월 30일.

영화를 보지도 못했는데 스포일러나 다름없는 레오나르도 디카프리오가 뒤에서 케이트 윈슬렛을 안고 있는 포스터, 달력, 퍼즐판을 길거리에서 봐야 하는 눈고문과 주제곡인 셀린 디온의 〈My heart will go on〉을 사방에서 들어야만 하는 귀고문은 편치 않았다. 20여 년이 흘러 이제는 EBS '세계의 명화'에서 방영될 정도로 《타이타닉》은 고전의 반열에 올랐지만, 1990년대 후반 종로 거리에서 펼쳐진 《타이타닉》의 스펙터클이 아직까지 아른거려 영화를 볼 마음이 지금껏 생기지 않는다.

이렇게 종로를 동네 구멍가게 들르듯 돌아다닐 체력을 가졌던 팔팔한 고등학생이었지만, 오로지 문화생활을 위해 떠야 할 눈도, 열려야 할 귀도 허기가 지면 책 표지보다는 음식점 간판에 눈이 가고, 음악보다는 맛있는 냄새에 홀리듯이 음식을 쫓을 수밖에 없는 10대였다. 교보문고 바로 앞 건물 1층에 KFC가 있었지만, 이상하게 KFC는 신사역 시네마오즈를 갈 때나 먹는 강남의 음식으로 여겨져서 더 저렴하고 마음이 편해지는 분식점을 주로 이용했다. 그 분식점은 영풍문고와 교보문고 사이 고층 건물 숲 속에 홀연히 자리 잡은 아담한 건물 안에서 달큰한 떡볶이 국물과 고소한 어묵 국물 냄새가 코를 자극하는 종로분식이다. 건물 외벽은 깔끔하게 바뀌었지만, 여전히 층고가 낮은 건물은 배가 출출할 때 부담없이 들어갈 수 있으며, 웹툰《유미의 세포들》의 유미가 좋아할 만큼 떡볶이는 완전 맛있다.

20대가 되어서는 영풍문고와 교보문고에 머무는 시간이 확 줄어들었다. 대신 두 서점 사이에 있는 피맛골의 허름한 술집 거

고등학생 시절 영풍문고와 교보문고를 오가는 길에 종종
들렀던 정거장, 종로분식. 지금도 가끔 들러 떡볶이, 순대,
튀김만두를 먹곤 한다. 2018년 10월 24일.

리에 드나들기 시작했다. 하지만 피맛골 특유의 허름함이 주는 운치를 조금 이해할 무렵, 르메이에르라는 발음에서부터 이물감이 팍팍 느껴지는 거대한 건물이 하늘에서 쿵하고 떨어지면서 피맛골은 사라졌다. 그리고 몇몇 술집과 음식점들이 그 건물 속으로 아슬아슬하게 들어갔다. 변한 건 건물밖에 없는데, 이상하게도 술맛은 완전히 변해버렸다.

"단성사 앞으로 갑시다"

종로 이야기에 영화가 빠질 수 없다. 이제는 사라진 종로 일대의 씨네코아, 명보극장, 중앙시네마와 아직 유지 중인 대한극장, 허리우드극장에서도 영화를 보았지만, 주로 갔던 극장은 종로3가역의 피카디리, 단성사, 서울극장이었다. 고등학교 1학년인 1998년에 서울극장에서 《쉬리》를 볼 때만 하더라도 암표상들이 매표소 앞을 얼쩡거렸다. 이 세 극장을 주로 찾은 것은 지금처럼 인터넷 예매를 할 수 없으니 한 극장이 매진이면 인접한 다른 극장으로 빠르게 이동할 수 있다는 이점이 있기 때문이었다. 작가주의 성향의 영화는 강남 신사역 시네마오즈에서 보거나 방송실에서 해적판을 복사해서 보았고, 종로에서는 상업적인 대중영화라는 딱지가 붙은 영화들을 머리 안 굴리면서 재밌게 보았다.

요즘 택시를 잡고서 "단성사 앞으로 갑시다"(황석영, 『오래된 정원』 하, 창비, 2000, 154쪽)라고 말하면 과연 택시기사는 잘 찾아갈 수 있을까? 단성사가 있던 자리에 새로 지어진 단성골드빌딩에 있던 영화관마저 2008년 부도가 나면서 "역시 홍콩 무협영화가 시간이 잘"(『오래된 정원』하, 154쪽) 간다며 단성사에서 영화를 보던 1980~1990년대 풍경은 과거 속으로 사라졌다.

소설가 황석영이 소설에서 언급한 단성사 건물이 2001년 9월에 철거되었으니, 고3을 앞둔 2000년 2월에 본《철도원》이 단성사에서의 마지막 영화였을 것이다. 설국의 땅 홋카이도를 배경으로 한 이 영화에서 평생 철도원으로 헌신한 사토 오토마츠 역을 맡은 일본의 국민배우 다카쿠라 켄이 눈 내린 호로마이역驛에서 "후면 요시, 신호 요시"를 묵묵히 외치던 장면이 아직도 생생하게 기억난다. 2차 세계대전 후 일본의 베이비붐 세대를 일컫는 단카이團塊 세대의 아버지상을 그려낸《철도원》의 감정 코드는 1997년 외환위기 이후 아버지를 중심으로 형성된 한국 사회의 가족 담론을 건드리면서 국내에서도 제법 흥행했다. 줄거리도 모르고 무작정 영화관에 들어갔다가 예상 못한 '아빠 드립'에 나도 눈물샘을 개방할 수밖에 없었다.

대중문화의 특성상 영화도 다른 문화들로부터 따로 떼어놓고 볼 수 없다. 당시 줄거리도 모르는《철도원》을 보았던 이유는 영화 OST를 류이치 사카모토가 맡았기 때문이다.《마지막 황제》(1988)의 OST로 세계적인 명성을 얻었지만, 그 이전에 전설적인 일렉트로닉 팝 밴드인 YMO(Yellow Magic Orchestra)의 멤버였고, 비디오아티스트 백남준에 대한 존경의 마음을 담은 〈A tribute to N. J. P.〉라는 곡을 쓰기도 했다. 지리적으로뿐만 아니라 정신적으로도 섬에 고립된 같은 세대의 일본인들과 달리 적극적으로 코스모폴리타니즘을 지향하는 그의 태도가 매력적으로 다가왔었다.

《철도원》OST에 수록된 〈Railroad man〉은 1999년 같은 해 《BTTB》(Back To The Basic)라는 그의 단독 앨범에도 수록되었다. 홋카이도 비에이의 새하얀 눈밭 위에 발자국을 남겨놓은 것처럼 하얀 바탕에 BTTB와 류이치 사카모토라는 텍스트만 담은 담백한 디자인의 앨범은 연주곡으로는 최초로 오리콘차트에서 4주 동안 1위를 하는 기염을 토했다. 이런 날이 올진 모르겠지만, 재즈피아니스트 김광민이 방탄소년단과 맞붙어 1위를 차지한 것에 비견할 만한 사건이었다. 대중음악에 관한 일본 대중의 바닥 모를 깊이를 다시 한 번 확인하니, 배가 아팠다.

요즘은 영화 OST에 누가 참여하는지 관심을 갖는 마니아층이 엷어졌지만, 그때는 흥행엔 실패했지만 《엑스파일》(1998), 《고질라》(1998)의 OST 앨범에 푸파이터스, 노엘 갤러거, 사라 맥라클란, 퍼프대디, 자미로콰이, RATM(Rage Against The Machine) 등이 참여해 높은 퀄리티를 보여주었고, 팬들은 그러한 OST를 기다릴 줄 알고 또 열광했다. 나와 같은 리스너들이 OST에 혹해 혹평받은 영화를 관람한 것도, 그때가 그만큼 영화와 음악 간의 관계가 매우 긴밀했던 시절이었음을 반증한다.

감당하기 벅찬 종로의 힘

교보문고-단성사-짬뽕테이프-종로분식-《타이타닉》포스터-서울레코드 등으로 무한히 이어지고 변화하는 아상블라주의 공간에서 종로의 외부와 내부를 구분하는 것은 모호하고 무의미하다. 이 그물망 위에서는 뒤에서 소개할 세운상가, 낙원상가, 익선동, 북촌, 대학로는 행정구역상 종로의 '안'에 속하고, 마찬가지로 나의 발걸음이 닿았던 남산서울타워, 동대문운동장은 종로의 '밖'이라고 엄밀히 구분하는 게 난감하다.

아상블라주는 공간적으로뿐만 아니라 시간적으로도 형성된다. 즉 아상블라주 종로는 종로의 안과 밖의 경계가 모호한 것과 더불어 다양한 세대가 갖고 있는 기억의 시간층들이 뒤섞이고, 새롭고 오래된 장소와 공간들이 교차하고 겹쳐지면서 다채로운 거미줄을 끊임없이 뿜어낸다.

현재의 시선에서 바라보면, 1990년대 후반 음반의 성지였던 교보문고 핫트랙스의 면적이 1990년대 흔했던 동네 레코드 가게 수준으로 확 쪼그라들고, 타워레코드가 커피점이 되고, 영화관들이 사라지고, 고층 건물들이 지어지는 것을 목격하면서 종로는 새로운 세대의 취향에 맞는 공간들로 급속히 채워지는 것으로 보일 수 있다. 하지만 지금도 종로구청과 D타워 사이 일대, 서울YMCA 건물, 젊음의 거리를 비롯한 종로 곳곳에는 여전히 1960~1970년대 건물들이 오래된 아름다움을 은은하게 그리고 단단하게 지키고 있다.

1980년대 민주화운동을 소재로 한 소설 『오래된 정원』에서 "종로 쪽과 인사동 입구를 지원조가 봉쇄하여 시간을 버는 동안에 공격조는 복잡한 골목 틈틈이 박혀 있다가 당사 안으로 뛰어들어가 점거해버렸다"(『오래된 정원』 하, 90쪽)라며 민주화운동의 역동성 속에 있던 종로를 세밀히 묘사하면서 과거에만 머무를 줄 알았던 1943년생 소설가 황석영이 2017년 봄 D타워 1층 한 의류

매장으로 휙 들어가는 것을 우연히 목격했다. 한국 자본주의의 엔진으로서 강남의 형성 과정을 치밀히 추적하고, 궁극적으로 강남의 꿈을 해체하고자 한 『강남몽』의 차기작으로 '소설가 황씨의 일일'을 준비하는 건진 몰라도 그는 종로의 과거에만 머물지 않고, 현재 그리고 미래에도 간섭할 듯싶다. 적어도 종로의 공간에 대해서만큼은 젊음과 늙음으로 구분하는 시계열적 접근은 무의미하다(그해 늦가을 이화여대에서 오전 강의를 마치고 점심을 먹은 뒤 이대 후문 건너편 작은 카페에 들렀을 때, 작은 테이블에 커피 한 잔을 올려놓고 작은 의자에 앉아 신문을 읽던 문학계의 거목을 또다시 마주쳤다).

이렇게 누더기 천조각처럼 얼기설기 엮인 종로의 시공간적 복잡성을 일부나마 이해하고자 아상블라주라는 그럴듯한 프랑스어를 끌어왔다. 하지만 이 개념에 앞으로 얼마나 종로를 가두어둘 수 있을지는 미지수다. 종로의 시공간을 만들어내는 이 감당하기 벅찬 거대하고 역동적인 문화 생성의 힘, 이 힘으로 작동하는 인큐베이터로서 종로가 1990년대의 나를 만들었듯이, 2000년대의 당신, 2010년대의 당신, 2020년대의 당신도 이곳으로부터 감히 해방되기는 어려울 것이다.

2
다시 세울
세운상가

세운상가의 그림자

나는 도심에 있는 전자상가에서 일하고 있었다. 가동과 나동과 다동과 라동과 마동으로 구별되는 상가는 본래 분리되어 있었던 다섯 개의 건물이었으나 사십여 년이 흐르는 동안 여기저기 개축되어서 어디가 어떻게 연결되었는지 얼핏 봐서는 알 수 없는 구조로 연결되어 있었다.

—황정은, 『白의 그림자』, 민음사, 2010, 29쪽.

심부름을 나왔다가 상가에서 길을 잃은 적이 있었다. 나도 모르는 사이 나동에서 가동으로 넘어온 상태였다.

수년 전부터 그 부근을 다녔어도 항상 다니는 길만 다녔
던 나는 비슷한 듯 미묘하게 다른 구조 속에서 완전히 길
을 잃고 헤매고 있었다.
　　　　—『白의 그림자』, 99쪽.

　소설가 황정은은 『白의 그림자』에서 밖에서 볼 때 다섯 동의
건물은 "본래 분리되어 있었"지만, 시간의 흐름 속에 "어떻게 연
결되"어버렸고, 내부를 바라보면 수년 전부터 일을 해온 곳이지
만 자신도 모르는 사이에 길을 잃게 되는 "비슷한 듯 미묘하게 다
른 구조"라며 주인공의 시선을 빌려 세운상가의 겉과 속을 묘사
했다.

　그녀의 소설에서 상가 재건축 논의가 나오는 것으로 보아서
이 소설을 쓰기 위한 답사와 인터뷰를 2000년대에 진행했을 것
으로 추측된다. 내가 대학에 다니던 2000년대와 정확히 포개어
지니 소설 속 이야기들이 더욱 친밀하게 다가온다.

　요즘에 세운상가를 아는 계기는 '워크맨'Walkman이나 '마이마
이'mymy를 수리하러 방문해서가 아니라, 상가 인근의 오래된 음식
점이 《수요미식회》 같은 TV프로그램에서 맛집으로 소개되는 것
을 접하면서다. 여기서 워크맨이나 마이마이를 아느냐 모르냐는
세대 감별의 리트머스 종이가 된다. 마이마이는 삼성전자가 만들
었고, 워크맨은 소니가 만들었는데, 모두 휴대용 카세트플레이어
다. 《응답하라》 시리즈를 시청한 젊은 세대라면 들어는 보았을 것
이다. 집에 붙박인 전축과 달리 걸어 다니면서 음악을 들을 수 있

게 된 것은 그야말로 생활의 혁신이었다.

오늘날 스마트폰이 삼성의 갤럭시와 애플의 아이폰으로 갈리는 것처럼, 당시에는 삼성의 마이마이와 소니의 워크맨이 양대 산맥이었다. 나는 워크맨을 갖고 있었다. 카세트테이프 두께와 별반 차이가 없을 만큼 얇은 기계에서 어떻게 음악이 나올 수 있을까 하고 소니의 기술력에 탄복한 나는 저절로 '워크맨 부심'이 생겼다. 단순함과 간결함을 강조하는 미니멀리즘의 영향을 받았는지는 모르겠지만 나이를 먹어도 취향은 변하지 않았다. 아이폰을 쓰면서 갤럭시를 내리 깔보는 내 눈빛은 어릴 때 마이마이를 바라보는 눈빛과 일치한다.

방 한구석에 먼지가 쌓여 있는 나이키와 컨버스 신발 상자들을 오랜만에 열어보니 이적 1집(1999), 림프비즈킷 2집(1999), 스매싱펌킨스 5집(2000)까지도 카세트테이프로 구입한 것으로 봐서는 MP3와 CD플레이어를 본격적으로 사용한 고등학생 때도 워크맨을 이용했던 것 같다. 국민학교 고학년 때 외삼촌한테 워크맨을 얻었는데 단 한 번도 고장 나지 않았다. 그때 어른들 말마따나 "역시 일제였다." 그런 워크맨이 고장 나면 찾아가는 곳이 바로 전자상가로 알려진 세운상가였다. 고등학생이 되어서는 수업을 마치고 영풍문고 가는 버스 안에서 상가의 독특한 외관을 잠깐 보았을 뿐 졸업 전까지 직접 가본 적은 없었다.

이후 세운상가를 수도 없이 걷기 시작한 것은 대학에 입학하면서부터였다. 등하교 시간에 여유가 있을 때면 세운상가를 거쳐 종로3가역에서 충무로역으로, 충무로역에서 종로3가역으로 걸어

갔다. 발터 벤야민이 파사주passage 아래를 걸으면서 파리의 근대
성을 읽었다면, 불도저로 불렸던 김현옥 서울시장이 "세계의 기운
이 이곳으로 모이게 하라"는 의미에서 세운世運이란 이름을 짓고,
한국을 대표하는 건축가 중 한 명인 김수근이 설계한 이 상가를
걸으면서 1960년대 가난한 국가의 관료와 건축가가 품었던 발전
과 근대화에 대한 열망을 읽었다.

　더불어, 세운상가를 걷게 된 결정적인 이유 중 하나는 이명박
서울시장이 추진한 청계천 복원사업이었다. 2003년부터 2005년
까지 청계천 복원사업의 일환으로 청계 고가도로가 헐리고, 고가
도로가 있던 구간 아래가 동서 방향으로 길게 파헤쳐졌다. 파헤
친 자리에는 철근, 강철 빔, 콘크리트관 같은 건설자재들과 붉거
나 주황빛의 중장비들이 정신없이 펼쳐져 있었다. 일본 애니메이
션《에반게리온》의 결말에서 아스카가 조종했던, 겉모습은 로봇
이지만 살아 있는 생명체였던 에바2호기가 양산형 에반게리온들
의 공격을 받아 두꺼운 장갑이 부서지고 생명체임을 증명하는 거
대한 뼈가 드러나고 내장이 쏟아지면서 잔혹한 최후를 맞던 장면
이 연상되었다.

　《에반게리온》의 강렬하면서 잔인한 전투 장면이 떠올랐던 것
은 복원이라는 말을 쓰기가 낯뜨거운 반환경적(전기펌프를 이용해
한강에서 물 끌어오기), 반역사적(수표교 복원 실패 등) 방식일 뿐만 아
니라 사회적 합의가 부재한 채로 1960년대의 '불도저' 김현옥 시
장마냥 사업을 일방적으로 밀어붙임으로써 서울의 땅 속을 그렇
게 광범위하게 헤집었던 과정이 폭력적이라고 느꼈기 때문이다.

민주주의 사회에서 버젓이 권위주의 정권 시절의 관성이 남아 있는 것을 외면하기보다는 눈으로 직접 보고 기억해야겠다는 생각이 들었다. 그렇게 2004년 2월 군입대 전까지 세운상가를 걸을 때면 청계천 복원사업 현장을 챙겨 보았다.

시멘트 덩어리인가, 누군가의 생계인가

복학생 3학년으로 학교에 돌아온 2006년 여름, 현재는 폐간됐지만 당시 시민사회에서 환경 담론의 수준을 풍요롭게 일궜던 매체 중 하나인 『시민의 신문』에서 나는 단국대 조명래 교수(도시계획 전공)와 세운상가 철거에 관한 논쟁을 주고받았다. 조명래 교수가 한 매체에서 "세운상가는 김수근 씨가 설계한, 건축사에 있어 기념비적 작품"이라며 "직간접 고용인원이 200만 명에 달하기 때문에 보존을 전제로 활성화 방안을 찾는 것이 낫다고 본다"라고 발언한 것에 대해 나는 철거해야 한다는 주장의 글을 『시민의 신문』에 실으면서 논쟁이 시작되었다.

내가 제기한 철거의 근거는 네 가지였다. 첫째, 세운상가가 있는 공간을 시민에게 되돌려주어야 한다. 세운상가 자리에는 원래 서민들이 살고 있었지만 일제강점기 말 연합군의 폭격으로 인한 화재의 확산을 막기 위해 소개공지疏開空地를 조성할 목적으로 집들이 파괴되었고, 한국전쟁 때는 피난민들의 판잣집들이 몰려 있었지만 세운상가가 건설되면서 마찬가지로 파괴되었다. 이러한 역사적 사실을 강조하면서 시민의 삶과 애환이 녹아 있는 세운상가의 공간을 특정 자본을 위해 개발하기보다는 공공성을 강조해 시민들을 위한 공간으로 만들 필요가 있다.

둘째, 북악산-종묘-남산을 잇는 남북 녹지축 조성 과정에서 길이 끊어진 세운상가 구간을 복원해야 한다. 이를 통해 도심열섬 현상 완화와 같은 녹색도시 만들기를 실현할 수 있다.

셋째, 세운상가를 김수근의 기념비적 작품으로 보기 어렵다. 상가 완공 직후 제기된 비판 여론("추악하다", "볼썽사납다"라는 건물 외관에 대한 미적 평가부터 녹지축 단절, 청량리-동대문-광화문-신촌·마포로 이어지는 동서 방향의 시가지 흐름의 차단 등)에 대한 부담 때문이었는지 김수근은 세운상가 설계를 자신의 '작품 연보'에서도 언급하지 않았다. 또한 그가 설계한 국립부여박물관, 경향신문사, 올림픽주경기장, 올림픽공원 체조경기장, 국립청주박물관, 경동교회 등이 기념비적 작품이라는 데 어느 정도 사회적 공감대가 형성되어 있다는 점을 감안하면, 이렇게 기념비적 작품들이 많은 상황에서 굳이 논란이 되는 세운상가를 유지할 필요가 없다.

넷째, 김수근의 건축을 통한 근대화 열망의 발산이 박정희 정권의 조국 근대화로 수렴되는 정치적 유착이 있었다. 그는 1962년 아시아반공연맹 자유센터 설치위원회의 건설분과 위원장으로 활동했다.

내 글에 대한 답변에서 조명래 교수는 본래 자신도 세운상가 철거 이후 남북 녹지축 조성을 주장했다면서 녹색도시의 필요성에 공감했다. 하지만 철거에서 보존으로 입장이 바뀌었는데, 당시 서울시가 내놓은 세운상가 주변 개발계획이 고층고밀화에 초점이 맞춰져 있고, 무늬만 복원인 청계천 사업을 목격하면서 녹지축 연결이라는 것이 자칫 외부에서 가져온 나무들을 심는 조경이 될 수 있으며, 지하 공간을 상업시설로 개발해 이곳이 '부자들의 앞마당'이 될 확률이 높다고 판단했다는 것이다. 그럴 바에야 차라리 기존 건축물을 녹화시켜 제한된 녹지축이나마 복구하고, 기존 상인과 거주민들이 쫓겨나는 것도 막음으로써 환경정의와 사회정의를 동시에 실현하는 게 낫다고 보았다.

10년도 훨씬 지난 논쟁을 다시 읽으면서 놀란 점은 내가 세운상가를 "시멘트 덩어리"라고 단정 짓고 1970년대부터 제기된 상가에 대한 "추악하다", "볼썽사납다"라는 여론의 반응을 인용하면서 요즘 말로 '얼평'(얼굴 평가)을 철거의 주요 근거로 삼았다는 점이다. 이런 논리는 이 책을 쓰면서 갖게 된 '내 고향 서울'을 바라보는 존재미학인 '쌓여도 난 그대로 둘 거예요'의 태도와 정면충돌한다.

그때 내가 왜 그렇게 미적인 측면을 중시했는지 돌이켜보면, 한때 도심부 전자산업의 중심지였던 세운상가가 싸구려 포르노 영상물을 파는 곳으로 전락했다는 인식이 크게 작용한 탓이었다. 이러한 나의 부정적인 시선은 이명박 시장이 청계 고가도로를 바라보았던 시선과 크게 다르지 않다. 더구나 역사적으로 시민들의 터전이었음을 강조했던 내 논리가 실은 세운상가에 거주하는 주민들을 쫓겨나게 하는 예상치 못한 공간 부정의spatial injustice를 초래할 수 있다는 점에서 조악한 것이었다. 반면 나와 같은 시기에 세운상가를 드나들었던 황정은은 세운상가 내부의 목소리에 주목함으로써 내가 철거의 근거로 내세운 '시민을 위한 공간'이라는 것은 추상적 개념에 지나지 않았음을 재확인시켜준다.

나는 이 부근을 그런 심정(자신의 일상생활 공간이었던 세운상가에 대한 장소적 애착을 가리킨다-인용자)과는 따로 떼어서 생각할 수가 없는데 슬럼이라느니, 라는 말을 들으니 뭔가 억울해지는 거예요. 차라리 그냥 가난하다면 모를까, 슬럼이라고 부르는 것이 마땅치 않은 듯해서 생각을 하다 보니 이런 생각이 들었어요. 라고 무재 씨는 말했다.
―『白의 그림자』, 114~115쪽.

언제고 밀어버려야 할 구역인데, 누군가의 생계나 생활계라고 말하면 생각할 것이 너무 많아지니까, 슬럼, 이라고 간단하게 정리해버리는 것이 아닐까.
―『白의 그림자』, 115쪽.

그땐 학부생이었지만 외부자의 시선에서 세운상가를 '슬럼'으로 규정하고, 황정은이 꼬집듯이 그 공간에 있는 사람들이 "뭔가 억울해지"고, "마땅치 않은 듯"한 생각을 하고 있는 것에 대해서까지 헤아리지 못했던 나를 반성하고, 그곳에 있는 사람들에게 미안한 마음이 들었다. 그나마 다행스러운 점은 지리학자로서 수행한 연구들 중 일부가 황정은 소설 속 인물들의 대화처럼 공동체 내부의 목소리, 지역 주민들의 목소리에 귀 기울이고자 미약하게나마 노력했다는 것이다.

세운상가의 현재 외관. 2019년 12월 12일.
—
세운상가 내부의 모습. 이 많은 가게들 중 어딘가에서
『白의 그림자』 주인공이 일하고 있을 것만 같다. 2020년
1월 21일.

세운상가의 입장에서도 다행스러운 것은 서울시의 지원으로 상가 일부를 리모델링해서 음악회나 전시회를 할 수 있는 예술 공간을 만들고, 찾아오는 시민들이 늘면서 서서히 활력을 되찾기 시작했다는 점이다. 하지만 서울시 주도의 정책적 처방이 얼마나 효과가 있을지는 낙관하기 어렵다. 더구나 이명박 서울시장 시절에 남겨진 재개발의 잉걸도 여전히 남아 있다.

언젠가 건축물로서의 생명력이 모두 소진된 순간이 오면 상가는 헐리겠지만, 누군가가 제2의 청계천 복원사업의 제물로 삼고자 그날을 무리해서 앞당기는 것은 경계해야 한다. 1960년대 발전과 근대화를 위해 '세계의 기운이 이곳으로 모이게 하라'는 상가명의 의미는 남북 녹지축의 일부로서 상가 공간의 녹지화를 위해, 상가에 조성된 예술 공간을 시민들이 향유하도록 하기 위해, 상가에서 영업을 하거나 거주하려는 사람들을 위해, 아니면 TV 프로그램에 소개된 맛집을 가거나 데이트와 같은 다양한 목적을 가진 사람들이 이곳으로 모이게 하라는 의미로 새롭게 세워져야 한다. 그렇게 다시 세울 세운상가야말로 시민들과 더 오래오래 함께할 수 있다.

3
언더 더 레인보우,
낙원상가

팬더가 좋아? 깁슨이 좋아?

　고등학교 방송반 PD였던 나는 점심방송에서는 다양한 음악을 들려줘야 한다는 방침 때문에 특정 장르에 대한 호불호 없이 잡식으로 들었다. 대신 음악에 대한 이야기를 할 친구들은 나름대로 구별되어 있었다. 팝을 좋아하는 친구, 록을 좋아하는 친구, 가요를 좋아하는 친구, 클래식을 좋아하는 친구, 영화음악을 좋아하는 친구, 미국 힙합을 좋아하는 친구, 심지어 김밥 속 오이나 당근을 빼고 먹듯이 일본 애니메이션 OST만 편식하는 친구 등등, 장르별로 친구들과 우정을 다졌다.

　친구: 기타는 역시 팬더 스트라토캐스터지.

나: 뭐래. 깁슨이 최고지.

친구: 그럼 앰프는?

나: 앰프는 마샬이고.

친구: 그래, 그거 하난 통하네.

나와 기타에 관한 대화를 나눈 친구는 당연히 지미 헨드릭스를 좋아한 록 마니아였다. 낙원상가에 갈 때는 록에 '필' 받았을 때다. 나는 연주에는 재능이 없지만 기타 연주를 듣는 것과 기타를 구경하는 건 좋아했다. 흐음. 친구의 연주 기량은 내가 전문가가 아니니 함부로 말 못하겠다.

앞서 소개한 대화에서 내가 깁슨 기타를 좋아한다고 밝힌 이유는, 깁슨사에서 1999년 동양인 기타리스트 최초로 일본의 록그룹 비즈의 기타리스트 탁 마츠모토Tak Matsumoto의 이름이 들어간 시그니처 모델을 발매했기 때문이다. 탁의 기타 실력도 출중하지만 일본에서만 활동하던 기타리스트의 연주 실력을 알아본 깁슨사의 안목도 인정할 필요가 있었다. 하지만 이런 대화도 사실은 '엄마가 좋아, 아빠가 좋아?'의 수준을 넘지 못한 소모적 말다툼이었다. 고등학생 때 내가 좋아한 록그룹 톱 3에 들어가는 스매싱펌킨스의 프론트맨 빌리 코건Billy Corgan은 팬더와 깁슨을 번갈아 사용했기 때문이다. 그런데 그때는 친구와 그런 시답잖은 대화를 하면서 낙원상가를 가는 게 재미였다.

100년 전에도 낙원상가가 속한 행정구역은 낙원동樂園洞이었지만, 그러한 공식적인 지명의 역사와 상관없이 1990년대 후반에 내가 경험하고 생각한 것을 바탕으로 이 상가에 낙원이란 이름을 붙일 수 있었던 것은 이곳이 '음악의 낙원'이었기 때문이다. 당시 낙원상가에는 허리우드극장이 있었지만, 종로3가역 근처에 있는 피카디리, 단성사, 서울극장이 관객들을 빨아들였다. 명절이라고 해도 세 극장을 돌면 표를 살 수 있었기에 굳이 낙원상가까지 걸어갈 필요가 없었다. 그때 내게 '영화의 낙원'은 종로3가였지, 낙원상가가 아니었다.

그 누구의 낙원도 될 수 있는 낙원상가

고등학교를 졸업하고 대학에 들어간 2000년대 초반부터는 더 이상 음악을 찾아 듣지 않았다. 대학을 졸업한 2000년대 후반에 우연히 학부 선배를 만났는데, 남편과 낙원상가에 살고 있다고 했다. 상가에 살면서 가까운 북촌으로 심야산책을 간다는 이야길 듣고서 더 이상 음악의 낙원이라서가 아니라 북촌으로 산책을 갈 수 있다는 부러움에 이곳이 낙원으로 느껴졌다. 이처럼 낙원은 누가 미리 정하는 것이 아니고, 동일한 사람이라도 공간(종로3가역이냐 낙원동이냐)과 시간(고등학생 때냐 대학교 졸업 후냐)에 따라 달라지기 마련이다. 즉 주관성이야말로 '낙원'이 만들어지는 핵심이다. 따라서 어떤 사람에게는 비단 낙원상가가 아니라 그 주변도 낙원이 될 수 있다.

1939년에 개봉한 영화《오즈의 마법사》의 주제가인 〈오버 더 레인보우〉에서 "무지개 너머의 어딘가"somewhere over the rainbow는 푸른 하늘 너머에 있는 낙원을 가리킨다. 그 어딘가를 가려면 별에게 기도해야 한다. 기도를 하고 눈을 뜨면 구름 위에 있게 된단다. 그런데 대도시 서울에서는 별을 찾기도 쉽지 않고, 이불 밖은 위험한데 하물며 구름 위는 더더욱 위험할 것이다. 누군가는 무지개 너머의 낙원에 가려고 목숨까지 걸 필요는 없다며, 무지개 아래도 낙원이 될 수 있지 않겠느냐고 반문할 수 있다. 그러니까 오버 더 레인보우 말고, '언더 더 레인보우'under the rainbow에도 낙원이 있을 수 있다는 말이다. 공교롭게도 건물 아래로 차들이 지나는 도로가 있어 독특한 아치형 구조를 갖고 있는 낙원상가는 무지개를 닮았다.

낙원상가 옆 건물에 있는 카페 체인점 커피빈은 '게이빈'으로 알려져 있다. 게이들이 만나는 장소라는 말이다. 성소수자 또는 성적 다양성을 의미하는 무지개 깃발을 떠올릴 수 있다면, 무지개를 닮은 낙원상가 아래에 위치한 커피빈은 성소수자들에게는 '언더 더 레인보우'의 낙원일 것이다. 1985년생 작가 김봉곤은 「여름, 스피드」에서 소설 속 주인공을 통해 낙원상가 일대가 그들의 낙원인 이유를 거침없는 스피드로 묘사했다.

쇠락한 원샷바나 소주방, 3차로나 가던 숯불구이 가게가 있던 거리로 기억했던 이곳(익선동-인용자)이 더할 나위 없이 세련된 레트로풍 카페 거리로 변해 있었다. '이곳은 가정집입니다' '이반들의 통행 및 음란 행위 금지' 같은 입간판이 서 있던 어둡고 좁은 골목. 그런 경고를 싸그리 무시하고 보란 듯이 키스하고 아랫도리를 비비던 거리

게이들을 위한 전용주점들이 모여 있는 소위 '고추잠자리 골목'. 「여름, 스피드」의 주인공도 이 골목을 걸어 다녔을 것이다. 2020년 2월 23일.

였는데 말이지, 흠.

　　　—「여름, 스피드」, 『여름, 스피드』, 문학동네, 2018, 79쪽.

　　20대 초반 내게도 낙원상가 주변이 '언더 더 레인보우'의 낙원
이었던 적이 있었다. 어르신들이 찾는 상가 옆 국밥집에서는 손님
이 마시다 남은 두꺼비 진로 소주를 '킵'하고서 다음에 오면 마실
수 있도록 모셔둔 주방 찬장이 있었고, 소주를 잔술로도 팔았다.
요즘 바에서 위스키를 킵하는 문화가 당시 소주에도 적용된 것이
다. 3000원도 안 되는 국밥에 지인들과 킵했던 소주를 마시던 그
때가 내게는 한때의 낙원이었다.

　　이처럼 낙원의 의미는 개개인마다 다르다. 비록 소주를 킵해
주던 나의 낙원 하나는 사라졌지만, 음악의 낙원, 영화의 낙원, 게
이의 낙원, 혹은 낙원동 골목에서 장기를 두는 어르신들의 낙원
등등, 무지개 아래서 누구나 각자의 낙원을 찾을 수 있도록 열림
과 펼침의 공간을 유지하는 것, 이것이야말로 낙원의 진정한 의미
이고, 낙원상가를 낙원답게 만드는 조건이다.

4
익선동 그리고
기타 동동

관리된 아름다움보다 B급의 아름다움이 더 좋다

2000년대 초반 이곳의 존재는 알았지만 동네 이름이 익선동
인지는 몰랐다. 그땐 이곳을 누군가에게 소개할 정도로 요즘 표현
으로 '핫'하거나 '힙'한 곳은 아니라서 굳이 이름을 알 필요가 없
었다. 당시 대중에게 '핫'하고 '힙'한 이미지로 떠오른 곳은 익선동
의 북쪽인 현대빌딩, 헌법재판소를 지나 감사원, 정독도서관, 중
앙고등학교의 사이사이를 한옥으로 채우면서 고즈넉하고 고풍스
러운 분위기를 내는 북촌이었다. 『정글북』의 모글리가 처음 본 늑
대를 부모로 생각하고 자랐듯이, 처음 본 북촌이 나에겐 한옥의
미적 모범이 되었는지는 몰라도 익선동은 이름까지 알 필요가 없
고, 북촌보다는 고풍스러움이 떨어지는 'B급 한옥마을'로 인식되

었다.

　이름도 모르던 이곳을 알게 된 계기는 '맛집'을 찾으면서였다. 학교에서 저녁을 먹고 야자(야간 자율학습) 시작 전에 자주 보았던 TV프로그램이 SBS 《리얼 코리아》였다. 맛집 소개 프로그램의 원조라고 할 수 있다(《리얼 코리아》를 보고서 야자를 째고 처음 방문한 맛집은 지금도 영업 중인 삼각지역의 탕수육을 잘하는 명화원이다). 대학에 들어와서는 수업이 끝나면 충무로에서 세운상가를 지나 종로까지 걸어갈 의향이 있는 소규모 맛집원정대를 꾸려 익선동 닭곰탕집으로 향했다. 미디어를 통해 맛집으로 알려지고, 시청자가 그 맛집을 방문하는 시퀀스만 본다면 약 20년 전 나의 익선동 방문은 익선동 젠트리피케이션의 전조前兆로 볼 수도 있겠다. 하지만 익선동에서 본격적인 젠트리피케이션 현상이 나타나기 시작한 것은 그로부터 시간이 한참 흐른 뒤인 2015년경부터였다.

　《리얼 코리아》에 나온 익선동 닭곰탕집은 맛과 더불어 3500원이라는 저렴한 가격이 강점이었다. 골목에는 닭곰탕집뿐만 아니라 서민들이 많이 찾는 값싸고 맛있는 음식점들이 몰려 있었고, 여관과 여인숙이 쉽게 없어지지 않을 티눈처럼 곳곳에 박혀 있었다. 이 음식점 골목이 현재 2차선 도로인 돈화문로11길에서 한옥마을로 진입하기 직전의 표피表皮라면, 식사를 마친 원정대가 소화도 시킬 겸 마실을 나가는 골목길은 진피眞皮에 해당했다.

　처음 마주친 익선동 한옥들을 B급으로 인식한 이유는 무엇보다도 서민적인 음식점과 여관이 섞여 있는 공간적 배치가 그리 멀지 않은 거리에 있는 관공서와 고급 갤러리가 있는 북촌 한옥의 분위기와 선명히 대비되어서였다. 더불어 익선동 한옥들은 비와 눈을 완전히 막아주지 못하는 기왓장을 대신해 방수포로 덮여 있곤 했고(당시 북촌에도 방수포를 우비로 삼은 한옥들이 곳곳에 숨어 있었다), 일제강점기에 지어진 이후 세월에 까맣게 타버린 목재들과 칙칙한 회색 콘크리트와 값싼 타일을 붙인 담벼락은 한낮에도 어두컴컴한 밤을 만들어내면서 생기 있는 목재와 밝은 화강암이 들어간 북촌의 담벼락과 대비를 이루었다.

100년 가까운 시간이 퇴적되면서 자연스럽게 형성된 익선동의 건축미를 북촌의 '잘 관리된 아름다움'보다 못한 B급으로 보는 내 촌스러운 미적 감각에도 불구하고, 익선동을 더 좋아한 이유는 그곳을 마을답게 가꾸었던 사람들이 있어서였다. 골목골목에는 소탈한 아름다움을 드러내는 봉숭아꽃, 나팔꽃, 호박꽃이 피었고, 마을 사람들의 배를 채워줄 상추와 고추가 자라고 있었다. 할머니들은 작은 평상이나 낡은 의자에 앉아 대화를 나누거나 담배를 피웠고, 조금 넓은 골목 공간을 놀이터로 독점하고 있는 아마도 교동초등학교에 다녔을 아이들이 있었다. 집 대문에는 이곳에 사람이 살고 있음을 알려주는 한자 이름이 새겨진 명패들이 걸려 있었다. 가끔 안국역 부근에서 낮에 시작한 공부 모임이 초저녁에 끝나면 일부러 익선동을 지나 종로3가역까지 걸어갔다. 집집마다 새어나오는 밥 짓는 냄새가 시장기를 더욱 느끼게 했다. 골목을 채우고 있는 비슷한 가옥 외관과 미로 같은 골목길에서 종종 막다른 길을 만나 헤매기도 했는데, 이런 특성도 외부인들의 접근을 줄여 도심 속 '마을섬'으로 존재할 수 있게 한 요인이었을 것이다.

20대가 되면서 내가 살던 동네가 재건축으로 사라졌다. 새로 지어진 집은 명패 대신 우편함에 붙여진 이름으로 누가 살고 있는지를 알려주었다. 결국 사라진 동네 풍경에 대한 향수를 익선동 골목이 달래준다는 개인적인 이유로 북촌 골목길보다 익선동을 더 좋아하게 된 것 같다.

밥 짓는 냄새 대신 커피 향이 채운 골목길

그로부터 시간이 꽤 흐른 2015년 여름, 독일에서 공부를 마치고 3년 만에 한국으로 돌아왔다. 오랜만에 친구들을 종로에서 만났다. 1차가 끝난 후 누군가 요즘 익선동이 뜬다면서 거기서 맥주 한잔을 더 하자고 제안했다. 그때서야 나는 내가 알던 B급 한옥마을이 익선동이라는 이름을 갖고 있었다는 사실을 알았다. 서울 시민들의 시선 밖에서 고도孤島처럼 존재했던 이곳마저 젠트리피케이션 현상의 전형적인 경관들인 아기자기하고 이국적인 음식점과 카페, 옷가게, 액세서리 가게가 줄지어 들어서면서 이곳이 더 이상 내가 알던 곳이 아니라는 사실도 알게 되었다.

노련한 사냥꾼이 곰과 사슴의 내장을 삭삭 긁어내고 솜으로 채워 살아 있는 것처럼 보이는 박제를 만들듯이, B급 가옥에서 살았던 가족과 공동체는 빠져나가고 자본가의 수완과 건축가의 감각적 터치로 리모델링된 A급 가게들은 외부 사람들을 유인하면서 언뜻 마을은 새롭게 생동하는 듯 보인다. 주택개발을 맡은 공기업의 한 소식지는 변화한 익선동을 두고서 "전통문화를 살리

젠트리피케이션으로 카페와 주점들이 들어선 익선동.
골목길을 사이에 두고 옛날 한옥마을의 정취가 여전히
남아 있다. 친구 세린이 찍은 사진. 2018년 7월 10일.

고 현대와 조화를 이루어 이를 긍정적으로 공유할 수 있다는 점에서 대표적인 '온고지신'溫故知新의 사례"로 소개했다.

골목길의 작은 꽃밭과 채소밭, 할머니들의 평상과 낡은 의자, 아이들의 재잘거림이 사라지고, 여관은 분위기 있는 '클래식 호텔'로 바뀌었고, 밥 짓는 냄새가 사라진 골목의 대기는 화려하고 다채로운 음식과 커피 원두가 뿜어내는 후각을 자극하는 냄새들로 채워졌다. 길을 잃지 않도록 미로 속 나침반이 되어준 꽃과 의자가 사라진 골목에는 알록달록한 음식점 간판들과 이국적인 조명, 연인들의 사진 촬영을 꼬드기는 듯 귀여운 거위 모형 등이 자리하고 있어 맛집을 찾는 사람들은 절대 길을 잃는 일이 없을 것 같았다. 매해 아니 매달, 매일, 매 순간 달라지는 익선동의 경관을 보면서 과거의 사라진 동네 풍경을 기억하는 것보다 가까운 미래의 익선동을 상상하는 것이 더 쉬워졌다. 맛집원정대의 최종 목적지였던 닭곰탕집의 간판도 곧 사라질 듯한 불길한 예감이 들어서 2016년 8월에 사진으로 남겼다. 예감은 틀리지 않아 간판이 사라진 자리에는 그런 촌스러운 간판이 언제 있었느냐며 조소하듯 르 블란서Le Blanseu라는 세련된 이름의 간판이 새로 생겼다.

젠트리피케이션에 대한 대안이 골목에 꽃을 심고, 집집마다 밥 짓는 냄새를 풍기는 과거로 회귀하는 것을 의미하진 않는다. 익선동만 하더라도 닭곰탕집을 찾았던 2000년대 초반에 이미 재개발구역 지정이 논의될 만큼 주거 조건이 열악한 상태였다. 하지만 주거 조건이 열악한 지역의 해결책이 필연적으로 젠트리피케이션은 아니다. 지난 10여 년간 서울에서 발생한 젠트리피케이션

대학생 시절 처음 방문한 익선동의 닭곰탕집. 간판은
2016년에도 남아 있었지만, 곧 사라질 예감이 들어 사진을
찍어 두었다. 이후 정말 간판은 사라졌다. 2016년 8월 27일.

현상에서 주목할 공통점은 북촌처럼 각종 규제를 받는 A급 한옥보다 익선동처럼 상대적으로 규제가 덜해 리모델링이 수월한 B급 한옥들이 더 밀집해 있고, 외부로부터 사람들의 시선을 끌 만한 물질성(오래된 골목길, 담장, 저층주택 등)을 갖고 있다는 점이다.

기타 동동의 미학을 거부하며

1990년대만 하더라도 미디어에서 동洞 단위로 호명하는 곳은 강북의 성북동이나 강남의 압구정동, 청담동처럼 경제적으로 부유한 몇몇 지역이었다. 하지만 2000년대 들어서면서 새로운 자본 축적의 공간으로서 그동안 주목받지 않았던 근린 단위의 공간인 '○○동'(익선동, 망원동, 성수동), '○○길'(가로수길, 샤로수길, 경리단길)이 호명되기 시작했다. 이러한 자본의 책략은 '내 고향 서울'에 대한 향수를 느끼는 우리 세대나 그 시대를 경험하진 못했지만 '레트로retro 스타일'을 좋아하는 이후 세대가 다른 지역과는 차별화된 공간을 찾으려는 문화적 수요와 맞물리면서, 이곳에서는 실제 거주하는 주민의 수를 넘어선 인구 증가를 초래했다.

개발 규제를 강화하거나 임대료 상승 속도를 조절하는 등의 젠트리피케이션 방지를 위한 제도적 고민들은 정부와 학계에서 이미 활발히 논의되어왔다. 여기서 주목하고 싶은 지점은 자본이 차린 근사한 공간에 손님으로 방문하는 우리 자신에 대해서는 충분히 성찰했는지 여부다. 현재 젠트리피케이션이 진행된 지역들은 초기에 갖고 있던 지역적 차별성이 묽어지고 있다. 상징적으로 젠트리피케이션이 먼저 발생한 망원동 지역의 티라미수 전문점이 익선동이나 샤로수길에서도 동일한 망원동 이름을 달고 개업한 사실을 보면 이들 지역 간의 차이는 없어 보인다. 골목길, 담장, 저층주택과 같은 지역을 낭만화하는 요소들도 더 이상 차이를 만들기보다는 이미 완료된 젠트리피케이션 지역 간의 공통적인 물질성으로 인해 진부함을 주고 있다. 역설적으로 서울의 다른 지역들과 구별되던 차이가 사라지면서 익선동, 연남동, 망원동처럼 고유의 이름을 가진 동들은 '기타 동동'으로 동질화가 진행되고 있는 것이다.

동질화와 진부함을 거부하는 1980~2000년대 출생 세대들이 지금까지 젠트리피케이션을 주도해온 자본의 '기타 동동' 전략을 따라갈 필요가 있을까? 당장 지역을 바라보는 새로운 대안적 미감美感을 구축하는 것은 어렵겠지만, 아직 인스타그램이나 미디어에 이름이 오르내리지 않은 다른 동네에서 진부한 젠트리피케이션 스타일이 반복적으로 이식되는 것에 대해 적어도 "이제는 식상하다"라고 정색할 수는 있지 않을까? 지난 10여 년간 달려온 서울에서의 젠트리피케이션 실험에 브레이크를 밟고, 지역의 지속가능성을 위한 기타 등등의 방법들을 모색해야 할 시점이다.

5
순라길,
너만 봄!

우리는 맥주를 마시는 순라군

2018년 가을부터 2019년 초여름까지 퇴근길에 친한 후배 연구자 두세 명과 종로3가역과 안국역 사이 어딘가에서 뭉쳐 저녁을 먹고선 배도 꺼뜨릴 겸 산책을 잠깐 하고, 홍상수 영화의 촬영 장소로 알려진 카페 '자유의 언덕'에서 각자 자유롭게 작업을 하거나 수다를 떨다가 문 닫는 시간인 밤 11시가 되기 10분 전에 나와서야 '진짜 퇴근'을 하곤 했다. 무엇보다 무리 중 한 명이 북촌 가회동에 살게 되면서 이곳으로 향하는 중력환산계수가 높아졌다.

평일에는 카페에서 작업하다가 귀가했지만 금요일이나 토요일에는 '불금불토'한 분위기에 편승해 우리도 익선동이나 종로의 어느 술집에서 맥주 한두 잔을 털었다. 그런데 근래 익선동은 더더욱 많은 사람들이 찾아오면서 점점 더 '기타 동동'이 되어갔고, 자연스럽게 이곳에 대한 애착은 묽디묽어졌다. 그래서 남쪽의 종로3가 뒷골목에 평범하지만 맛있는 식당에서 저녁을 먹고, 익선동은 북쪽 '자유의 언덕'으로 가기 위한 통과 지점으로 전락했다. 그러다 늦가을의 어느 날, 익선동에서 늘 향하던 안국역 방향의 북쪽이 아닌 종묘 돌담길이 있는 동쪽으로 무심코 방향을 틀었다.

고작 2차선 돈화문로만 건넜을 뿐인데도 이곳은 익선동과 대비되는 고요함이 흐른다. 사실 종묘 돌담길을 처음 걸은 건 20대 초반에 아직 '동네가 있던 익선동'을 걷다가 종로5가 쪽으로 가기 위해 지나치면서였다. 돌담길을 따라 자리 잡은 최고 2층의 저층건물들에 들어선 백반집, 미용실, 떡집 몇 곳은 아직도 군데군데 영업 중이다. 골목길마다 사람들로 바글바글한 익선동과는 다른 이곳만의 고요한 분위기를 뿜어내는 용의자가 누구인지 물색하니 돌담길이 지목되었다. 같은 돌담길이지만 연인이 헤어진다는 소문에도 불구하고 기어코 연인들이 많이 찾는 덕수궁 돌담길에 비하면, 종묘 돌담길은 인적이 참 드물다. 아무래도 외형은 같은 궁궐 담장이라 하더라도 종묘는 36.5도의 체온을 품은 산 자가 아닌 조선 왕들과 왕비들의 신위를 모시는 차가운 사자死者들이 사는 공간이기 때문인 듯하다.

돌담길의 존재는 진작 알았지만 이름이 순라길이라는 것은 우리의 아지트 '순라길 비비' 때문에 알게 되었다. 인터넷에 검색해보니 순라길은 조선시대 야간에 화재와 도적을 막기 위해 병사들이 순찰하던 길이라고 한다. 저녁에 카페에서 작업을 하거나 아니면 어디서 한잔하고서 가볍게 마무리 한잔을 하려고 밤 10시가 넘어서야 비비를 찾는 우리 일행도 나름 맥주가 잘 있나 확인하기 위해 순찰하는 순라군이라는 생각이 들었다.

돌담길은 저층건물들이 줄줄이 이어진 비슷비슷한 경관이라서 남북으로 펼쳐진 순라길 위에 비비가 길 위쪽인지 아래쪽인지 처음엔 헷갈렸다. 그럴 땐 빔 프로젝트로 옛날 흑백영화를 '돌담 스크린'에 쏘고 있는 곳을 따라가면 되었다. 50미터 정도 앞에서부터 보이는 이 푸른 기운을 조선 왕조의 왕으로 오인하지 말고 귀신 홀리듯 따라가면 된다.

비비는 작은 와인바와 카페로 구성되어 있다. 사장님은 아들과 어머니다. 나보다 열 살 연하인 아들 사장님은 내 후배의 이별 이야기를 듣고서는 위로주로 위스키 스트레이트 한 잔을 공짜로 주는, 품이 넓은 '우리 사장님'이다. 카페는, 음, 카페답고 내가 묘사하고 싶은 곳은 와인바인가 보다. 와인바 내부에는 4인용 테이블이 하나 있고, 두 명이 앉아서 밖을 바라볼 수 있는 테이블 하나가 유리벽에 붙어 있다. 우리가 주로 앉는 곳은 4인용 검은 테이블이고, 외벽 유리로 반짝반짝한 2인용 테이블은 보통 소개팅 남녀나 연인들이 점거한다. 비비 밖에는 길 양쪽 가장자리인 돌담 쪽과 비비 쪽에 작은 의자와 테이블 몇 개가 옹기종기 놓여 있는데 돌담길과 어우러져 꽤 운치가 있다.

사장님이 안주를 준비하는 주방 앞에는 아이유 앨범이 종묘

의 신주 모시듯 뜬금없이 세워져 있다. 지난가을 친해졌을 때 쭈뼛쭈뼛 물어보니 아이유가 이곳에서 영화를 찍었는데, 촬영이 끝난 후 감사의 표시로 앨범을 주고 갔다고 한다. 넷플릭스 영화로 제작된 《페르소나》(2018)를 보고서야 비비가 그 작품의 촬영지였음을 알았다. 아들 사장님은 내 책이 나오면 아이유 앨범 옆에 나란히 놓겠다고 약속했다.

벚꽃도 뭐고 다 필요 없어, 몽땅 망해라

익선동을 피해 이곳으로 온 결정적인 이유 중 하나는 익선동의 보글보글 넘치는 연인들이 부글부글 꼴보기 싫어서였다. 그래도 겨울은 아지트 비비가 있어서 견딜 만했다. 그랬던 아지트가 봄부터 적들의 공격을 받기 시작했다.

고작 두 명이 앉을 수 있는 와인바의 2인용 테이블에서 겨울의 밖은 추운데 굳이 밖에서 담요를 둘둘 말고 꽁냥꽁냥하는 커플들에게 "둘이서 사이좋게 감기나 걸려라"를 속으로 외치고, 겉으로는 "I don't care~" 태연한 척할 수 있었다. 그런데 봄이 오니 와아, 장난 아니다. 이런 시국에 이 노래가 있어서 다행이다. 매년 봄이 오면 〈봄이 좋냐??〉는 나의 심정을 고스란히 대변해준다.

봄이 그렇게도 좋냐 멍청이들아
벚꽃이 그렇게도 예쁘디 바보들아
결국 꽃잎은 떨어지지 니네도 떨어져라
몽땅 망해라 망해라

나의 소박한 소원은 고작 '멍청이, 바보, 니네'(다른 말로 연인) 가 몽땅 망하는 것이다. 너무 잔혹한 상상력이라 차마 글로는 묘사하기가 어렵지만, 가장 무난한 예를 들자면 추억의 게임이 된 스타크래프트에서 은폐 능력이 있고 전략 핵무기를 사용해 적을 섬멸하는 '고스트'가 되어서 솔로 민간인들에게는 절대 피해를 주지 않고, 딱 그들만 타격하는 세상 찌질한 상상력을 펼친다. 더구나 남성 가수뿐만 아니라 여성 가수도 '우리 솔로들'을 지지하는 곡을 발매하여 뜨거운 동지애를 느끼게 했다.

벚꽃도 뭐고 다 필요 없어

… X …

봄이 지나갈 때까지 다른 사람 다 사라져라

나만 봄

—볼빨간사춘기, 〈나만 봄〉(2019) 중에서

봐라! 제목도 너무나 이기적인 우리가 아닌 나만의 봄이고, 10cm만큼이나 '벚꽃도 뭐고 다 필요 없어', '다른 사람 다 사라져라' 하는 볼빨간사춘기 안지영의 일갈은 고스트로서 나의 심정을 너무나 잘 대변해준다. 그런데 X에 생략된 가사에는 치명적인 'X맨'이 숨겨져 있었다. 바로 이 가사다.

나는 네 곁에 있고 싶어 딱 붙어서

적어도 내가 생각한 행복한 시나리오는 10cm의 가사 속 남자와 볼빨간사춘기의 가사 속 여자가 만나 행복해지는 것이었는데, 사실 그녀는 10cm 간격도 아니고 이미 딱 붙고 싶은 남자가 있었던 것이다. 이 가사 한 줄만 지웠다면, 아직 태어나지 않은 미래의 솔로들까지 길이길이 불렀을 불후의 명곡이 되었을 텐데 아쉽다.

여름으로 접어들자 더 많은 사람들(인구통계학적 분석에 따르면 대부분 연인들로 밝혀졌다)이 비비를 찾아오면서 나름 단골손님으로서는 기분이 좋으면서도 내 못된 마음은 이렇게 더 비비 꼬여갔다. 내가 강의했던 학과 학생의 사촌이 안지영이라는 사실을 안 것은 지난 2018년 가을. 〈나만 봄〉을 규탄하는 메시지가 담긴 이 책을 전달하며 차기 곡은 쓸쓸한 이들의 연대를 위한 곡인 '너만 봄'을 써주길 정중히 요구하는 바이다!!!

……라고 말하면서도 실은 나도 검은 테이블 말고, 반짝이는 2인용 테이블에 앉아보는 게 올해의 목표라고 아들 사장님에게 공언했다. 사장님은 혹여나 그런 일이 생긴다면 맛있는 안주 서비스를 제공하겠노라 약속했다.

메뉴 팁: 비비의 단골손님임을 판별해주는 안주는 메뉴판에 없는 순라 맛있는 순라면을 주문하는 것이다. 순라면은 국물이 없고, 꼬들꼬들한 면발에 청양고추, 잘게 썬 파, 파프리카, 베이컨이 샤샤삭 들어간 마성의 안주다. 순라면과 함께 달달한 애플맥

주를 첫 잔으로 시작해 상큼한 레몬맥주로 막잔을 하면, 딱히 내 곁에 있고 싶어 할 누군가가 딱 붙어 있진 않더라도 그날의 마무리로는 순라 '딱!!'이다.

6
북촌 방향

근대도시 서울의 예스러운 한옥들

1990년대 초반, 서울에 사는 보통 가족들이 주말이나 휴일에 자주 찾던 나들이 장소는 경복궁이었다. 그곳에 가면 경복궁 앞을 가리고 있던 일제강점기의 조선총독부 건물이자, 해방 후 정부청사로 사용되었던 중앙청을 활용한 국립중앙박물관(현재는 용산으로 이전)을 관람했다. 1993년, 한국 정치사에서 최초의 '문민정권'으로 불렸던 김영삼 정부가 들어서면서 이른바 '역사 바로 세우기' 정책의 일환으로 중앙청 건물을 허물었다. 그것은 현재의 살아 있는 권력이 어떻게 과거의 죽은 권력을 상징적으로 단두斷頭하면서 정치적 정당성을 확보하려 했는지를 잘 보여준다(단두대에서 처형당하듯이 잘린 중앙청의 첨탑은 천안 독립기념관으로 옮겨져 전시되고 있다).

부모님은 어린 나와 동생을 데리고 서울의 이곳저곳을
다니셨다. 경복궁 앞에 위치했던, 이제는 존재하지 않는
옛 국립중앙박물관 앞에서 한 컷. 1990년.

이와 같이 일신하는 분위기를 타고 김영삼 정부는 1968년 1월 21일 "박정희 모가지 따러 왔수다"라며 청와대를 습격하려 한 김신조 사건 이후 폐쇄된 청와대 앞길과 인왕산을 개방했다. 문재인 정부가 청와대 앞길을 24시간 개방해 많은 시민들이 몰렸듯이, 비록 낮에만 제한적으로 개방한 것이지만 1993년에도 많은 사람들이 찾았고, 우리 가족도 갔다. 여의도 벚꽃축제 기간에 통제된 윤중로보다 더욱 긴장감 있게 통제된 길에서 주변에 구경할 벚꽃이 없어서인지, 높은 인구압 때문인지는 몰라도 시민들 모두가 빠른 속도로 걸었고, 요즘처럼 숨 돌릴 카페가 있는 것도 아니어서 공중화장실은 인산인해였다. 사람들에 치이느라 짜증이 날 법한 국민학교 5학년 학생이 청와대 앞 길의 역사에 대해 제대로 알 리 만무했지만, 오랫동안 봉인되었던 공간이 열리고, 그 공간에 들어간다는 사실에 흥분해 어른들과 보폭을 맞추어 신나게 걸었던 리듬감이 기억난다. 그리고 그때 청와대 앞길의 일부였던 국무총리 공관을 지나치면서 도로 건너편 북촌의 일부를 스치듯 본 것이 북촌과의 첫 번째 마주침이었다.

이후 북촌의 심장부로 들어가게 된 것은 중학교 3학년 때인 1997년 겨울, 중앙고등학교에 입학하게 된 친구를 따라가면서였다. 그 친구가 서류를 제출할 일이 있었는지 아니면 그냥 학교를 구경하려 했는지는 몰라도 서너 명이 모여 함께 가기로 했다. 율곡로의 버스정류장에 내려 계동길을 따라 주욱 올라가자 그 끝에 중앙고등학교가 있었다. 가파른 길을 올라가느라 헉헉거리던 우리는 중학생답게 욕을 내뱉으면서도 후에 널리 알려지게 된 북촌의 독특한 풍경에 눈길이 갔다. 긴 역사의 시간에 눌려서인지 건물이 낮고, 그래서 따스해 보이는 한옥과 양옥들이 줄지어 늘어선 형태가 특이하다고 생각했다. 더구나 나는 서울이 고향이라 명절 때 부모님을 따라 시골에 내려갈 때를 빼고는 '근대도시 서울'에서 빌라나 아파트만 보다가 시골에 있어야 할 한옥들이 서울 한복판에 있다는 사실에 인지부조화를 느꼈고, 북촌의 풍경은 그만큼 더 강렬하게 기억에 남았다.

숙맥 남고생들의 쑥덕쑥덕

고등학교 방송반에 들어가서는 북촌의 서쪽 진입로에 위치한 풍문여고에 방송제를 보러 갔다. 방송반 활동의 꽃인 방송제에서 드라마나 콩트를 할 때, 남고는 여자 목소리를 필요로 하고 여고는 남자 목소리를 필요로 하기 때문에 종종 찬조 형식으로 다른 학교 방송제에 참여했다. 풍문여고 방송제에는 찬조를 하진 않았지만 '트렌드 파악'이라는 평계로 방송반 동기, 후배들과 함께 참석했다. 그런데 막상 가보니 젯밥에 더 관심이 갔다.

당시 내가 다녔던 경동고의 교복은 근처 용문고와 더불어 강북에서도 칙칙한 회색으로 악명 높았다. 반면에 덕성여고 교복은 펑퍼짐한 치마가 아닌 검은색 일자 스커트에 검은색 조끼와 하얀 블라우스가 깔끔하게 어우러진 교복으로 유명했다. 요즘 어투로 번역하면 '외완교', 즉 '외모의 완성은 교복이다'라는 생각이 강북 고등학생들의 집단적 인식체계 속에 강고하게 자리했다. 이러한 인식체계로부터 자유롭지 못한 우리 방송반 중 누군가가 이왕 풍문여고까지 왔으니 근처의 덕성여고에도 가보자고 호기롭게 말했다. 그러나 교문 앞까지 당도한 순간 하굣길에 쏟아져 나오는 '검은 해일'에 놀란 우리는 바로 뒷걸음쳐 돌아나왔다.

지금도 그 길의 외관은 거의 그대로다. 20년 후 이 길에서 작은 벼룩시장과 버스킹이 열리고, 연인들로 붐빌 줄은 상상하지 못했다. 2017년 3월 풍문여고가 문을 닫고 강남에서 남녀공학인 풍문고로 바뀌어 개교했다는 소식을 들었다. 그렇게 시간이 흘러 또 하나의 장소가 변했다.

율곡로3길의 길목에 있는 풍문여고와 중간에 있는 덕성여고를 지나 더 올라가면 정독도서관(옛 경기고등학교)이 있다. 공부에 집중하려면 공부할 장소가 중요하다는 핑계 아닌 핑계로 고등학교 친구들과 신설동 구립도서관, 중계도서관 등을 전전했는데, 정독도서관도 그중 하나였다. 정독은 학교 건물을 그대로 사용해 실내공간이 탁 트여 있어 한 번 앉으면 책을 정독精讀하기 좋은 도서관이다.

하지만 고등학생의 신분을 잊지 않게 해준 홍성대의 『수학의 정석』을 제외하고, 하루키 소설, 영화 잡지나 음악 잡지, CD플레이어를 늘 가방에 넣고 다니며 공부와 담을 쌓은 나라는 인간의 조건과, 도서관 이용자들이 대부분 대학생이거나 그 이상의 어른들이라는 인구 구성의 불편함으로 인해 내 엉덩이는 의자에 오래 붙어 있지 못했다. 군것질을 하러 구내식당에 가거나 잘 가꾸어진 정원의 벤치에 앉아 멍 때리곤 했다. 류승범과 'TTL소녀' 임은경, 공효진이 출연한 《품행제로》(2002)는 1980년대 고등학생들의 이야기를 코믹하게 다룬 오락영화인데, 이 영화에서 정독도서관 벤치가 나온 것이 반가워서 군 입대 후 첫 휴가를 나와 북촌을 방문하면서 이곳을 들렀다.

눈이 내린 북촌도, 봄이 내린 북촌도

2004년 2월에 입대하고 백일휴가이자 첫 번째 휴가를 5월에 나왔다. 대학 선후배나 동기들과 술 마실 시간도 부족한 마당에 일부러 시간을 내어 북촌으로 향했다. 2000년대 초반은 이미 북촌의 장소성에 대한 대중의 관심이 서서히 높아지고 있었고, 고급스러운 인테리어를 갖춘 갤러리, 공방, 소규모 박물관이 들어서면서 방문객이 점차 늘기 시작했다. 휴가 중에 왜 하필 그곳에 가려고 했는지는 기억나지 않는다. 신문에서 북촌을 언급한 기사를 읽었을 수도 있고, 지금껏 방문했던 북촌에 대한 조각난 기억들을 이참에 하나의 퍼즐로 완성하고 싶었는지도 모르겠다. 아니면 입대를 한 달 앞둔 1월에 발매된 가수 김연우의 2집 앨범 《연인》때문일 수도 있다. 오랜만에 CD꽂이함에서 그의 앨범을 꺼내 부클릿booklet을 펼쳐보니 북촌 골목에서 찍은 연인들의 사진들, 재동초등학교를 배경으로 아이들의 모습을 담은 사진들, 그리고 피아니스트 이루마가 작곡한 〈몇 해 전 삼청동 거리엔 많은 눈이 내렸습니다〉라는 연주곡이 수록되어 있었는데, 그 정도로 앨범에는 북촌의 장소성이 농도 짙게 스며 있었다. 아무래도 2004년의 나는 부클릿 속의 사진들을 보고서 북촌에 가보기로 마음먹었을 가능성이 높다.

정독도서관 넓은 마당의 등나무 아래에는 벤치가 많아,
자리 다툼을 할 필요가 없다. 벤치에 앉으면 인왕산부터
정부종합청사, 서울타워, 현대사옥까지 파노라마로 볼 수
있다. 2020년 1월 21일.
—
2004년 백일휴가를 나와 북촌을 걷다가 중앙고 앞
골목을 찍었다(2004년 5월). 홍상수의 영화《자유의
언덕》(2014)에서도 이 사진과 동일한 프레임이 나와 흠칫
놀랐다.

그때 나는 안국역에서 바로 골목으로 들어가지 않고 동십자각을 돌아서 북진했다. 오늘날 '삼청동 카페 골목'으로 알려진 총리 공관 쪽의 변화를 보고 싶어서였다. 가는 길에 만난 높은 담과 철조망, CCTV가 설치된 국군기무사령부(현재 국립현대미술관 서울관)는 굳이 휴가 나온 '군바리'가 그 앞을 얼쩡대다 책잡힐 필요는 없으므로 신속히 통과했다. 총리 공관 건너편의 일부 건물들은 갤러리나 카페로 사용할 목적인지 알록달록한 외관의 리모델링 공사가 띄엄띄엄 진행 중이었다. 카페 골목을 벗어나 계단을 오르면 서쪽으로 인왕산이 보이는 북촌로5나길이 나왔는데, 교습소에서 피아노를 치는 소리가 흘러나오는 평범한 동네였다. 현재도 그 교습소는 남아 있지만 옆에 있던 구멍가게는 사라졌다.

봄이 내린 삼청동길을 걸으면 "빨갛게 노랗게 피어 있던 꽃들"에게는 "봄날이 길다고 방심하지 말"라는 엄중한 경고를, "파랗게 하얗게 떠오르던 구름"에게는 "햇살이 밝다고 상심하지 말"(9와숫자들, 〈삼청동에서〉 중에서)라는 위로를 건네며, 걷는 이로 하여금 경고와 위로를 오가는 변덕을 부리게 했다. 삼청동길을 지나 동쪽 방향으로 북촌로를 넘어가면 중3때 처음 방문했던 중앙고 앞이 나온다. 그 사이에 이곳은 《겨울연가》(2002)의 촬영지로 알려지면서 유명해졌다. 하지만 여전히 삼청동 카페 골목에 비해서는 덜 알려졌고, 번화가에서 외진 곳으로 더 깊숙이 들어가야 하는 번거로움 때문인지 중앙고 앞에 동서를 가로지르는 도로인 창덕궁길을 담은 2004년의 사진(143쪽 하단)은 아직 한가로운 동네 분위기를 담고 있다(2018년 가을에 이곳을 방문했을 때는 중앙고 앞

                 2장 종로 일대

까지 음식점과 카페들이 들어서 있었고, 사진 속에 있던 피아노학원은 아직 그대로지만 옆 건물은 허물어지고 공터로 변해 있었다). 그렇게 한가로이 사진을 찍고 백일휴가를 마쳤다.

생각의 라인들

2006년에 복학하고서도 좋아하는 카페에 들르거나 김치말이 국수를 먹으러 드문드문 갔고, 2012년 유학을 떠나기 얼마 전에는 삼청동 가회헌에서 큰맘 먹고 최후의 만찬으로 가장 싼 코스요리를 주문하기도 했다. 그때도 북촌을 찾는 사람은 늘고 있었지만 동네의 고유한 한가로움을 잃진 않았다. 하지만 한국으로 돌아와서 오랜만에 찾아간 2015년의 북촌에는 원치 않는 새로운 감정 코드가 추가되었다. 바로 찌질함이다.

한가로운 북촌만큼은 홍상수의 영화 촬영지가 되지 않았으면 하는 나의 순진한 바람은 대체 무슨 근거에서 나온 걸까? 무려 두 편! 《북촌방향》(2011)과 《자유의 언덕》(2014)의 촬영지로 북촌이 선택되었고, 찌질한 스토리로 물든 북촌을 걸을 때의 내 심경은 복잡 미묘했다. 《자유의 언덕》에서는 우연인지 필연인지 몰라도 2004년에 내가 찍었던 중앙고 앞 골목 사진과 똑같은 구도로 촬영한 장면이 들어가면서 그는 나의 한가로운 시선마저 식민화했다.

한국 남성들이 홍상수 영화를 보는 이유 중 하나는 소위 지식인 행세를 하는 남자들이 우연히 알게 된 여자를 어떻게 한 번 해보려고 갖은 수작을 부리는 것이 까발려지는 통쾌함을 경험하는 데도 있지만, 남자의 찌질함이 영화를 보고 있는 바로 너도 마찬가지일 수 있다는 낯뜨거움에서 밀려오는 역설적 카타르시스에도 있다. 몇 년에 한 번씩 잊을 만하면 나오는 홍상수 영화를 보면서 "우리는 모두 찌질하다"라며 '우리 안의 홍상수'를 대면하는 이 냉소적 즐거움은 감독으로 하여금 영화마다 배우와 장소는 다르지만 비슷한 줄거리와 상황을 반복적으로 재생산하게 하는 것을 가능케 했다.

여성주의에 대한 사회적 학습이 필요하다는 공감대가 전방위적으로 확산되고 있는 오늘의 한국 사회에서 여성주의 연구의 초점은 한국 남성들의 가부장성을 밝히는 것에서 더 나아가, 왜 한국 남성들은 '한남'이 되었는가를 이해하려는 남성주의 연구를 병행하는 데도 맞춰져야 한다. 홍상수 영화가 집요하게 붙잡고 있는 '찌질함'은 한국의 남성주의를 이해하는 하나의 코드다.

북촌과 가까운 청와대에서 벌어진 정치권력의 불꽃놀이 아래서 조용히 지내왔던 북촌은 나의 1990년대 학창시절의 북촌 방문이 보여주듯이 점진적이고 파편적으로 시민들에게 노출되기 시작했다. 그러다 2000년대 들어서면서 북촌은 다양한 미디어를 통해 세상에 알려지게 된다. 처음에는 정치권력의 핵심 공간인 청와대의 앞길이 개방된 것처럼 시민들이 북촌 방향으로 향하게 된 변화를 일종의 문화적 민주화로 생각했다. 하지만 관광의 세계화의 결과로 유입된 외국인 관광객들이 빚어내는 소음, 쓰레기, 노상방뇨로 피해를 입게 된 지역 주민들을 보면서 공간을 개방하는 것이 능사는 아님을 확인하게 되었다. 《북촌방향》에서 성준 역을

맡은 유준상의 대사는 절묘하게도 지금의 북촌을 둘러싼 상황을
잘 드러낸다.

　　"이유가 없죠. 그러니까 이렇게 이유 없이 일어난 일
　　들이 모여서 우리 삶을 이루는 건데. 그중에 우리가 일부
　　러 몇 개를 취사선택해서 그걸 이유라고 생각의 라인을 만
　　드는 거잖아요."

2010년대의 북촌은 1990년대와 2000년대와 달리 서울 사람
뿐만 아니라 다양한 인종과 국적의 사람들 간의 이동과 마주침 속
에서 새로운 장소성을 만들어내고 있다. 누군가의 이익을 대변하
는 '취사선택'은 자칫 다른 사람의 이해관계를 침해할 수 있다는
점에서 조심스럽다. 북촌 방향의 길목이 한두 개가 아니듯, 적어도
'몇 개'를 취사선택하기보다는 가능한 한 많은 입장들을 대변하는
'생각의 라인'을 만들어야 하겠지만, 결코 쉽지 않아 보인다.

7
남산 위에
저 서울타워

눈망울부터 가마, 왼쪽부터 오른쪽, 널 볼 때처럼

〈애국가〉는 "남산 위에 저 소나무"로 시작하지만 매일 출퇴근 길에 남산 위에 보이는 것은 서울타워다. 나는 남산 위에 저 서울타워 꼭대기를 아직 올라가보지 못한 '가짜' 서울 시민이다. 30년 넘게 서울에 살면서 한 번은 갔을 법한데, 심지어 남산에 있는 대학을 4년 동안 오르락내리락했는데도 못 갔다. 검정치마의 〈내 고향 서울엔〉의 싱글앨범 뒤 표지 사진이 남산타워(앞 표지는 63빌딩)인데 모른 척 지나가면 안 될 것 같아서, 어쩌다 가짜 서울 시민이 되었는지에 대해 변명해보려 한다.

처음 남산에 가본 것은 국민학교 2, 3학년 때였다. 진주에서 고등학교를 갓 졸업해 나보다 먼저 동국대학교에 입학한 외삼촌이 우리 집에서 함께 살게 되었다. 어느 날 외삼촌이 일일 가이드가 되어, 높든 낮든 산을 좋아하는 아빠와 나까지 셋이서 남산에 올랐다(그때 귀여운 내 동생은 다른 선약이 있었나 보다). 남산 정상에서 사진도 찍었는데 타워 꼭대기만 남겨놓고 내려왔다.

이유는 두 가지. 하나는 입장료가 비싼데 거기(타워 꼭대기)나 여기(남산 꼭대기)나 고도차는 도긴개긴, 굳이 올라갈 필요가 있느냐는 아빠의 시큰둥한 반응이 밑장으로 깔렸다. 지금이나 그때나 외삼촌은 이러나 저러나 별 의견이 없었다. 나도 아빠처럼 입장료가 터무니없이 비싸다고 생각했고, 가까운 미래에 입장료가 내려갈지도 모른다는 근거 없는 추측을 했다. 그리고 앞으로 살날이 많은데 언젠가 저 꼭대기까지 갈 날이 있을 거라 낙관했다. 결론적으로 큰 착각이었다. 갈 거면 그때 갔어야 했다!

아마도 마지막 기회는 대학 졸업을 앞둔 날씨 좋은 가을날이 었을 것이다. 그러니까 '대학생 번역기'를 돌리면 술 마시기 좋은 날에 같은 답사 모임의 몇몇 동기 및 후배들과 함께 막걸리와 돼지머리 고기를 챙겨 남산에 올라갔다. 1985년 중앙일보사가 창간 20주년 기념으로 타임캡슐을 묻어둔 자리 옆에 돗자리를 깔았다. 체내 축적된 알코올로 마음은 헬륨의 분자운동처럼 활발해졌지만 이내 무거워진 몸은 더 높은 곳으로 올라가려 하지 않았다. 챙겨온 술이 동나자 2차를 위해 평지로 내려왔다. 이로써 '진짜' 서울 시민이 될 수 있는 마지막 기회도 놓쳐버렸다.

개구쟁이 포즈로 찍은 사진에서 남산서울타워 전체가 나오지 않은 것은 화각이 좁은 카메라의 기술적 한계 때문이기도 하

남산서울타워 앞에서 개구쟁이 포즈를 취한 나. 1990년.

지만, 결국 타워 꼭대기에 오르지도 않았는데 전체가 다 나오게 찍을 필요가 없다는 쿨내 진동하는 선택이기도 했다. 어쩌면 개인의 취향을 기준으로 남산서울타워를 제대로 바라보는 방법은 타워와 가장 가까운 남산 정상이 아니라 거리를 두고 타워를 바라보는 것이다. 마치 사귄 지 얼마 안 된 풋풋한 연인이 한여름에도 껌딱지처럼 붙어 지내다가 문득 약속 장소에 먼저 도착한 그(녀)가 어떤 표정일지 궁금해 반경 30미터 밖에 숨어서 5분 지각을 하는 것처럼 말이다. 5분은 조금 부족했는지 지각생은 늦었다는 사과를 미루고 두 눈으로 필요하다면 한쪽 눈을 찡그리고 짝꿍의 흔들리는 눈망울부터 코, 입, 뺨, 귀, 이마, 눈썹, 가마까지 바라보고 아래, 왼쪽, 오른쪽, 위, 요리조리 뜯어본다. 만났지만 지각 5분 추가. 지각생의 이마엔 딱밤 추가. 멀리서 그리고 가까이서 타워가 예뻐 보이는 나만의 '톱 6'는 아래와 같다.

1 동국대학교 명진관 앞 코끼리상

불교재단이 세운 학교답게 불교의 상징 중 하나인 흰 코끼리 가족('정상가족'의 기준으로 본다면 아빠, 엄마, 자식의 관계로 추정된다)의 상이 대학본부 앞에 서 있다. 민망함을 무릅쓰고, 코끼리 가족의 뒤태를 바라보면 그 너머에 명진관과 대학본부 사이에 솟은 타워가 손에 잡힐 듯한 착각을 불러일으킨다. 이곳까지 와서 타워를 보려면 추가적인 명분이 필요하다. 충무로역 1번 출구를 나와 동국대 후문으로 가는 골목길에 등나무집 닭한마리라는 오래된 맛집이 있는데, 거기에서 소주에 닭한마리를 먹고서 소화도 시킬

어둠이 깔린 시간, 동국대 명진관 건물 옆으로 보이는
남산서울타워. 2019년 11월 28일.

겸 올라가는 것이다. 이곳에 도달하고서도 위장의 잔여 음식물을 마저 소화시키고 싶다면 학생식당인 상록원 뒤편의 다소 가파른 계단을 5분가량 올라가면, SF영화에 종종 나오는 와프warp(초광속 이동 기술) 장면처럼 지독한 겨울의 삭풍과는 다른 온도의 바람이 도착했음을 알려주는 벚꽃이 휘날리는 봄이나 단풍으로 붉게 충혈된 가을에 걷기 좋은 산책로가 눈앞에 펼쳐진다.

2 삼각지역 7번과 14번 출구 사이이자 횡단보도
중간의 서울역 방향 버스정류장

삼각지역 근처 명화원에서 탕수육에 고량주를 곁들이거나, 원대구탕집에서 대구탕과 청하를 먹고 약간 알딸딸한 상태로 버스정류장에서 버스를 기다릴 때 타워가 예뻐 보이고, 예쁜 타워가 당신에게 다가올 듯 감질나게 한다. 아직 음주량이 애매하면 이태원로를 따라 올라가다 경리단길의 아무 펍에나 들어가 몇 잔 더해 술렁술렁한 상태가 되고서 늦은 밤까지 열려 있는 경리단길 터줏대감 스탠딩커피에서 에스프레소 더블샷을 마시면서 타워를 응시하는 두 번째 옵션이 있다. 저녁식사나 술안주로 배가 부른 상태임을 감안해 양이 적은 에스프레소를 추천한 것이므로 카페인에 취약한 사람이라면 싱글샷만 주문해도 된다.

3 서울대학교 기숙사 901동 카페그랑 앞

서울대 후문으로 내려가는 4차선 도로(10년 전에는 호젓한 분위기의 2차선 도로였는데, 길이 넓어져도 퇴근길 교통체증은 결국 비슷해졌

다) 오른편에 기숙사가 '줄줄이 비엔나소시지'(이런! '따봉'만큼이나 진부한 1990년대 관용적 표현이 떠오르다니!!)처럼 들어서 있다. 기숙사 901동 1층의 카페그랑에서 커피를 사서 밖으로 나오면 멀리 남산과 그 위에 솟아 있는 타워가 보인다. 직선거리로 약 9킬로미터가량 떨어져 있어 시력이 1.0은 되어야만 타워를 식별할 수 있다는 점에서 이곳의 뷰를 강력하게 추천하지는 못하겠다. 다만 1년에 몇 번 손꼽을 정도지만 타워가 굉장히 매력적으로 보이는 '결정적인 순간'이 있다. 폭풍우가 막 지나가고 서울의 대기 중에 남겨진 것이라고는 싱그러운 바람과 뭉실뭉실한 구름뿐일 때, 그리고 만화 『드래곤볼』의 어린 손오공과 그의 자가용 구름인 근두운 간의 '케미'처럼 몇 조각 구름이 타워를 감싸 안고 있을 때다. 근두운이 타워에 머문 그 찰나는 익숙한 서울도 새삼스레 신비롭고, 뻔히 알면서도 타워의 일부를 가린 구름 속에 무엇이 있을까 문득 궁금해진다. 서울 도심으로 떠나고 싶은 충동에 시동이 걸리는 순간이다.

4 서빙고역 방향의 이촌역 승강장 1-2

서울시 지하철 아홉 개 노선을 통틀어 내가 가장 좋아하는 구간은 회기역부터 이촌역까지 중앙선 구간이다. 서울대에서 석사과정을 시작했을 때 연구실 동료들은 통학하기에 지루하고 피곤하지 않겠느냐며 걱정했다. 집에서 서울대까지 가려면 '도어 투도어'door to door에 온전히 한 시간 반이 걸리기 때문이다. 하지만 나는 안톤 체호프의 「공포」 정도 분량의 단편소설 두 편 혹은 웹

2장 종로 일대

툰《유미의 세포들》스무 개 정도(댓글이 얼마나 재미있느냐에 따라서 차이가 난다)의 에피소드를 읽을 수 있어 나쁘지 않았다. 특히 뭔가 읽느라 고갤 푹 숙였다가도 응봉역을 지나 옥수역에 이르는 3분은 전철 밖 풍경을 놓치고 싶지 않아 고개를 들곤 한다. 봄에는 응봉산 개나리꽃을 보려고, 꽃이 지면 반대편의 중랑천과 한강의 합수 지점 그리고 그 너머 서울숲을 보려고 고개를 잠깐 들곤 했는데, 그것은 서울에 살면서 누릴 수 있는 망중한忙中閑의 소박한 사치였다. 고정된 시선으로 타워를 보는 것과 달리, 한남역과 서빙고역 구간 사이 동쪽에서 서쪽으로 움직이는 전철에서 타워를 바라보는 것도 색다르고 소소한 재미를 준다. 그런데 아침 출근길 코스가 네 번째로 좋은 지점은 아니다.

저녁 퇴근길, 서빙고역 방향의 이촌역 승강장 1-2에서 바라보는 타워는 삼각지역에서 바라보는 타워만큼 당신과 지근거리에 있지 않다. 더구나 승강장과 타워 사이에 놓인 용산 미군기지가 유발하는 지정학적 긴장관계에서 기원하는 시각적·심리적 답답함 때문에 타워에 집중하기가 쉽지 않다. 특히 전철을 기다리다가 기지에서 UH-60 블랙호크기가 이륙하기라도 하면 고막을 가격하는 소음에 타워고 뭐고 속히 이곳을 뜨고 싶어진다. 이런 지정학이 야기한 소음을 피하려고 이촌역에서 중앙선 대신 지하철 4호선을 타더라도 소음을 피할 수는 없다. 본래 동작대교를 지나는 4호선은 서울역까지 직선으로 뚫렸어야 했지만, 미군기지를 피해 우회하느라 이촌역에서 삼각지역까지 심한 굴곡 노선이 만들어졌다. 이 구간을 이용하는 서울 시민이라면 잘 알고 있듯이 구간을 지날 때는 헬리콥터 소리만큼 카랑카랑한 마찰 소음이 발생한다. 한국 현대사의 굴곡의 일부는 서울의 일상에서 굴곡진 철로로 삐져나왔다.

그렇다고 이촌역이 불편한 장소로 남아 있지는 않을 것이다. 2018년 6월 용산 미군기지가 평택으로 이전하면서 헬기 소리는 더 이상 들리지 않게 되었다. 앞으로 미군기지의 군사 경관이 시민들을 위한 공간으로 새롭게 단장된다면, 저녁 퇴근길에 시각적·청각적·심리적 답답함이 사라진 승강장 1-2에서 타워를 응시하면서 배차 간격이 가장 긴 중앙선 전철을 여유롭게 기다릴 수 있을 것이다.

5 회기역 중앙선 방향 승강장으로 내려가는 계단 옆 유리벽

매일 아침 8시에서 9시 사이 1호선에서 중앙선으로 갈아타는 회기역은 그야말로 일상의 전쟁터다. 버릇처럼 나는 출근길에 중앙선의 남쪽 방향 계단으로 내려가기 직전 오른편의 나무 벤치 뒤 유리벽을 통해 타워를 슬쩍 보고서 계단을 내려간다. 다른 장소들에서는 야경을 추천하는 것과 달리 이곳만큼은 주경晝景을 선호하는데, 그 이유는 청량리역 방향으로 뻗은 철로와 타워가 한눈에 들어오기 때문이다. 그렇게 뻗어 있는 선로를 따라가면 '남산서울타워역'이라는 가상의 역에 도착할 것만 같다. 이 라인으로 출퇴근하는 독자들도 그곳을 지나칠 때 그런 상상을 하며 피식 웃는다면 전쟁터 같은 출퇴근길이 덜 고되지 않을까?

정신없는 출근길, 회기역에서 바라본 남산서울타워. 타워
방향으로 뻗은 지하철 레일을 보면서 남산서울타워역이
있을 것만 같은 상상을 한다. 2019년 11월 28일.

6 월계1동 동신아파트 3동과 동신빌라 라동 사이

귀가할 때는 보통 광운대역에서 내려 집까지 걸어간다. 더 걷고 싶을 때는 전 정거장인 석계역에 내려서 동신아파트와 삼창아파트를 통과하는 길을 택한다. 동신아파트 단지의 정문이자, 동신아파트 3동과 동신빌라 라동 사이에 2차선 도로가 트여 있는데, 멍한 시선으로 그곳을 올려다보면 멀리서 타워가 조그맣게 보인다. 여기도 앞서 추천한 서울대에서 바라보는 장소처럼 직선거리로 9킬로미터가량 떨어져 있어 시력이 좋은 사람이나 타워를 볼 수 있다. 그런데 관악산에서 바라보는 3번 장소와 달리 이 6번 장소에서는 언제까지 타워를 볼 수 있을지 불확실하다. 평지인 이곳과 타워 사이에 위치한 장위동과 석관동에 고층 주상복합 건물들이 들어서기 시작했기 때문이다. 아직까지 버티고 있는 오래된 주택들도 결코 재개발로부터 자유롭지 않다. 이곳에서 바라보는 타워도 곧 아파트에 가려질 가능성이 높기에, 다른 추천 장소들에 비해 가장 알려지지 않은 곳이지만 개인적으로는 가장 아끼는 지점이다.

남산서울타워, 63빌딩, 한강유람선 같은 서울의 대표 장소들을 가보지 않은 '가짜' 서울 시민들은 나처럼 타워 조망 장소 '톱 6'를 정할 정도는 아니겠지만 매일 그곳들을 바라보고 스쳐 지나간다. 관광객처럼 직접 가서 보는 방법도 있지만 직접 가지 않더라도 시간과 거리를 두고서 사랑하는 사람의 얼굴을 바라보듯이 따스한 시선으로 그곳을 바라보는 서울 시민도 많을 것이다. 서울이 너무 넓은 이유도 있겠지만, 너무 바빠서 출퇴근 때 환승하는 찰나에나 고향의 대표 장소들을 바라볼 수밖에 없는 서울내기들도 동등한 서울 시민으로 봐줬으면 좋겠다.

8

옥스브리지
대학로

드라마《나》를 안 봤더라면

내가 방송반에 들어가게 된 데는 중학생 때 본 MBC 청소년 드라마《나》가 절대적인 영향을 미쳤다. 아마 당시 전국의 방송반 친구들이 거의 나와 비슷한 동기였을 것이다. 하지만 남고의 방송반은 TV에서 보는 낭만적인 방송반 풍경과는 달라도 너무 많이 달랐다. 비단 물리적 폭력이 아니더라도 갖가지 규율들이 있었는데, 다음과 같은 것들이었다. 군대 내무반처럼 방송실에서 각 잡고 대기하기, 아이돌 그룹과 같은 단체인사, 오늘날 내 글쓰기의 거름이 되었다고 좋게 해석하고 싶은 점심시간 방송용 대본 쓰기, 군대 총검술에 비견할 만한 방송 수신호 자세 연습, 동기들과 돈암동 KFC 앞 사거리를 봉쇄하고 방송반가 부르기, 선후배 대면식에서 3학년 선배들에게 선보일 'EDPS'(음담패설) 콩트 개발 등등. 지금은 있을 수 없는 일이지만, 그때는 순진한 건지 뭘 몰랐던 건지 지나친 폭력이 아니라면 그러려니 하고 넘어갔다.

그래도 나열한 규율들은 그나마 참을 만했다. 개인적으로 가장 싫었던 것은 버스 안에서 방송반 선배를 만났을 때 하는 인사였다. 그들을 보면 재빨리 90도로 허리를 굽히면서 "안녕하세요!!!"를 큰 목소리로 짧게 질러야 했다. 매일 등교하는 버스 안에서, 그것도 여학생들 앞에서 그 짓을 하는 것은 정말 고역이었다. 기껏 인사를 해도 선배들이 모르는 사람으로 취급하면 조용한 아침 버스에서 고성을 지른 나만 미친놈이 된 것 같아 민망함은 최고조에 이른다. 대체 누가 이런 악습을 만들었는지 모르겠지만, 그놈은 나중에 꼭 지옥에 갔으면 좋겠다!

그래도 방송반 활동을 하면서 나쁜 기억보다 좋은 추억과 경험이 더 많았다. 이 글에서 다룰 장소가 성북구 보문동 경동고등학교가 아니라서 학교 안에서 벌어졌던 일들을 자세히 소개하진 않을 것이다. 방송반 에피소드가 많았던 학교 밖 공간은 혜화동 대학로였다.

1998년 3월, 방송실에서 각 잡고 대기하기, KFC 앞에서 반가 부르기, 음담패설 시연하기, 아침 버스 안에서 인사하기 등을 했던 잔인한 한 달이 지나가고, 토요일 수업이 끝난 후 2학년 선배들, 방송반 동기들과 함께 대학로 마로니에 공원에 갔다.

그때나 지금이나 마로니에 공원의 대표 경관인 붉은 벽돌의 아르코예술극장과 아르코미술관 건물은 그대로다. 하지만 5, 6년 전에 공원 리모델링 공사를 하면서 2001년에 지어진 'TTL 공연장'은 사라지고, 그 자리에는 새 건물이 지어졌다. 공원 바닥은 오래된 돌들을 제거하고 깨끗한 새 돌들로 채워졌다. 그래도 은행나무들은 남겨두어서 다행이다. 붉은 벽돌과 더불어 또 다른 대표 경관은 농구장이었다. 1990년대의 인기 스포츠가 농구여서인지, 공원 중앙에 농구대가 여러 개 있었다. 농구 좀 하는 대학생들과 고등학생들이 거기서 농구를 했고, 사람들이 농구장을 둘러싸고 경기를 구경하는 것은 일상적인 풍경이었다. 그런데 길거리 농구의 인기가 시들해진 탓인지는 몰라도 그 농구대가 어느 순간 사라졌다.

방송반원들이 마로니에 공원에 간 것은 대면식 때문이었다. 국어사전에 따르면 대면식이란 "얼굴을 모르는 사람끼리 서로 얼굴을 마주 보고 대하는 공식적인 의식"이다. 방송반 대면식은 여고 방송반원(때로는 학생회, RCY, 시화반 등의 다른 동아리)을 만난다는 점에서 '대면'의 사전적 의미와 다르지 않은 만남인 듯했지만 그 '의식'의 디테일은 달랐다.

국어사전에는 '서로 얼굴을 마주 보고 대하는' 의식이라 밝혔지만 우리의 대면식은 조금 다르게 진행되었다. 일단 남학생들은 일렬횡대로 나란히 뒤돌아섰다. 그러면 여학생들이 마음에 드는 남학생의 뒤에 가서 선다. 여기까지만 보면 이 의식의 결정적인 단계에서 아직 서로 얼굴을 마주 보지 않았다(누가 마음에 드는지 판단할 시간이 있었을까?). 그다음에야 남학생들이 다시 뒤돌아서면 자기 뒤에 서 있는, 즉 자신을 선택한 여학생과 얼굴을 마주 보게 된다. 이 얼마나 촌스럽고 폭력적인 방식의 마주침인가! 남학생이나 여학생 양쪽 모두에게 말이다. 이렇게 작위적이고 데면데면 만나는 방식의 대면식이야말로 서로 친해지기 어렵게 하는 원인이었다. 대체 그땐 왜 그렇게 전前근대적이었을까? 프랑스 사회학자 브뤼노 라투르Bruno Latour의 말대로 "우리는 결코 근대인이었던 적이 없다!" 다행인지 불행인지 그 첫 대면식 이후에는 모임에 참석하지 않아도 되었다.

그리고 1년 후, 3학년 방송반 국장 자리를 염두에 두고 정해지는 2학년 반장을 맡게 되었고, 대면식도 내가 직접 챙겨야 했다. 새로운 방식의 대면식을 고민해야 했는데 후배들에게는 미안하지만 음악과 영화에 푹 빠져 있던 나는 그들의 러브에 관심이 없었다. 그래서인지 그때를 생각하면 후배들의 대면식 장면 대신 다른 두 가지가 떠오른다. 하나는 상대 학교가 올 때까지 은행나무를 감싸 안은 둥근 의자에 앉아서 군청색 이스트팩 가방을 열고 음악 잡지 『서브』를 꺼내어 읽었던 것이고, 다른 하나는 봉태규다.

내 팝음악 역사의 문익점, 봉태규

여기서 말하는 봉태규는 배우 봉태규가 맞다. 그는 고등학교 1년 선배이자, 내가 기억하기로는 선배들의 규율을 버티지 못하고 탈퇴한 방송반 선배였다. 그는 영화 《눈물》(2000)의 주인공을 꿰차고, 《논스톱4》(2003~2004)를 찍으며 승승장구했다. 《그때 그 사람들》(2004)에서는 삼청동 국군병원을 지키는 헌병 역을 맡기도 했는데, 극중 전개가 고조되는 장면에서의 능청스럽고 어리바리한 연기는 그의 필모그래피를 통틀어 내가 가장 좋아하는 모습이다.

고등학생 시절 나의 꿈은 음악평론가였다. 그 당시 내가 팝음악을 섭취하는 데 봉태규도 일정 부분 역할을 했다. 그 시절 가장 좋아했던 하드코어 록밴드 중 하나인 레이지 어게인스트 더 머신(RATM)의 콘서트 비디오를 그가 방송실에서 복사하는 것을 보게 되었는데, 세상에 이런 밴드가 있다는 사실에 충격을 먹은 나도 테이프를 하나 복사해서 이들의 음악에 빠져들었다. 그가 나의 팝음악 역사에 있어서 문익점과 같은 역할을 했던 것이다.

RATM도 다른 밴드들처럼 1990년대의 추억으로만 끝났더라면 내 인생이 조금은 달라졌을 것이다. RATM은 내게 비판적 사회과학을 알게 해준 또 다른 문익점이었다. RATM의 2집 앨범인 《Evil Empire》(1996)의 부클릿에는 그들의 음악을 이해하는 데 도움이 될 책의 목록이 친절하게 실려 있었다. 그 목록에는 조지 오웰의 『동물농장』을 비롯해 노엄 촘스키, 블라디미르 레닌, 하워드 진, 카를 마르크스, 말콤 엑스, 프란츠 파농, 체 게바라 등이 쓴 무려 130권의 책들이 있었다. 그 책들을 다 읽지는 못했지만 적지 않은 번역본들을 찾아 읽었고, 문학에 방점을 둔 나의 독서 편력은 사회과학 서적들로 확장되었다. 지금의 비판적 사회과학자로서의 정체성은 그 당시 독서로부터 시작되었다고 해도 과언이 아니다.

대면식을 주선해 마로니에 공원에 갔던 그날 내가 읽었던 잡지 『서브』의 마지막 장에는 RATM이 소속된 소니뮤직 광고가 실려 있었고, 모델은 RATM이었다. 그때나 지금이나 이런 광고 문구는 흔치 않아서 아직도 또렷이 기억한다. 사회주의와 진보를 외치면서 왜 소니라는 거대 기업에 들어갔느냐는 질문에 그들은 "세계적인 레이블을 가져야 우리의 메시지를 만방에 알릴 수 있다"라고 답했다.

물론 그날 잡지의 광고에 RATM이 나온 것만으로 봉태규가 떠오른 것은 아니다. 1학년 때 모임에 잘 참석하지 않아서 여고 방송반과 네트워크가 없는 상태에서 대면식을 주선하는 게 막막했다. 다행스럽게도 방송반 PD 직속선배가 방송반 동기이자 발이 넓은 봉태규에게 도움을 청해서 대면식을 할 수 있었다.

최근 리모델링 공사를 하면서 10년 넘게 자리했던 'TTL 공연장'이 사라졌는데, 나는 방송반 동기들과 그전에 있던 공연장에서도 공연을 한 적이 있었다. 대학 노천극장과 비슷한 구조의 콘크리트로 만들어진 좌석이 있고 무대에 대형 천막이 설치된 공연장이었다. 내 기억으로는 서울시 교육청에서 주최한 청소년 문화제였다. 교육청으로부터 공문을 받은 방송반 담당 선생님이 제안해서 우리 방송반이 참가했던 것 같다.

그때 우리가 했던 공연은 춤을 추거나 악기를 연주하는 것이 아니었다. 일본 록그룹 엑스재팬X-JAPAN을 중심으로 일본 비주얼 록에 대한 소개를 하고 그들의 음악을 객석의 청중들과 함께 듣는 데 초점을 맞추었다. 방송반의 구성원은 셋으로 나뉜다. 앰프와 믹싱기를 담당하는 엔지니어, 대본을 만들고 전체적인 프로그램을 구성하고 진행하는 PD, 그리고 대본을 바탕으로 방송제에서 연기를 하고 점심시간 방송을 진행하는 아나운서다. 대학로 문화제에서도 이 셋의 삼위일체를 통해 공연이 이루어졌다.

방송반 경험을 바탕으로 PD가 되거나 방송계에서 고위직에 오르는 선배들도 있었다. 점심시간 방송과 방송제 대본을 쓰면서 《유희열의 FM음악도시》나 《홍은철의 영화음악》 같은 프로그램을 제작하는 라디오 PD의 삶도 좋겠다고 생각한 적이 있었다. 대학원을 다닐 때 알게 된 학부생 중에 공중파 교양 PD가 된 친구들이 있는데 이들이 좀 더 경력을 쌓아 자기만의 색깔로 라디오 프로그램을 만드는 날이 오면 좋겠다. 나는 PD도 평론가도 못 되었지만, 지리학자가 된 현재의 내가 좋다. 그리고 그들의 프로그램에 언젠가 게스트로 출연할 날이 오길 고대한다!

대학로의 캠브리지와 옥스퍼드

이제 글의 제목을 '옥스브리지 대학로'라고 붙인 이유를 밝히고 글을 마무리해야겠다. 알다시피 대학로가 대학로인 이유는 예전에 서울대 문리대가 대학로 마로니에 공원 자리에 있었고, 성균관대와 서울대 연건캠퍼스, 방송통신대 등이 밀집해 있었기 때문이다. 하지만 고등학생 때 이들 대학들은 나와 아무 상관이 없었다. 오히려 '옥스브리지'가 나와 관련이 있었다. 1990년대 후반 대학로에는 캠브리지와 옥스퍼드라는 호프집이 있었다.

캠브리지가 나이트클럽처럼 더 넓었다는 점만 빼면, '아무거나' 안주인 과일, 돈가스, 감자튀김 그리고 생맥주 피처가 동일하게 나왔다. 고등학생인 내게 아주 중요한 두 호프집의 공통점은 '민증' 검사를 하지 않았다는 점이다. 아마도 방송반 동기들과 갔을 텐데, 생애 처음 캠브리지를 갔던 날 어떻게 집에 들어갔는지 기억이 나지 않았다. 주량도 모르고 신나게 마셨고, 아침에 일어나보니 이불 위에 토한 상태였다. 그날도 우리 부모님은 진정한 '자유주의자'인지 아니면 '개인주의자'인지 모를 태도를 보여주셨다. 두 분은 아무것도 묻지 않고 이불을 빨아 빨랫줄에 널었다. 그게 전부였다. 즐겁게 노는 건 좋은데 자기 행동에 대해서는 책임지라는 메시지였던 것 같다.

2018년 10월 1일 월요일 충남 부여에서 열린 국제학술행사에서 영국 킹스칼리지 런던대학 박사과정에 재학 중인 제인스 에인절James Angel이란 예쁜 이름의 친구를 알게 되었다. 나와 같은 분야인 정치생태학을 연구하고 저명한 국제학술지에 논문도 열심히 발표하고 있어서, 후배 연구자들에게 소개해주고 싶었다. 그리하여 그가 출국하는 10월 6일 토요일 전날 밤에 비 오는 종로에서 후배 연구자들과 함께 만났다. 우린 인사동 한정식집 정선할매곤드레밥에서 곤드레정식과 곤드레막걸리를 주문했고, 곤드레만드레까지는 아니지만 약간 취기가 올랐을 때 지금 쓰고 있는 이 책의 내용도 소개했다. 제임스가 케임브리지대학을 졸업했다는 말을 듣고 대학로 호프집 캠브리지가 생각났다. 대학로에 대한 추억과 이불에 토한 에피소드를 다시금 꺼내어 함께 웃고 떠들었다. 2차를 하기 위해 청계천 근처 맥주가 맛있는 나의 아지트인 코너비로 옮겨 1990년대 영국의 라디오헤드, 블러, 오아시스에서 시작해 시간을 더 거슬러 올라가 1960년대 비틀스의 '브리티시 인베이전'British invasion까지 이야기하고, 그날의 모임을 아쉽게 마무리했다.

　고등학교 시절 서울에서 누렸던 비옥한 문화적 토양과 자식의 자유를 최대한 존중해준 부모님이 없었다면, 지금의 나는 없었을 것이다. 앞서 RATM을 소개해준 봉태규에게도 고마움을 전하고 싶다. 제임스가 출국하는 날 아침, 태풍 콩레이가 지나가면서 서울에도 많은 비가 내렸다. 부디 그가 탄 비행기가 무사히 이륙하길 바랐다. 덕분에 잊고 있던 옥스브리지 대학로가 떠올랐고, 이 글을 쓸 수 있게 도움을 주었으니 그는 내게도 천사angel이다. Thank you, James Angel!

9

동대문시장, 동대문운동장 그리고 Hurry Go Round!

햇살 쏟아지는 날, 동대문시장을 가다

고등학교 1학년 때 12월의 어느 토요일, 수업이 끝나자마자 동대문시장에 가기 위해 버스를 탔다. 그때나 지금이나 동대문시장에 가는 주목적은 옷을 사는 것이다. 동대문시장은 평화시장에서 보듯 수평구조의 전통시장 형태가 지배적이었다. 하지만 1990년대 후반부터는 수직적인 '백화점식 쇼핑몰'인 거평프레야(현재 현대시티아울렛), 밀리오레, 두타가 잇따라 세워졌고, 20년이 흐른 지금까지도 이 쇼핑몰은 동대문시장의 대표 경관으로 남아 있다.

동대문시장은 주로 친구들과 함께 갔다. 서로 옷을 봐주고 흥정하는 데 지원사격을 해주기 위해서였다(아직도 나는 옷이나 신발을 혼자서는 못 사서 주변 사람들을 비정기적으로 피곤하게 만들고 있다).
동대문시장에 간 또 다른 목적은 청계천 헌책방거리에서 중고 참
고서를 사거나 팔기 위해서였다. 조금이라도 공부에 흥미를 갖
게 할 의도였는지 몰라도 종종 선생님들이 교사용 참고서를 주기
도 했는데, 그 책들도 가져가서 팔았다. 선생님들한테는 죄송했지
만, 결국 그 책을 필요로 하는 학생들이 저렴하게 구입했을 테니
사회적으로 보면 합리적인 순환이었다(라고 생각하고 싶다). 이처럼
평소에는 친구들과 동대문시장을 방문했지만, 그날은 혼자 버스
를 탔다.

　햇살이 쏟아져 들어오는 창가 자리를 차지하고서는 스매싱펌
킨스의 기타리스트 제임스 이하의 달달한 목소리에 "Do you see
beauty/ Do you see love/ Do you see anything at all~"이라며 달
달한 가사를 녹여놓은 〈Beauty〉(1998)가 수록된 그의 첫 솔로앨
범을 들으면서 하루키의 『태엽 감는 새』를 읽었다. 이어폰을 귀에
꽂지 않았다면, 버스기사가 켜놓은 라디오에서 "반복된 하루 사
는 일에 지칠 때면 내게 말해요"로 시작하는 토이 2집의 〈그럴 때
마다〉가 흐를 확률이 높았던 화창한 날씨의 날이었다.

　그날 내가 향한 동대문시장은 평소 가던 두타나 밀리오레 쪽
이 아니라 황학동 풍물시장으로 가는 길에 지나치는 지금의 청평
화패션몰 쪽이었다. 당시는 청계천이 복원되기 전이라 청계 고가
도로 위로 차들이 지나갔고, 그 아래로는 화창한 대낮인데도 불
구하고 퀴퀴한 어둠이 깔려 있었다. 그리고 그 어둠에 걸맞게 어
둠의 경로로 들여온 일본 해적음반을 파는 오토바이 노점상이

있었다. 이곳이 그날의 목적지였다. 당시 영어 가사로 되거나 연주곡을 제외한 일본 음반은 수입이 금지되어 있었다. 정식 음반을 구입하려면 내 용돈으로는 벅찼다. 하지만 해적음반은 앨범 부클릿까지 잘 카피한 A급 복제 앨범이었고, 가격도 저렴했다.

구입하려 한 앨범은 엑스재팬의 기타리스트 히데가 1998년 5월에 사망한 이후, 그해 11월에 발매된 그의 마지막 솔로 정규 앨범이자 유작이 된 《Ja, Zoo》의 복제판이었다. 실은 그의 유작 앨범을 만나기 전에 기분이 축 처질까 봐 동대문시장으로 가는 버스 안에서 차창을 통과한 햇볕에 집중하고, 다디단 〈Beauty〉에 더 귀 기울였다. 하지만 막상 집으로 돌아가는 버스에서 그의 앨범을 CD플레이어로 들어보니 생각만큼 우울하지 않았다. 자신이 선택한 죽음, 즉 자살이었다는 것이 믿기지 않을 정도로 앨범에 수록된 〈Rocket dive〉, 〈Ever free〉, 〈Hurry go round〉 등의 곡들에는 히데 특유의 자유분방하고 밝은 기운이 깃들어 있었다. 그중 〈Hurry go round〉에 얽힌 에피소드가 있다.

본래 이 곡의 제목은 뮤직비디오에서도 나오듯이 'merry-go-round', 즉 회전목마였다. 그런데 히데가 'merry'를 'hurry'로 바꾸었다. 강북의 인문계 고등학생들에게 merry-go-round는 고급 어휘였다. 우리 반을 맡으신 영어 선생님은 영어 단어를 맞히는 학생한테는 초콜릿이나 사탕으로 보상하는 방식으로 학생들을 수업에 참여시키려고 노력하셨다. 그런 열정을 보이는 선생님에게 수업 전 단체인사를 할 때 나는 예의 바르게 고개를 숙였고, 출석부에서 내 이름이 호명되면 누구보다 크고 또렷하게 대답해 선생님에 대한 존경을 표했다. 그런 다음 교과서는 한쪽에 살포시 치우고, 읽다 만 소설을 계속해서 읽곤 했다. 오해를 피하고자 말하면 당시 교실의 절반에 해당하는 친구들은 선생님한테 체벌을 받지 않을 정도로만 수업에 임했고, 나도 그중 한 명이었다.

그런데 한 번은 merry-go-round가 퀴즈 문제로 나왔다. 반에서 1, 2, 3등을 하는 친구들도 답을 모르는 상황에서 나는 소설책을 응시한 채로 "회전목마요"라고 답했다. 내 딴에는 조금 새침한 콘셉트였는데 선생님이 보기에는 싸가지 없다고 생각할 만했다. 이후에도 팝송을 통해 잡다한 영어 단어들을 알았던 덕분에 남들은 모르는 문제만 골라 맞혔지만, 선생님은 그리 달가운 표정이 아니었다. 실은 그때 대답하면서 소설책만 응시한 것은 선생님을 짝사랑하고 있었기 때문이다. 나는 부끄러움에 선생님과 눈을 마주치지 못했다.

언젠가 영어 선생님이 아프셔서 신촌의 동네 병원에 입원했다는 말을 들었다. 같은 반 친구인 석운, 동현, 재현과 함께 병문안을 갔는데, 나는 병실 안에 들어가지 못하고 밖에서 안절부절못했다. 결국 친구들에게 떠밀려 들어갔지만, 완쾌하시라는 말 한마디 못 건네고 쭈뼛대며 인사만 하고 슬그머니 나왔다. 선생님이 저녁을 먹으라며 주신 돈으로 우리는 동대문운동장 근처의 중국집에서 짜장면을 먹고 헤어졌다. 졸업 후에도 석운이는 나를 만나면 "merry-go-round!"라고 부른다. 아니 놀린다.

오래된 회전목마, 동대문운동장

1990년대 후반 동대문시장에 활력을 불어넣은 거평, 밀리오레, 두타가 있었지만, 다른 한편으로는 동대문시장의 터줏대감이자 골칫덩어리인 동대문운동장이 있었다. 한국인들이 좋아하는 스포츠인 야구와 축구를 위한 야구장과 축구장을 갖춘 동대문운동장은 1977년에는 박스컵Park's Cup 축구대회(박정희 대통령컵 쟁탈 국제축구대회)에서 차범근 선수가 경기 종료 5분을 남기고 세 골을 넣었고, 1982년 프로야구 개막전에서는 이종도 선수의 역전 만루 홈런이 터진 "국내 최초의 근대 체육시설"이었다. 이처럼 한국 스포츠 역사에서 중요한 공간이 골칫덩어리로 전락하게 된 것은 88서울올림픽 개최를 앞두고 잠실종합경기장이 건설되면서부터였다. 동대문운동장에서 열리는 경기는 부쩍 줄어들었고, 건물 노후화까지 진행되면서 주변 경관을 해친다는 여론이 생기기 시작했다.

하지만 1990년대에도 봉황대기 전국고교야구대회와 같은 아마추어 경기에 관심을 갖는 팬들이 제법 있었다. 동대문운동장의 바깥 공간에는 스포츠 용품을 파는 상점들이 있어서, 나도 야구용품이나 농구공, 배구공을 살 때 이용하곤 했다. 내가 동대문운동장 내부에 처음 들어간 것은 고3 때였다. 2000년 5월 대통령배 전국고교야구대회에서 경동고가 성남고를 꺾고 서울의 고교야구 팀 중에서는 경기고와 함께 8강에 진출하는 파란을 일으켰다. 경동고 야구부의 8강 진출이 얼마나 큰 이변이었는지 고3들마저 응원에 동원되었고, 우리 방송반원들은 적들에게 들려줄 북소리로서 방송반이 보유한 대형 스피커와 앰프까지 실어 날랐다. 여러 명이 달라붙어 땀을 뻘뻘 흘리며 음향 장비를 옮겼다. 오죽하면 평소에 잘 쏘지 않던 방송반 선생님이 경기 시작 전 동대문운동장 건너편 분식점에서 우리에게 만두를 쏘셨을까! 하지만 이런 노력에도 불구하고 경동고는 마산상고에게 패배했다. 방송반원들은 무거운 장비들을 옮긴다고 더 이상 낑낑댈 필요가 없어져 내심 패배를 반겼다.

2000년대 초반, 청계천 복원사업이 시작되면서 황학동 풍물시장에서 장사하던 노점상인들이 자리를 옮겨서 동대문운동장 풍물시장을 열게 된다. 이후 이명박 시장은 청계천 복원사업을 발판 삼아 대통령에 당선된다. 이를 본 오세훈 서울시장은 동대문운동장 재개발사업을 제2의 청계천 복원사업으로 간주하고 동대문운동장에서 장사하던 노점상인들을 현재의 신설동 풍물시장으로 옮겨버렸다. 이처럼 정치인의 야욕과 지역 상인들을 중심으로 낡은 동대문운동장에 대한 부정적 여론과 지역 발전 요구가 결합하면서 사업 추진의 정당성이 확보되었다. 결국 2007년 12월에 동대문운동장이 철거되기 시작했다. 2014년 그 자리에 새로 들어선 것이 세계적인 건축가 자하 하디드가 설계한 동대문디자인플라자 DDP이다.

롯데월드를 가건 서울랜드를 가건 나는 회전목마를 타는 것으로 그날의 놀이기구 일정의 대미를 장식했다. 늘 거기에 있었겠구나 싶은 낡은 외관, 오래된 주크박스에서나 나올 법한 진부한 멜로디, 느린 회전 속도 그리고 위아래로 오르내리는 단순한 움직임이 반복되는 회전목마야말로 하루 종일 속도감 있는 놀이기구를 타느라 긴장하고 지친 몸에 심호흡을 유도한다는 점에서 처음이 아닌 마지막에 타야 하는 놀이기구였다. 회전목마에서 빠른 박자의 최신 음악이 흘러나오고 빠르게 회전한다면 그건 회전목마가 아니라 월미도 디스코팡팡일 것이다.

동대문운동장의 둥근 외관을 보면 나는 오래된 회전목마가 떠오른다. 평화시장, 동대문신발도매상가부터 두타, 밀리오레, 거평까지 동대문시장을 몇 시간에 걸쳐서 몇 바퀴를 돌고, 지친 몸으로 동대문운동장의 운동용품점을 구경하고서는 잠깐 근처에 앉아 친구들과 뭘 먹을까 얘기하는 도중에 오래된 동대문운동장을 슬쩍 바라보는 것이 좋았다. 비록 경기는 더 이상 열리지 않지만, 동대문운동장 안에서 풍물시장이 열리고, 운동장 주변에서는 노점상이 먹을거리를 팔고, 손님들로 북적거리는 그곳이 좋았다. 이 공간도 다른 공간들처럼 꼭 세련되고 깔끔해야만 할까? 우리도 가끔은 구제옷이나 보세옷을 사 입듯이 서울의 어느 공간은 좀 헐겁고, 편하고, 무릎이 늘어난 채로 내버려둘 수는 없는 걸까?

동대문운동장이 로마의 콜로세움처럼 인류의 문명사가 쏙 들어가 있는 근사한 '회전목마'는 아니니 반영구적으로 보전할 수는 없을 것이다. 다만 특정 정치인의 야욕이나 지역 상인들의 개발 욕망에 우선권을 주고서 운동장을 서둘러 철거하는 게 온당한지, 더불어 철거 과정에서 기존 황학동에서 장사를 하다가 동대문운동장으로 떠밀려온 노점상인들을 또다시 신설동으로 밀어내는 게 공간적 정의의 측면에서 정당한 건지 의문이 들었다.

'오래된 회전목마'가 사라지는 것에 대한 아쉬움을
사진으로 남겼다. 경기장 내부는 이미 철거 중이었다.
2008년 6월 1일.

다시 꽃이 되길, DDP

고등학생 때부터 익숙했던 동대문시장과 동대문운동장에서 지역 고유의 특수성, 역사성이 사라지는 것에 대해 불편함을 느꼈던 나는 결국 DDP 건설 과정을 사례로 석사학위 논문을 쓰게 되었다. 그리고 석사학위 논문을 수정해서 쓴 내 생애 최초의 영어 논문이 국제학술지 『Cities』에 게재되었다. 이 논문의 마지막 문장에서 나는 서울시가 기대한 'DDP 효과'(1200만 명의 외국 관광객을 끌어올 수 있을 것이라는)에 대해서는 좀 더 시간을 두고 검증해야겠지만 이러한 장밋빛 효과를 이야기하기 전에 먼저 사람을 고려하지 않은 사업이라는 점에서는 실패라고 평했다.

DDP가 개장하고 4년여가 지난 2018년 10월의 어느 날, 독일 킬Kiel대학에서 경제지리를 연구하는 로버트 하싱크Robert Hassink 교수가 대학원생 20여 명을 인솔해 동대문시장을 찾았다. 몇 주 전 미리 안내를 부탁받은 나는 두 시간가량 이들과 함께 동대문시장과 DDP를 차례대로 둘러보았다. 마지막 코스는 DDP였고, 그곳에서 간단한 토론을 하고 답사를 마무리하고자 했다. 내 논문을 미리 읽은 한 독일 대학원생은 내 논문의 비판과 달리 직접 이곳에 와보니 "공원도 있고 참 근사하다"라고 말했다. 완공 이후에 내 생각은 다소 변화했는데, 그 변화를 이야기할 필요가 있겠다. 정치인의 야욕과 지역의 개발 욕망이 뒤얽히면서 사회적 약자들이 그 공간에서 배제되는 공간적 부정의가 발생한 데 대해서는 여전히 비판적인 입장이지만, 이왕에 만들어진 DDP가 지역경제에 도움이 되었으면 좋겠다는 게 나의 바람이다.

개발로 인해 발생한 공간적 부정의에 대해서는 여전히
비판적이지만, 이왕 만들어진 DDP가 지역경제에 도움이
되었으면 좋겠다. ⓒ서울디자인재단

참! 히데가 merry-go-round의 merry를 hurry로 바꾼 이유를 아직 설명하지 않았다. 이 세상에 더는 존재하지 않는 히데에게 직접 물어볼 수는 없어서 노래를 듣고 가사를 곱씹으며 나름대로 추측해보았다.

> 가만히 시들었다 해도 (そっと 枯れ落ちたとて)
>
> 넝쿨에 감긴 몸은 썩어서 죽어버리고 (つたは 絡まり 身は 朽ち果てて)
>
> 추억의 조각은 땅으로 되돌아가 (思い 出の 欠片土に かえり)
>
> 다시 꽃이 되잖아 (また 花と なるでしょう)
>
> —히데, 〈Hurry go round〉 중에서

언뜻 보면 하나의 축을 중심으로 숙명처럼 돌아야만 하는 회전목마의 특성을 순환론적 세계관으로 연결 지은 것으로 읽힌다. 이는 이미 변화시키기 어려운 시스템 혹은 세계 내에 있는 존재의 체념을 확인하는 것이기보다는 다시 봄은 오고 꽃이 핀다는 긍정적 미래를 담고 있는 것으로 보아야 한다. 그가 merry를 hurry로 바꾼 의도는 과거의 쳇바퀴를 돌리는 데 안주하지 말고 "보이지 않는다면 앞으로 나아가"見えたらず 進む라는 가사처럼 사람들 목마를 태워주기만 하던 말들에게 언젠가는 자신을 옭아맨 축을 스스로 뽑아내 넓은 공간으로 뛰어 나가라는 주문이 아니었을까? 시든 동대문운동장과 그 주변의 공간은 이제는 '추억의 조각'

으로 내 머릿속에만 남아 있지만, 이곳에 새로 핀 DDP가 어떻게 만개할지, 시들어버릴지, 꺾일지는 우리에게 달려 있는 현재 진행형의 미래다.

3장

수요일의 신촌은
너라는 영주가 부재해도
너의 영토

—

신촌·홍대

1
밀푀유 신촌

프랑스 과자 밀푀유mille-feuille는 '천 겹의 잎사귀'라는 뜻으로, 밀가루 반죽이 겹겹이 쌓인 낙엽 같다고 해서 붙여진 이름이다. 호기심 많은 누군가는 정말 천 겹인지 궁금할 수 있다. 카페에서 주문한 밀푀유를 직접 세어보고 싶지만 다른 손님들이 미국 드라마《빅뱅 이론》의 괴짜로 볼까 봐 신경 쓰인다면, 유사품 '누네띠네'나 '엄마손파이'를 사서 집에서 여유 있게 확인하는 방법도 있다.

하지만 막상 눈앞에서 밀푀유의 복잡한 겹을 보면, 그 수를 센다는 것이 무의미하다는 사실을 깨닫게 된다. 어쩌면 밀푀유라고 이름 지은 이는 일일이 겹을 세었다기보다 우리 눈에 보이지만 뭐라 정의하기 어려운 상태나 상황에 집중한 것은 아니었을까? 이

프랑스 디저트의 오묘함은 프랑스의 한 학자에게도 영향을 미쳤다. 도시사회학자 앙리 르페브르Henri Lefebvre는 우리가 사는 사회와 공간의 이질적이고 복잡다단한 관계를 두고 '공간적 밀푀유'라고 표현했다. 나의 고향 서울에 익숙하다가도 종종 낯설고 오리무중에 빠지는 듯한 공간이 바로 밀푀유를 닮은, 신촌이다.

앞서 종로라는 공간을 그 내부를 구분 짓기 어려운 복잡함과 역동성이 끊임없이 응집·발산한다는 점에서 '아상블라주 종로'라고 했다. 언뜻 보면 신촌도 종로와 비슷한 복잡성을 띠지만, 연대·이대·홍대처럼 복잡함 속에서도 고유의 층이 존재하고, 이러한 층들은 다소 무미無味한 아상블라주보다 이름에서부터 복잡성을 품은 달콤한 밀푀유를 신촌 앞에 붙이는 게 잘 어울린다고 생각한다.

나는 라이브 클럽에 가거나 일본 라면을 먹으러 홍대 거리를, 옷을 사거나 귀를 뚫으러 이대 앞을, 설문조사 아르바이트를 하거나 별이 보고 싶어서 연대를 갔다. 이처럼 다양한 이유로 첩첩이 쌓인 다디단 잎사귀들을 머금은 '밀푀유 신촌'을 드나들었다.

밀푀유의 정체성인 후식後食, 다시 말해 디저트는 '밥 따로, 디저트 따로' 철칙에 따라 많은 양은 아니지만 식후에 반드시 섭취해야 하며, 계속 질리지 않고 먹을 수 있는 것인데, 이는 오래 머물지는 않지만 꾸준히 발걸음하게 하는 신촌과 닮아 있다. 셰프가 어떤 필링filling(속에 넣는 것으로 딸기잼, 라즈베리, 크림, 견과류 등)으로 채우느냐에 따라 종류가 천차만별이듯, 나의 밀푀유 신촌을 채우는 필링도 다양한 기억의 맛을 품고 있다.

2
신촌역과
신촌역 사이

1997년 겨울, '새로운 동네'新村를 가다

지하철 2호선과 경의선에 두 개의 신촌역이 있다. 두 역은 신촌의 지리적 범위를 나타내는 이정표인데, 바로 두 역 사이에 핵심 상권이 형성되어 있어서다. 두 역 중 먼저 가본 곳은 2호선 신촌역으로, 중학교 3학년이던 1997년 겨울이었다. 경의선 신촌역은 이대에서 연대 또는 신촌에서 이대 쪽으로 걸어갈 때 무심코 지나는 배경이었다가 군 입대를 한 달가량 앞둔 2003년 12월 크리스마스 무렵에 역사 안에 들어가보았다. 입대를 기념(?)한다며 모인 친구들과 이대 근처 맥줏집에서 1차를 하고 신촌으로 이동하다 잠깐 추위도 피할 겸 2차 주종을 정하려고 옛 신촌역사에 들어갔다. 그때는 민자역사가 건설되기 전이었고, 지금 보면 민자

팔팔 끓는 주전자가 올려진 빨간 난로에서 추위를 녹이려는
사람들이 모여 있던 경의선 신촌역사의 현재 모습. 뒤편에
지금 이용하는 민자역사가 보인다. 2018년 10월 30일.

—

지하철 2호선 신촌역 3번 출구라는 말보다 홍익문고 앞에서
만나자는 말이 익숙했던 시절이 있었다. 2020년 1월 28일.

역사라는 거목에 붙은 매미 같지만 그 작은 역사에서도 역무원이 근무했다. 정문으로 들어가면 한가운데 팔팔 끓는 주전자가 올려진 빨간 난로와 그 주위로 추위를 녹이려는 사람들이 옹기종기 모여 있었다.

지역 상권이 살아날 거라는 기대를 한 몸에 받으며 지어진 민자역사는 현재 영화관을 제외하고 대부분의 상점이 문을 닫아 화석처럼 남겨졌고, 신촌역사가 홀로 자리했을 때보다 외형적으로는 꽉 차 보이지만 내적으로는 도심 속 사막에 가까워졌다.

경의선 신촌역과 달리 1990년대 2호선 신촌역은 유동 인구가 많은 부도심이라는 특성 덕분에 그레이스백화점(지금의 현대백화점), 그랜드백화점(이랜드 복합관) 같은 대형 백화점이 역 근처에 나란히 들어설 정도로 쇼핑의 중심지였고, 현재도 명맥을 유지하고 있다. 내가 2호선 신촌역을 처음 간 것도 쇼핑하기 위해서였다. 당시 배우 이병헌이 청바지 모델을 했던 웨스트우드의 코르덴 재킷이 신촌 그레이스백화점에서 세일한다는 광고에 낚였다.

어린 나이에 혼자 처음으로 지하철을 타고 한 시간가량 먼 거리를 가서였는지 신촌역에 내리기까지의 여정을 아직도 생생히 기억한다. 시청역 1호선에서 2호선으로 갈아탈 때는 파리의 지하철 환승구간처럼 비좁은 곳에 설치된 에스컬레이터를 타고 천장이 낮은 통로를 지나 다시 길고 가파른 계단을 내려가야 했다. 신촌이라는 '새로운 동네'(이름도 신촌新村이다!)에 가려면 이 정도 대가(긴 환승구간)는 치러야 한다는 설계자의 의도가 있었던 건 아닐까라는 생각이 들었다(30년의 세월이 지나면서 이제 수리조차 어려운 노후화로 에스컬레이터 운행은 전면 중단되고, 옆에 널찍한 새 통로가 뚫렸다).

관음적 시선의 탄생

이런 절차를 거쳐 신천지와 같은 신촌역에 도착하는 것이 마냥 설레지만은 않았다. 우리 사회가 '몰래카메라'(몰카) 촬영을 범죄로 인식한 첫 번째 계기가 바로 그레이스백화점에서 일어났기 때문이다. 당시 뉴스에서 카메라 렌즈가 설치된 백화점 화장실 천장의 구멍을 얼마나 반복해 보여주었는지 지금도 보도 장면이 눈에 선하다. 이 사건을 모르는 요즘 세대의 시각에서 보면, 몰카를 단 사람은 당연히 일반 개인이라 생각하겠지만, 범인은 다름 아닌 백화점 측이었다. 백화점에서 몰카를 설치한 이유는 놀랍게도 도난 방지를 위해서였다. 그 시절 개인의 사생활 보호에 대한 의식이 얼마나 낮았는지를 알 수 있다.

1990년대 초 주말 예능 프로그램 시청률 1위이던 MBC《일요일 일요일 밤에》의 '이경규의 몰래카메라'가 인기를 끌 수 있었던 요인은 어떤 촬영 통보도 받지 않은 연예인들이 제작진이 준비한 예측하지 못한 상황에 맞닥뜨리면서 당황하는 반응(눈물을 흘리거나 나 혼자 살겠다며 찌질한 모습을 보이는 등)을 시청자들은 보고(視), 듣는(聽), 즉 시청자의 권리로 포장된 관음적 시각으로 즐긴다는 점이었다. 이러한 관음적 시청 행태에 대한 사회적인 자기성찰이 부족했는지, '이경규의 몰래카메라'가 종영된 후에도 SBS에서 '꾸러기 카메라'라는 비슷한 코너가 방영되었다.

1990년대 초반 방송 프로그램을 통한 관음적 시선의 확산은 한국 사회에서 '몰카'라는 용어를 범죄(불법 촬영)보다는 예능의 기표로 굳히고, 시청자의 재미를 권리로 잘못 생각하면서 연예인이라는 개인의 사생활을 침해하기 시작했다. 이어서 그레이스백화점 몰카 사건은 우리도 연예인처럼 표적이 될 수 있고, 사회활동이 이뤄지는 일상 공간이 언제든 몰카 촬영지가 될 수 있음을 보여준 첫 사례였다.

이 글의 제목을 '신촌역과 신촌역 사이'라고 써놓고 그 사이 공간에 대해 숨죽이는 이유는 하얀 간판이 인상적이던 카페 '샤갈의 눈 내리는 마을'을 포함한 신촌 상권 사이사이의 사라진 카페, 음식점, 술집 그리고 만남의 광장인 신촌역 3번 출구 앞에 아직 버티는 홍익문고와 못 버틴 맥도날드 등의 장소에 대한 기억이 없어서가 아니다. 그레이스백화점 화장실 천장 구멍으로 기억되는 신촌의 첫인상이 야기한 불안감이 다른 장소들에도 영향을 미쳐 그 잠재적 구멍들 속으로 장소에 대한 기억들이 빨려 들어갔기 때문이다. 실제 막연한 불안감은 막연한 것에 그치지 않았다.

1990년대 후반 신촌에서 비디오방이 유행하여 전국으로 확산되었고, 2000년대 들어서는 DVD방이 비디오방처럼 유행하기 시작했다. 동시에 '신촌 비디오방 몰카', '이대 DVD방 몰카'와 같은 자극적인 제목의 영상물이 인터넷 음지에서 회자되며 신촌은 관음의 공간이 되었다. 그로부터 20년이 흐른 2017년 9월 연세대 학보인 『연세춘추』에서는 신촌 거리의 카페부터 하숙집, 자취집 그리고 교내 화장실까지 '몰카' 설치 실태를 취재했는데, 이는 신촌에서 몰카에 대한 두려움이 현재 진행형임을 보여주었다.

그레이스백화점 사건을 계기로 불법 촬영에 대한 처벌 조항이 만들어진 것을 사회의식의 진보로 볼 수 있겠지만, 오늘날 많은 사람이 '몰카 공화국'의 피해자가 된 상황은 제도의 혁신만으로 해결하기 어려운 현실을 보여준다. 제도뿐만 아니라 욕망의 주체인 개인부터 자신을 돌아보고 이를 바탕으로 불법 촬영에 대해 사회적으로 토론하는 과정이 필요하다. 그 시작으로 '나는 어떻게 관음적 시청자가 되었는가?'라는 질문에 대해 '몰래카메라'와 '꾸러기 카메라' 애청자였던 나 개인의 관음적 시선의 계보를 들춰냈다.

　그레이스백화점이 현대백화점으로 바뀐다고 해서 블랙홀과 같은 첫 기억이 사라지지는 않는다. 신촌역과 신촌역 사이의 어딘가에서 달달하고 행복하고 씁쓸하고 애틋했던 기억들을 온전히 끄집어내기 위해서라도 불편한 첫 기억을 적극적으로 불러내야 했다.

3
1987년, 1996년, 2008년 그리고 오늘의 연세대

연세대 농구와 이한열 역의 강동원

1990년대 초중등 교육을 받은 우리 세대에게 연세대 하면 가장 먼저 떠오르는 것은 독수리도 연세우유도 아닌 우지원, 서장훈, 이상민(내가 좋아한 순서다)이 소속된 연세대 농구부다. 이노우에 다케히코의 『슬램덩크』가 1990년대 초부터 국내에 번역되었고, 손지창·장동건·심은하 주연의 MBC 드라마 《마지막 승부》(1994)와 마이클 조던을 필두로 한 미국 프로농구 NBA의 인기가 연쇄반응을 일으키면서 전국적인 농구 열풍이 불었다. 이 열풍에 힘입어 대학 농구의 인기도 상승한 것이다. 고려대 농구부보다 연세대 농구부를 좋아했던 이유는 푸른 유니폼을 입은 연세대가 왠지 더 세련돼 보여서였다. 더불어 『슬램덩크』 등장인물들이 연대 선수들과 모습이 유사한 것도 이 팀에 친밀감을 느끼게 했다(예컨대 서장훈은 '고릴라 주장' 채치수, 이상민은 서태웅을 닮았다). 결정적으로 1993~1994 농구대잔치에서 연세대가 쟁쟁한 프로 실업팀들을 꺾고 통합우승 하면서 이들의 멋짐은 폭발했다.

운동을 그다지 좋아하지 않았던 나도 중저가 브랜드 '브렌따노'의 분홍색 폴로 티셔츠와 군청색 아디다스 삼선 추리닝 바지를 입고, 빨간 나이키 단화나 프로스펙스 헬리우스 농구화(나이키 농구화는 너무 비싸서 나름의 타협책으로 부모님을 졸라 국내 브랜드를 샀다)를 번갈아 신으면서 햇빛, 달빛 가리지 않고 친구들과 농구를 했고, 언제나 등짝에는 시큼한 소금꽃이 만개했다.

연세대에 관한 기억을 쓴다고 하자, 몇몇 선배가 자신의 일화를 들려주었다. 연대 84학번인 한 선배는 학교 앞 독수리다방에서 모닝커피를 주문하면 작은 빵 두 개가 딸려 나오는데 원하면 더 받을 수 있었다며, 그것으로 아침을 때웠다고 회고했다. 나보다 세 살 많은 다른 선배는 1980년대 유년기를 연대 부근에서 보냈는데 정문 앞에 떡 파는 할머니가 있었다며, 세브란스 병원에 가기 싫은 자신을 엄마가 그 떡으로 유인해 결국 최루탄 냄새를 맡으며 병원에 간 기억을 떠올렸다.

내가 경험하지 못한 1980년대 연세대와 관련해 사회적으로 중요했던 사건은 1987년 이한열 열사의 죽음으로 대표되는 학생운동이다. 그의 죽음과 6월 항쟁을 영화화한 장준환 감독의 《1987》이 2017년 겨울에 개봉했다. 6월 항쟁 당시 같은 서울 하늘 아래에 있었지만 세상 물정 모르는 여섯 살이었던 나 그리고 함께 영화를 본 1990년대생 친구의 눈에도 이한열 역을 강동원이 맡으면서 '신촌-연대-강동원'의 세련된 삼위일체가 영화 몰입을 방해해 조금 불편하게 느껴졌다. 어쨌거나 신촌이 서울 강북에서 가장 세련된 장소라는 사실을 부정할 수는 없었지만 말이다.

1996년, 그해 여름

1982년생에게 1980년대의 서울이 책을 통해 알게 된 '역사'였다면, 1990년대의 서울은 실제 가보진 못했더라도 뉴스나 드라마를 통해 익숙한 '현재'로 인식되었다. 예컨대 서강대는 MBC 드라마《우리들의 천국》(1990~1994) 촬영지가 되면서 당시 중고등학생들에게 입학하고 싶은 대학교로 손꼽혔다. 1990년대 연세대 교정이 익숙해진 계기는 내가 중2이던 1996년 발생한 연세대 사건 뉴스를 통해서였다. 1996년 8월 13일부터 20일까지 한총련(한국대학총학생연합회) 소속 연세대 학생과 외부 학생 2만여 명이 연대 종합관과 과학관을 점거했고, 진압 과정에서 경찰 한 명이 사망하자 학생들의 폭력성이 부각되면서 학생운동에 대한 부정 여론이 확산되었다. 이 사건을 계기로 학생운동은 급속도로 약화되었다.

뉴스 보도에서 강렬하게 기억에 남은 장면은 경찰 헬리콥터가 연대 위를 날아다니면서 건물에 최루액을 뿌리는 것이었다. 그 전까지 그렇게 실감나는 헬리콥터를 본 것은 베트남전을 배경으로 한 MBC《머나먼 정글》(1988~1991)에서 병사들을 실은 UH-1 헬리콥터 장면 정도였는데, '진리와 자유의 정신에 따라 사회에 이바지할' 사회구성원의 양성을 목표로 하는 연대의 신성한 교정에 경찰 헬리콥터의 주날개가 위협적으로 회전하는 장면은 먼 이국에서 종군기자가 뉴스 취재를 하는 모습을 연상시켰다. 당시 중2의 머리로는 명문대에 다니는 똑똑한 형들과 누나들이 왜 공공의 적이 되었는지 그리고 왜 대학교가 헬리콥터가 뜨는 전쟁터가 되어야 했는지 이해하기 어려웠다. 1996년에 연대 학부생이었던 소설가 황정은은 「아무것도 말할 필요가 없다」(『디디의 우산』, 창비, 2019, 172~173쪽)에서 당시 연세대 사건의 핵심 공간인 종합관의 상황을 아래와 같이 묘사했다.

> 1996년 8월의 며칠을 연세대학교 종합관에서 보냈다. 캠퍼스를 둘러싼 포위를 뚫고 탈출하려다가 전투경찰들에게 쫓겨 들어간 종합관에서 스스로 바리케이드를 쌓은 채 고립되고 만 것이다. 며칠에 불과했지만 그 며칠의 인상은 내게 고스란히 1996년 전체의 인상이 되었다. (……) 오감이 다 동원된 물리적 기억으로. 페퍼포그와 안개비처럼 공중에서 쏟아지던 최루액 냄새, 굶주림과 목마름, 야간 기습과 체포에 대한 공포, 더위와 습기와 화학약품 부작용으로 문드러진 동기생의 등, 만지지 않아도 상태가 느껴지는 타인의 피부, 세수 한번과 양치 한번에 대한 끔찍한 갈망, 그리고 "보지는 어떻게 씻었냐 드러운 년들."

1996년이나 지금이나 종합관은 예쁜 정원이 딸린 언더우드관 근처에 그대로 있다. 봄에 언더우드관 주변의 오래된 목련나무들은 우윳빛의 LED 가로등이 켜진 듯 활짝 꽃을 피워 사진을 찍으려는 사람들로 붐빈다. 특히 신입생들이 많이 찾는데, 아마도 봄의 에너지와 닮았다는 동질감에 더 반가워하는 듯하다. 여름이 지나면 이곳은 붉은 단풍으로 물든 교정을 찍으러 또다시 사람들이 몰릴 것이다. 1996년 8월 종합관에 갇혔던 소설 속 주인공 96학번 신입생도 봄에는 목련, 가을에는 단풍으로 물드는 종합관 밖 시간의 흐름을 알고 있었을 것이다. 하지만 그들에게 그해 여름의 악몽 같은 며칠만이 '1996년 전체의 인상'으로 굳어졌다.

　몇 년 전 전교조(전국교직원노동조합)가 법적으로 불법단체로 규정되기 이전에 전교조를 주제로 한 TV토론이 많았던 것처럼, 연세대 사건이 마무리된 직후 '한총련이 이적단체인가'를 주제로 TV토론이 봇물처럼 쏟아졌다. 이적단체라는 말을 처음 들었을 때 나는 2인조 그룹 패닉의 이적밖에 몰라서 멤버 김진표를 제외한 이적의 새로운 팬클럽이 창설된 줄 알았다. 그때만 해도 반공 콤플렉스가 사회적으로 만연해 TV토론의 주제가 되었다는 것은 이 토론이 곧 사법재판 직전에 공안정국의 흥을 돋우는 여론재판이자 마녀재판임을 의미했다. 그해 종합관 안에서 더위, 갈증, 체포에 대한 공포로 가득한 학생들이 갖고 있는 '인상'과 종합관 밖에서 그들을 공공의 적으로 간주하던 사회가 갖는 '인상'은 첨예하게 대치되었다.

　1997년 외환위기를 기점으로 하향선을 그린 주가의 그래프처럼 1996년 학생운동의 위기를 기점으로 내가 대학을 다녔던 2000년대 초반 학생운동도 하향선을 그렸다. 이후 경제는 반등했지만, 운동은 몰락했다. 효순이 미선이 미군장갑차 사건을 계기로 교내에는 발랄한 리듬의 운동가인 〈퍼킹 U.S.A〉가 흘러나오고, 학과 선배는 총학생회장으로 선출되면서 경찰로부터 한총련 간부로 지목돼 자동 수배되었고, 학생들은 등록금 투쟁으로 총장실을 점거해 그곳에서 배드민턴을 치고 비디오 영화(기억에 남는 영화로는 투쟁의 분위기와는 어울리지 않는 사랑스러운 작품 《아멜리에》(2001)도 있었다)를 보았지만, 이러한 움직임들이 운동의 부흥이 아닌 최후의 단말마였음은 그때 대학을 다닌 우리 세대가 아는 바대로다.

황정은에게 1996년과 오늘의 인상은 어떨까? 어쩌면 그녀는 오늘날의 대학생들은 자신들이 거대한 종합관에 갇혀 있다는 사실을 깨닫지 못하고 그 밖에 있다고 착각하는 시대에 살아서, 더는 '아무것도 말할 필요가 없다'고 이야기했는지 모른다.

캠퍼스의 다른 목소리들

TV 속이 아닌 현실의 연세대를 방문한 것은 석사과정 중인 2008년 9월이었다. 대학원에서 학업에만 집중할 수 있을 만큼 장학금 제도가 넉넉하지 않아 가끔 생계형 각개전투가 필요했다. 그 대안으로 선배를 통해 소개받은 서울시 산하 싱크탱크인 서울연구원의 설문조사 아르바이트를 가끔 했다. 이번 아르바이트 지역은 신촌이었고, 혼자 하기에는 설문지가 제법 많아 별명이 영지버섯이고 별명처럼 나를 포함한 주변 사람들에게 건강한 기운을 주었던 후배 영지가 동행했다.

하필 간 날이 연고전 기간이라 학교는 축제 분위기로 한껏 들

떠 있었다. 그런데 정문을 들어서면서 처음 마주친 것은 저편에 독수리가 기다리는 곧게 뻗은 백양로가 아니라 정문 담벼락에 무리 지어 있던 5, 6명의 연대생이었다. 이들은 축제 분위기에 '뜨거운 찬물'을 끼얹고자 뭉친 안티anti 연고전 모임이었다. 이 모임은 학벌주의 타파, 지역 상인들의 영업 손해 등 안티 연고전의 당위성을 담은 전단지와 배지를 배포했다. 물론 이들에게 주목하는 학생들은 거의 없었다. 나는 이들에게 지지를 표하면서 설문조사를 받아내고는 다시 백양로를 향했다. 이후 수소문해보니 얼마 못 가 이 모임은 흐지부지 해산했다고 한다. 그들은 연고전에 뜨겁기는커녕 미지근한 물조차 끼얹지 못했다. 이런 다른 목소리들이 존재하는 게 캠퍼스다운 모습인데, 연대생들이 그걸 용납하지 못한 것이다.

설문조사를 위해 교내를 돌아다니다가 점심시간이라 윤동주 시비 앞에서 한 무리의 학생들이 중국 음식의 비닐 포장을 뜯고 있는 것을 보았다. 시비 근처에 법대 건물이 있었고, 이들은 법대생들이었다. 언제나 그랬듯이 설문조사의 취지를 간략하게 소개하고서는 약간의 동정심을 유발하는 눈빛을 보냈다. 그들은 고량주부터 한잔하라며 내게 잔을 건넸다. 다른 학생들에게도 설문조사지를 돌려야 하는데 악마의 유혹을 거부하기 어려웠다. 아직 무더위가 가시지 않은 9월, 술잔이 빠르게 돌았고, 술은 높은 RPM으로 격하게 내 혈관 속을 타고 흘렀다. 술기운 때문에 무슨 이야기를 했는지는 기억하지 못하지만 다행히 설문지는 내 손에 쥐어져 있었다. 참, 내가 법대생들과 술잔을 기울이는 사이에 열심히 설문조사를 하던 영지가 공대생들이 던진 추파에 곤혹스러워했다는 사실을 나중에 알았다. 술독에 빠진 내가 영지에게 독버섯이나 된 듯한 기분이 들었다.

나는 법과대학과 로스쿨의 장단점을 비교할 전문 지식이 없어 어느 한쪽을 옹호할 생각은 추호도 없지만, 10년 전 대낮에 낮술을 감행할 줄 아는 흥이 있고, 이방인에게 술잔을 건네는 여유가 있는 법대생들에 비해 온종일 의자에 엉덩이를 붙이고 있는 로스쿨 학생들의 삶이 팍팍해 보인다. 로스쿨을 준비하는 학부 수강생들 중에는 나 나름의 '공정한' 성적 평가에 간혹 이의를 제기하는 학생도 있다. 이 예비 법조인들이 어떤 근거로 내 평가가 공정하지 못하다고 하는 건지 궁금할 때가 있다. 로스쿨 입학 전이나 후에 겪는 팍팍한 일상이 법조인이 되었을 때 사회를 보는 시각에 어떤 영향을 미칠지도 모르겠다고 염려하는 것은 비전공자의 기우일뿐일까? 백양관 외벽의 '연세 로스쿨/1~7회 변호사 시험 합격률 전국 1위/연세 Law, 세계 Law!!'라는 생산주의적(?) 문구가 적힌 현수막을 보면서 걱정이 걱정으로 그치지 않아 걱정된다.

2009년 가을이었나? 신촌에서 술자리가 끝나고 막차 버스 시간까지 여유가 좀 있어 술도 깨고 산책도 할 겸 연대 안으로 들어갔다. 도심에서 느린 걸음으로 15분 정도 걸어가자 조금 전 도심에 있었다는 사실을 잊게 만드는 언더우드관 옆 소나무숲이 나왔다. 소나무숲으로 난 좁은 길을 조금만 따라 들어가면 천문대로 이어지는 돌계단이 기다리고 있다. 칠흑 같은 어둠 속에서 홀로 돌계단에 앉은 나를 안심시키려는 듯, 나무들은 호위무사처럼 내 주위를 둘러싸며 은은한 소나무 향을 뿜어낸다. 그 향에 취해 편안해진 마음으로 하늘을 올려다보면 방금 전까지 네온사인에 붉게 젖어 있던 눈의 피로를 나무들이 만든 검은 어둠과 별과 달의 하얀 빛들이 교대로 씻어준다. 펄펄 끓는 젊음의 신촌 거리와 가까워 이곳에서의 망중한의 낭만이 갖는 차분함은 더욱 강렬하다.

참! 나처럼 혼자 돌계단에서 하늘에 떠 있는 별들을 보기보다는 곁에 있는 연인의 눈에 맺힌 별들의 숫자를 모조리 세겠다는 시답잖은 핑계로 상대방의 눈동자를 바라보다 결국 노래 제목처럼 '에라 모르겠다!'며 입술로 돌진하는 연인이 먼저 자리를 차지한 경우도 종종 있다. 이런 민망한 상황을 모면하기 위해 돌계단에 도착하기 열 걸음 정도 남았을 때 헛기침하는 센스를 장착할 필요가 있다.

더 많은 기억과 가치의 사슬을 연결할 연대

연세대만의 멋과 낭만은 무엇일까? '신촌-연대-강동원'? 아니면 변호사 배출 성과가 전국 1등이고, 연대생들과 오랫동안 함께해온 백양로의 은행나무들을 베어내 흔해빠진 정원으로 전락시키고, 발라드의 왕자 성시경이 매년 노천극장에서 콘서트를 열면 멋있고 낭만적인 공간이 되는 걸까? 내가 보기에 1980년대부터 현재에 이르는 연대 캠퍼스의 낭만과 멋은 적어도 '신촌-이한열-황정은-안티 연고전-천문대 돌계단-은행나무'의 기억과 가치의 사슬이 연결되어야 잘 드러난다. 물론 연대생이든 나와 같은 외부인이든 심지어 고대생이든 앞으로도 지금까지는 몰랐던 더 많은 가치의 고리를 연결할 수 있을 것이다. 연애, (농구, 헬스 말고 다른) 운동, 취업 등 서로 다른 가치들이 한 공간에서 연결될 수 있는 것은 바로 청춘들의 뜨거운 피가 순환하는 대학 캠퍼스이기 때문이다. 프롤로그에서 언급한 전략적 낭만주의도 이러한 젊음의 활력과 모순이 함께하는 공간인 대학을 중심으로 생각해볼 수 있을 것이다. 1987년의 연세대, 1996년의 연세대, 2008년의 연세대와 비교해 오늘의 연세대가 또 어떤 낭만과 멋스러움을 만들어낼지 기대된다.

4

이화여대 앞엔
개복치도 있고……

이대 앞 테미스키라 왕국

1990년대 후반, 고등학생인 내 눈에 멋지다는 표현과 가장 잘 어울리는 서울의 공간은 단연 이화여대 앞이었다. 세계화의 여파 인지 이제는 힙hip하다는 외래어가 흔히 쓰이지만, 새천년을 앞둔 세기말의 어휘인 '멋지다'만으로도 이대 앞에 대한 인상을 충분히 드러낼 수 있었다. 이곳을 멋지다고 느끼고 판단한 근거는 또 다른 세기말 어휘인 '지성미'(요즘 말로 뇌섹미)가 넘치는 누나들이 한 공간에 모여 있다는 사실이 9할은 차지했다. 하지만 여기서 주목 할 점은 이대생들이 있는 이대보다 그 대학의 '앞'에 누빌 공간이 있다는 것이었다.

요즘 중고등학생들이 자연스럽게 이성 교제를 하는 것과 비교하면 그땐 너무 경직된 시절이었다. 경직이라는 말까지 쓰니, 무슨 조선시대 남녀상열지사를 읊으려는 것처럼 보이겠지만, 소수의 '날라리'(부러운 존재들!)를 제외하고, 남중남고를 거친 남학생에게 여성은 외계인과 다를 바 없는 막연하고 두려운 존재였다. 한마디로 나는 숙맥이었다.

남녀공학인 종합대학에서 열리는 축제를 구경 가더라도 남녀의 경계가 의식되지 않았지만, 이대처럼 여성들을 위한 공간에서는 의식 속에 감춰졌던 이성 간의 경계가 도드라지면서 나 같은 숙맥에게는 출입이 금지된 곳으로 인식되었다.

당시 이대 앞을 설명하던 '이대 앞에는 이대생이 없다'는 말은 이대 앞이 쇼핑의 메카로 떠오르면서 다른 지역에서 온 여성들로 붐볐음을 의미했다. 그러나 남고생들에게는 '멋진' 이대 앞의 장소성을 만든 주인공이 이대와 이대생들이지만, 이대 앞을 활보하는 여성들이 이대생만은 아니기 때문에 이대 앞을 편히 다닐 수 있다는 뜻이기도 했다. 이는 좋아하는 사람한테 괜히 관심 없는 척하는 심리와도 비슷했다. 이 글의 요지와는 무관하지만 고등학생의 균형감 있는 사회화를 위해서라도 남녀공학의 전면화를 시행해야 했다!

이대 앞 풍경은 지하철 2호선 이화여대역에서부터 시작된다. 현재 서울시의 지하철 노선은 9호선까지 늘어났고, 기존 노선들 밑으로 땅을 더 깊게 파야 추가 노선을 놓을 수 있어서 에스컬레이터도 길어졌다. 1990년대 후반, 가장 긴 에스컬레이터가 있는 역은 이화여대역이었을 것이다. 이대 앞은 이대생만 다니는 곳이 아니라고 마인드 컨트롤을 했지만 이대라는 이름이 들어간 역에서 내리면서부터 이대를 의식하지 않을 수 없었다. 에스컬레이터를 탔을 때 내 마음은 두 가지 선택 사이에서 갈팡질팡했다. 하나는 그 긴 에스컬레이터를 빠른 걸음으로 올라가는 것이고, 다른하나는 에스컬레이터를 타고 가만히 서 있는 것이었다. 그러나 걸어 올라가면 바쁜 일도 없을 '고삐리'가 괜히 바쁜 척하는 것으로 보일까 봐 걱정되었고, 가만히 서 있으면 당시 청순미를 강조한 여대생 광고 모델처럼 팔에 전공서를 끼고 있는 누나들 사이에서 숨이 막혔다. 그야말로 내 이름 진태와 발음이 비슷한 진퇴양난이었다.

그로부터 20여 년 후, 이대생들은 에스컬레이터에서 다른 형태의 진퇴양난을 겪고 있다. 이대생들은 이 에스컬레이터를 '개복치'라고 부른다고 한다. 자주 고장 나는 에스컬레이터를 두고 유리 멘털로 알려진 개복치에 빗댄 것이다. 이대 교수들이 "이대생들은 이대역 에스컬레이터가 고장 나는 날엔 학교에 가지 않는다는 전설이 있다"라는 농담을 할 정도로 이대생들에겐 졸업 전까지 진퇴양난의 숙명이 놓여 있다.

다시 20여 년 전. 지상으로 올라오기도 전에 이대라는 이름의 중력에 쭈그러진 나는 2번 출구를 겨우 나와 학교 정문 방향으로 내려갔다. 왼편에는 나란히 골목길들이 있고, 어느 골목길로 들어가든 2~3층을 넘지 않는 저층 건물들이 오밀조밀 모여 있는 이대 상권이 이어진다. 대부분 옷가게였고, 사주카페(혹자들은 여대 앞이라 음기가 강해서 철학관이 먼저 들어섰고, 나중에 사주카페로 바뀌

었다고 한다. 개인적으로 사주에 흥미가 없어서 들려줄 일화는 없지만, 그때도 사주카페 간판이 즐비했다), 일반 카페, 미용실, 액세서리 가게, 음식점, 레코드 가게 등으로 채워져 있었다. 2000년대 들어 2번 출구와 인접한 YES APM이나 이대 정문 앞 메르체 쇼핑몰(재건축 이전 건물의 1층에는 LP를 파는 레코드 가게가 있었다) 같은 고층 건물이 일부 세워졌지만, 지금도 전반적인 공간 구조는 크게 변하지 않았다.

1990년대 후반에 가장 핫한 쇼핑 지역은 동대문시장이었다. 동대문시장의 패션 스타일이 요즘 저가 의류 브랜드처럼 보편적 미를 강조한 것이었다면, 이대 앞은 보편성으로부터 거리를 두려 했던 점이 동대문시장과 달랐다. 당시 유행하던 패션 잡지인 『신디 더 퍼키』Cindy the Perky나 『쎄씨』CéCi를 종종 읽었지만, 패션 전문가가 아니라서 정확한 차이를 설명하기는 어렵다. 이대 앞에서 파는 의류도 대부분 동대문 도매시장에서 떼왔을 텐데, 같은 옷이라도 다른 옷인 듯 전시했고 또 그러한 차이를 아는 고객들이 이대 앞을 찾았던 것 같다. 예컨대 1990년대 중반 강남의 중산층 집안에서 성장한 20대 여성은 "밑에는 이대 앞 보세 가게에서 산 블랙 스커트"(정이현, 「삼풍백화점」, 『오늘의 거짓말』, 문학과지성사, 2007, 60쪽)를, 위에는 고가 브랜드의 남방셔츠를 자연스럽게 매치해 입고 다녔다.

더불어 이대 앞이 갖는 차별화된 미에 방점을 찍는 옷가게가 곳곳에 있었는데, 오늘날 강남에서 유행하는 편집숍의 초기 형태로 볼 수 있다. 이러한 가게는 옷으로 공간을 빼곡히 채우기보다는 비움을 강조하고 옷과 상관없어 보이는 소품이 '컨셉'으로 배치되었고, 마네킹 두세 개가 설렁설렁 손님을 기다렸다. 정확히 기억나지는 않지만 숍에서 틀어놓은 음악은 가요가 아닌 케미컬 브라더스가 만들었을 법한 세련된 일렉트로닉 음악이었던 것 같다. 당연히 나는 위축되어 그곳엔 들어가지 못했다.

편집숍이나 멀티숍의 원형이 골목 사이사이에 자리하고, 이대 앞이라는 지역명이 갖는 세련됨과 다른 상권에 비해 거리를 지나다니는 사람의 성비가 남성보다 여성의 비율이 높다는 점은 서울이라는 바다에 떠 있는 '이대 앞 테미스키라 왕국'(영화 《원더우먼》(2017)에서 여성들이 사는 가상의 섬)과 같은 독특한 분위기를 형성했다. 이처럼 세련된 이대 앞이라면 떡볶이를 팔아도 세련된 맛일 것이다. 실제로 고등학생 때 이대 앞에 있는 '민주네'라는 이름의 떡볶이 가게에 종종 갔다. 지금도 민주네는 맛있는 떡볶이를 만들고 있지만 얼마 전 신촌 부근으로 옮겼고, 가게가 있던 자리에는 높은 빌딩이 들어섰다.

문화적 해방의 공간을 만든 젠더화된 장소성

이대 앞에 형성된 여성 중심의 젠더화된 장소성은 패션뿐만 아니라 다른 문화에 대해서도 포용적이었다. 3번 출구로 나와 정문 방향으로 가다가 오른편의 몇 번째 골목길로 들어서면 왼편에 퀸이라는 작은 공연 클럽이 있었다. 이 클럽은 당시 일본 음악을 듣는 리스너들에게 인기 있는 장르인 비주얼록visual rock으로 분류되는 밴드인 엑스재팬, 루나 시Luna Sea, 글레이Glay, 라르크-앙

－시엘L'Arc-en-Ciel의 곡을 카피하는 공연이 주를 이루었다. 일본 비주얼록은 1970년대 영국 글램록의 대부인 데이비드 보위David Bowie의 영향을 받았다는 평가가 있는데, 음악적 유사성보다는 화려한 화장과 의상이라는 스타일의 유사성을 근거로 '비주얼록'으로 규정되면서 각 밴드들의 음악적 고유성은 평가절하된 측면이 있다.

1998년 엑스재팬의 기타리스트 히데가 자살로 추정되는 죽음을 맞이하고, 얼마 후 팬들의 모방 자살이 일어나는 베르테르 효과를 다룬 MBC《시사매거진 2580》을 보았던 기억이 난다. 중학생 때부터 비주얼록을 즐겨 들었지만, 도쿄돔이나 요요기 경기장의 콘서트 관람은 꿈꿀 수 없었던 호주머니 가벼운 한국 중고등학생에게 클럽 퀸은 비주얼록을 라이브로 들을 수 있는 오아시스 같은 공간이었다.

그땐 클럽 퀸이 다른 라이브 클럽과 달리 왜 홍대가 아닌 이대 앞 골목 구석에 자리 잡았는지가 의아했다. 소위 '왜색이 짙다'는 말로 드러나는 1990년대 일본 문화에 대한 사회적 반감의 영향일 수도 있고, 외모에 대한 관심이 집중된 비주얼록 장르가 국내 인디음악의 성지인 홍대 신scene에서 음악성을 인정받지 못해서일 수도 있겠다. 하지만 결정적인 요인은 정형화된 남성(다움)/여성(다움)의 이분법을 교란하는 화장과 의상을 갖춘 비주얼록 밴드들의 외적 특성이 이대 앞의 젠더화된 장소성과 친밀하다는 것도 한몫했을 것으로 보인다. 오늘날 외국인 관광객들이 국내 아이돌의 앨범, 사진, 티셔츠 등을 사기 위해 기념품 가게를 찾는 것처럼 비주얼록 밴드를 테마로 한 기념품 가게들이 이대 앞에 있었다는 사실도 이 지역의 해방적 분위기를 보여준다.

2000년 11월 수능이 끝나자마자 나는 이대 앞 액세서리 가게로 돌진해 왼쪽 귀를 뚫은 뒤 은색 링 귀고리를 끼고, 항생제 마이신을 삼켰다. 왼쪽 귀를 뚫은 이유는 오른쪽 귀만 뚫으면 게이라는 말을 들었기 때문인데, 이성애 중심의 젠더 질서로부터 자유롭지 않은 촌스러운 한계를 드러낸 것이었다. 하지만 고등학교 졸업 전에 친구들 중에서는 내가 제일 먼저 귀를 뚫었다는 점에서 나 나름의 자유의 표현이기도 했다.

2000년대 LP 레코드 가게가 있던 건물이 헐리고, 클럽 퀸이 문을 닫으면서 더 이상 이대 앞에서는 나의 취향을 드러낼 만한 소비 행위를 할 수 없게 되었다. 어쩌면 학창시절의 막바지에 이곳에서 귀를 뚫은 행위는 고등학생 때 서울에서 가장 멋지다고 생각했던 공간과 1990년대라는 시간과의 작별 의식이었는지도 모르겠다.

아직도 나는 이대 정문을 혼자 들어가지 못한다. 이대 강의를 맡으면 학기 초반에는 당당히 정문으로 들어가지만 곧 후문도 아닌 사범대에서 가까운, 인적이 드문 쪽문으로 신속히 들어가곤 한다. 남중 남고생일 때의 광장 공포는 여전히 내 몸에 새겨져 있다. 그렇다고 이대생을 외계인처럼 두려워하는 것은 아니다. 이대가 온 나라를 들썩이게 한 권력 스캔들에 휘말렸던 몇 년 전, ECC를 가득 채운 촛불의 경험을 자랑스럽게 간직한 이대생들을 강의실에서 마주하며 1990년대의 지성미와는 또 다르게, 사회적

이슈에 대한 참여와 실천에서 비롯한 건강한 기운이 더해지면서 멋지다는 인상을 받았다. 이러한 젊음의 기운이 이대 정문 밖으로도 흘러서 이대 앞이 새로운 활기를 찾게 되기를 기대해본다.

5
홍대 없는
홍대 거리 1

인디음악의 발상지

고등학교 시절 냉동실에 넣어야 할 정도로 카세트테이프가 늘어나고, CD 표면에 무수한 상처가 생길 정도로 토이의 앨범을 들으며 엉뚱한 생각을 했다. 토이의 대표 객원가수들인 미성의 김형중과 고음의 김연우의 목소리를 하나로 결합할 수는 없을까? 개인적으로는 김형중의 목소리를 더 좋아했는데, 매끄럽지 못한 그의 고음을 좋아하는 팬으로서 안타까움이 묻어난 바람이었다. 토이의 노래를 들으면서 마음 쓰릴 나이가 훌쩍 지난 서른두 살이 되던 해인 2013년, 만화《드래곤볼》에서 손오공과 베지터가 퓨전으로 하나가 된 초사이언인 '오지터'처럼 김형중과 김연우가 결합된 오지터가 불현듯 세상에 출현했다. 바로 홍대광이다. 이제는 앨범을 찾지 않고, 조각난 노래를 다운받아 듣는 게 익숙한 시대인데, 새삼스레 그의 앨범을 찾았고 〈잘됐으면 좋겠다〉, 〈그냥 니가 좋아〉, 〈고마워 내 사랑〉 등을 고등학생 때 토이를 들었을 때처럼 그렇게 간만에 떨리는 가슴으로 반복해서 들었다(언제 발매될지 모르겠지만 토이 8집 타이틀곡의 객원보컬을 홍대광이 맡는다면 신의 한수가 아닐는지).

하지만 그에게 끌린 더 근본적인 이유는 그의 이름에 있었다. 그의 이름을 내 번역기로 돌리면, '홍대 앞 인디음악씬을 열렬히 사랑하는 가수를 의미하는 가명'이다. 그러니까 홍대광의 '광'을 미칠 '광'狂으로 생각했던 것이다. 오디션 프로그램을 통해 데뷔한 홍대광이 자신을 돋보이게 하기 위한 이미지공학imageneering의 일환으로 가명을 썼다는 생각이 전혀 엉뚱한 것도 아니었다. 게다가 나보다 세 살 연하인 1985년생이니 홍대 앞의 감수성을 당연히 갖고 있을 거라고 생각했다. 하지만 홍대광은 본명이었고, 내 생각은 빗나갔다. 이런 엉뚱한 연상을 할 만큼 내 어린 시절의 홍대 거리는 음악과 떼놓고 생각할 수 없었다(2016년 홍대광은 홍대 거리와 자기 이름 사이의 관계를 의식해 〈홍대를 가면〉이란 노래를 발표했다).

1990년대 중고등학교에서 수련회를 가면, 마지막 날 저녁 행사 때마다 인위적으로 아쉬운 분위기를 조성하기 위해 부르는 노래가 있었다. 1991년에 발매된 015B 2집에 수록된 〈이젠 안녕〉이라는 노래였다. 사실 나는 하나도 아쉽지 않고 집에 빨리 가고 싶을 뿐이었다. 물론 그때 우리는 노래가 싫은 게 아니라 억지스러운 상황 설정이 싫었을 뿐이다. 수련회에서 부르는 마지막 곡이었다는 사실과 상관없이, 〈이젠 안녕〉은 노래방 마지막 곡으로 입지를 굳혔다. 뜬금없는 취향 고백이지만, 015B 노래 중에서 가장 좋아하는 노래는 같은 2집에 수록된 〈친구와 연인〉이다. 요즘 10대나 20대가 〈이젠 안녕〉과 〈친구와 연인〉을 들으면 이 미성의 소년이 누구인지 궁금할 텐데, 〈좋니〉를 부른 젊은 윤종신이다.

내가 조동익, 이병우의 '어떤날'과 하덕규, 함춘호의 '시인과 촌장'의 LP를 소장할 정도로 좋아하는 것처럼, 그때 머리에 피도 안 마른 10대들도 예전 노래에 대한 나름의 취향이 있었고, 노래방에서 부르는 마지막 곡도 최신 곡보다는 예전 곡을 선택했다. 하긴 20대 중후반인데도 꽤 윗세대 노래인 패닉의 〈뿔〉(1998)이나 델리스파이스의 〈뚜빠뚜빠띠〉(2001)를 좋아하는 친구들이 있는 것을 보면 '이런 취향'은 세대를 초월한 현상인 듯하다. 다시 나의 10대로 돌아가서, 그날의 노래방 타임을 신나게 마무리 짓고 싶을 땐 1988년 MBC 대학가요제에서 대상을 받은 무한궤도의 〈그대에게〉를 불렀고, 누군가가 감수성 터지는 날엔 〈이젠 안녕〉을 불렀다.

그런데 마지막 곡은 예전 노래여야 한다는 암묵적 규칙을 깨뜨리는 노래가 1998년에 나타났으니 바로 크라잉넛의 〈말 달리자〉였다. 아드레날린이 마구 솟구치게 하는 빠른 BPM과 "닥쳐", "말 달리자"라는 동적이고 날것 그대로의 가사가 반복되는 이 곡은 기존에 힙합, 록, 일본 음악, 최신 대중음악 등으로 각각 특화되어 부르던 친구들의 마지막 노래 리스트를 단번에 평정했다. 노래방에서나마 존중되었던 취향의 민주주의를 말살한 이 반동적

3장 신촌·홍대

혁명곡은 노래방을 벗어나 대중매체를 통해서 '인디음악'이라는 기표를 확산시켰고, 아직까지 깨지지 않고 앞으로도 깨지기 어려운 인디음반 10만 장 판매 기록을 달성했다.

당시 패션 잡지에서 사은품으로 화장품을 끼워 팔았듯이, 음악 잡지 부록으로 지금은 '한국 1세대 모던록 밴드'로서 한국 대중음악사에 기록된 마이앤트메리, 언니네이발관, 델리스파이스, 황신혜밴드의 곡들을 모아놓은 CD가 있을 정도로 인디음악에 대한 대중의 관심이 높았고, 크라잉넛의 〈말 달리자〉는 인디음악에 대한 대중의 관심에 기름을 콸콸콸 부었다. 자연스럽게 사람들은 인디음악의 발상지인 홍대 거리를 찾게 되었다.

좋아하는 음악 장르에 따라 찾아가는 클럽도 달랐다. 힙합을 좋아하던 방송반 PD 후배는 마스터플랜을 드나들었고, 나는 크라잉넛이 소속된 드럭을 좋아했다. 진정한 전기기타는 팬더인가 깁슨인가로 티격태격하며 낙원상가에 함께 갔던 고등학교 친구도 드럭에 같이 갔었다(이대 앞 클럽 퀸도 이 친구와 같이 갔다. 꽤 친했는데 졸업하고 못 본 지 벌써 20년이 다 되어간다. 언젠가 만나겠지 낙관하고 있다). 거의 20년 만에 봉인 해제된 컨버스 신발 상자와 나이키 신발 상자 안에서 발견한 《조선펑크》라는 제목의 앨범은 드럭 레이블에 소속된 밴드들의 곡을 모은 컴필레이션 앨범이다. 이 앨범의 부클릿을 펼쳐보니 드럭의 위치를 안내하는 약도와 함께 지금은 공룡마냥 멸종한 하이텔, 나우누리, 천리안 등 PC통신 소모임방들의 주소가 친절하게 적혀 있다. 아! 추억 돋는다.

조선펑크의 성지, 드럭

홍대와 극동방송국 사이에 있는 드럭의 위치를 간단히 그린 약도만 보아도 1990년대 후반 홍대 거리의 풍경이 머릿속에 펼쳐진다. 금요일 밤 공연을 보러 드럭에 가려면 야자를 '째야' 했다. 처음 홍대에 갔을 때는 미로 같은 골목들이 익숙하지 않아 2호선 홍대입구역에 내려서는 홍대 정문 방향의 대로인 홍익로를 따라 곧바로 올라가 홍대 정문에서 한숨 돌리고서는 빨간색의 낮은 건물 두 채와 마당 같은 주차장에 오래된 나무들이 있던 극동방송국(현재의 맘모스 같은 건물은 2013년에 신축되었고, 나무들은 사라졌다) 쪽으로 내려가는 직선형의 걷기를 했다.

가는 길에는 지금은 거의 사라진 수입 앨범을 파는 레코드 가게가 군데군데 있었다. 나는 수입 앨범을 판매하는 압구정역 근처 상아레코드를 주로 이용하는 편이라, 굳이 홍대 앞 레코드 가게에는 들어가지 않았다. 그다음 관심사가 패션이었는지는 몰라도 힙합 스타일의 의류를 파는 멀티숍이 대로변을 따라 곳곳에 있었던 게 기억이 난다. 6호선 상수역이 일찍 개통되었더라면 굳이 홍대입구역에 내려서 걸을 필요 없이, 6호선 석계역에서 지하철을 타고 상수역에 내렸을 것이다. 만약 그랬다면 홍대 거리의 작은 골목들까지 훤히 알지는 못했을 것이다.

처음에는 큰길을 따라서만 걸었지만 점차 시간이 지나면서 구불구불 이어지는 골목길들을 지나게 되었다. 그제야 골목마다 자리 잡은 옷가게며 미술학원이며 카페들이 눈에 들어오기 시작했다. 그중 가장 눈에 띈 것은 '홍대 거리'였다.

컴필레이션 앨범 《조선펑크》 부클릿에 드럭의 위치가
표시된 약도와 PC통신 소모임방들의 주소가 적혀 있다.
—
1990년대 한국 음악계에 '펑크'를 쏘아올린, 이제는 역사가
된 드럭.

홍대 앞의 대표적인 경관답게 '홍대 거리'로 불리는 어울마당 로를 따라 낮은 가건물들이 일렬로 늘어선 풍경은 다른 지역에서 는 보기 힘든 독특한 공간으로 인식되었다. 그래서인지 2000년 대 KBS《연예가중계》의 '게릴라데이트' 촬영 장소로 자주 이용되 었다. 20년이 흐른 지금도 이곳은 예전 모습 그대로이지만 시간이 야기한 노후화는 피하지 못하고 있다. 인근에 위치한 KT&G 상 상마당을 중심으로 세련된 건물들이 신축되면서 이곳도 개발의 열기로 달궈지고 있다. 낮은 가건물들이 옹기종기 모여서 만들어 내는 홍대 거리만의 독특한 분위기가 얼마나 유지될 수 있을지는 미지수다.

1990년대 후반으로 다시 돌아오자. 그렇게 직선으로 혹은 구 불구불하게 이어진 길을 따라 도착한 삼송빌딩의 1층에는 드럭 레이블 사무실이, 지하에는 공연장이 있었다. 공연장 입구에는 개 인소지품을 맡길 수 있는 사물함이 배치되어 있었고, 내 기억이 맞다면 크라잉넛의 아코디언을 맡은 김인수가 시크한 표정으로 입장료를 받기도 했다. 처음에는 입장료를 받는 그 큰 몸집의 남 자가 보안요원인 줄 알았다. 크라잉넛의 공연이 시작되고서야 그 가 그임을 알았다. 클럽 내부는 좁았고 사람들과 열기로 가득 찼 다. 이미 스타였던 크라잉넛은 모두가 기다리는 대미를 장식할 마 지막 밴드였는데, '우는 땅콩'이 나오기 전에 무대에 오르는 레이 지본과 쟈니로얄의 공연도 좋아했다.

쟈니로얄은 당시 하드코어랩으로 유명한 RATM의 잭 드 라 로차Zack de la Rocha나 백인 랩 트리오 '비스티보이스'Beastie Boys의 영향을 받았는지 다른 펑크밴드들과 다르게 랩을 했는데, 랩을 좋아하는 나로서는 자연스럽게 그들에게도 눈이 갔다. 쟈니로얄에게는 특히 비스티보이스의 그림자가 짙게 드리워져 있었다. 가령 대표곡인 〈Homeless〉의 뮤직비디오(1999)는 용산전쟁기념관과 서울 도심을 배경으로 촬영되었는데, 같은 복장을 한 멤버들이 거리를 걸으면서 익살스러운 행동을 하며 랩을 하는 모습이 인상적이다. 1년 전에 발매된 비스티보이스의 앨범 《Hello Nasty》(1998)에 수록된 〈Intergalactic〉의 뮤직비디오와 유사한 콘셉트였다.

안타깝게도 한국 힙합의 계보에서 쟈니로얄에 대한 평가는 누락되었고, 이들이 전하고자 했던 사회 비판적 가사도 제대로 평가받지 못했다. 오디션 프로그램 《쇼미더머니》에서 보듯이 화려한 플로우와 라임을 사용하는 래퍼들은 늘었지만, 가사는 오디션 프로그램의 제목처럼 '나는 랩으로 이만큼 돈을 벌었다'는 식의 자아도취 내러티브로 가득하다. 디스diss라는 힙합만이 갖는 비판 문화는 경제적 불평등을 조장하는 사회 시스템과 사회 지배층을 향하기보다는 상대 래퍼의 외모나 단점을 물고 늘어지고 자기들끼리 낄낄대다 끝나면서 탈정치화되었다. 래퍼들이 강남이나 외국에서 성장했다는 출신 성분의 한계도 한몫했다. 이런 상황에서 사회 비판적인 가사를 담았던 쟈니로얄이 크라잉넛만큼 뜨지 못했던 것은 아쉬움으로 남는다.

드럭은 2004년 스컹크헬이라는 이름으로 바뀌고 주인도 바뀌었지만, 여전히 같은 장르인 펑크음악을 공연하다가 2009년에 문을 닫았다. 현재 지하 공연장 자리에는 술집이 들어서 있다.

극동방송국 옆에서 10년 넘게 자리를 지키며 이 골목 터줏대감이 된 일본 라면집 하카타분코를 가거나 근처에 약속이 있어 그 앞을 지나칠 때면 "여기에 드럭이 있었지"라며 속으로 혼잣말을 한다. 그만큼 드럭에 관한 기억은 내 안에 깊숙이 뿌리내리고 있다. 고등학생 시절 이렇게 다양한 대중문화의 세례를 받았지만 2000년대에 접어들면서 음악에 대한 관심이 급속히 시들해졌다. 홍대 거리도 마찬가지였다. 홍대광이 가명일 거라고 오해할 정도로 홍대에 대한 잔상은 머릿속에 여전히 남아 있지만, 홍대 거리로 향하는 발걸음은 뜸해졌다.

6
홍대 없는
홍대 거리 2

자판기 커피를 내밀던 시절은 가고

대학에 입학한 후 예전처럼 음악을 찾아 듣진 않았지만 '토이'만큼은 예외였다. 20대 초반의 여리고 순진한 남자들은 연애에 관한 희망고문을 담은 유희열의 잔인한 가사를 들으며 "전부 내 얘기잖아!"라면서 자신의 경험을 과도하게 투영하는 자기학대를 했고, 결국 그를 "희열 님"이라 부르며 기꺼이 그의 사상적思想的 노예가 되었다. 뭐 그땐 그랬다. 2000년대 초반 토이의 노래 중에서 가장 자주 들었던 곡은 〈좋은 사람〉(2001)이다. "자판기 커피를 내밀어 그 속에 감춰온 내 맘을 담아"라는 가사처럼 대학 강의실에서 누군가 내게 자판기 커피 한 잔을 내밀면 프림과 설탕이 건강에 미치는 해로운 영향을 걱정하기보다는 그 사람의 호의가 궁금해지던 시절이었다.

아메리카노와 카페라테의 차이를 모르고, 거리에는 카페보다 자판기가 많았던 2000년대 초반이 그렇게 지나갔다. 2000년대 중반 군 제대를 하고 사회로 돌아오니 토이의 설레던 가사는 쿨의 〈애상〉(1998)의 "삐삐쳐도 아무 소식 없는 너"처럼 구닥다리 표현이 돼버렸다. 명동의 한 프랜차이즈 카페에서 주문과 계산을 마치고 아르바이트생이 건넨 동그란 미확인물체를 장난감 사은품으로 알았다가, 불빛을 깜박이며 강력한 진동이 울리는 그 신문물의 정체를 깨우치는 재사회화 교육도 받았다. 그렇다고 "아메리카노 한 잔을 내밀어……"는 도무지 맛이 안 나는 가사다. 그렇게 호랑이 자판기 커피 뽑아 먹던 시절이 지나갔다.

한동안 발길이 뜸했던 홍대 거리를 다시 찾은 것은 음악 때문이 아니라 카페 때문이었다. 2007년《커피프린스 1호점》이라는 드라마를 보면서 연기 잘하는《도깨비》공유가 윤은혜에게 "네가 남자건 외계인이건 이제 상관 안 해. 가보자, 갈 때까지"라며 발톱 빠질 발연기를 했던 것도 상관 안 했고, 갈 때까지 가든지 알아서 하시오였다. 대신에 꽃미남들이 바리스타로 등장하고, 다양한 커피 메뉴가 있고, 예쁜 2층이 있는 드라마 속 커피점에 가보고 싶은 충동을 느꼈다.

이제는 젠트리피케이션 현상이 흔한 일이 되었지만 커피만큼이나 분위기를 마시러 입소문난 카페를 찾아가는 새로운 '라이프스타일'의 시작은《커피프린스 1호점》때문이었다. 드라마가 끝난 직후 시청자들은 짐 자무쉬의 영화《데드 돈 다이》(2019)의 "커피…… 커피……"를 외치는 '커피좀비'들처럼 이곳으로 몰려들었고, 드라마 방영 이전에는 한산했던 골목길(와우산로27길)에는 새로운 카페들과 보세 옷가게들이 생겨났다. 2010년에 공항철도가 개통되기 이전까지 5번 출구였던 홍대입구역 9번 출구는 지금처럼 그때도 소개팅이나 연인들의 만남의 장소였는데, 그들이 찾아갈 장소 목록에 이 골목이 추가되었다. 그리고 "골목마다 우릴 닮은 예쁜 카페들"에 함께 갔던 연인들 중 헤어진 이들은 "어딜 가도 너와의 흔적만 남아서 자꾸 서성대는 밤"(홍대광, 〈홍대를 가면〉 중에서)을 홀로 보내기도 한다. 맛있는 커피 한 잔과 함께 분위기 좋은 카페에서 책을 읽거나 노트북으로 문서작업을 하는 나도 여기 홍대 거리에서 탄생했는데, 이 모습은 이젠 너무 익숙하고 전형적인 서울의 풍경이 되었다.

20대인 내게 음악은 카페의 배경음악으로 들리다가 예전에 듣던 음악이 나오면 (느낌 없이) '우아' 하고 잠깐 귀 기울이는 척하는 수준으로 냉랭해졌다. 이렇게 된 원인은 너무 많아서 또 너무 몰라서 설명할 자신이 없다. 하지만 홍대와 음악의 관계의 변화에 대해 눈과 귀를 완전히 닫았던 것은 아니다.

쓸모없음의 쓸모

2000년대 들어 조용했던 홍대음악씬에 나타난 흥미로운 현상은 '홍대여신'이라는 신조어의 등장과 함께 이곳에서 활동하는 여성 가수들이 주목받기 시작했다는 점이다. 홍대여신으로 불리는 가수들이 여럿 있었지만 맨 앞에 '요조'가 있었다. 공교롭게도 그녀는 《커피프린스 1호점》의 OST에 참여했다. 지금도 '은찬' 윤은혜가 힘차게 달리던 장면을 떠올리면 노래 제목 그대로 '랄랄라~' 하는 요조의 목소리가 생생히 들리는 듯하다.

홍대여신으로 불리기 위한 몇 가지 조건이 있었다. 작사와 작곡을 하고, 노래를 잘 부르고, 결정적으로 '예뻐야' 했다. 마지막 조건은 앞의 조건들과 다르게 천부적 재능이나 노력의 결과와 상관없는 것이다. 여성주의 의식을 가진 사람들은 그러한 잣대가 여성을 대상화한다고 생각해서 이 신조어를 불편해했다.

몇몇 홍대여신들이 실력 때문이든 외모 때문이든 방송에 데뷔했지만, 음악에 관한 이야기나 음반 활동에 대해서는 이내 침묵하고 다른 방송인들과 다름없는 모습을 보여주었다. 그런데 원조 홍대여신 요조는 다른 행보를 보였다. 한 인터뷰에서 그녀는 요조라는 이름은 10년 전 다자이 오사무의 『인간실격』에 나오는 주인공의 이름에서 따온 것이라고 말했다. 그뿐만 아니라 그의 우울함과 비관주의마저 자신의 색깔로 가져왔다고 밝혔다. 그러나 10년 후 그 책을 다시 읽고 나서는 주인공이 선택한 자살과 그 자살에 이르게 한 비관주의가 "한심하다"며 입장을 바꾸었다. 대신에 그녀가 꺼낸 화두는 "쓸모없음의 쓸모"였다.

그 말이 장자의 무용지용無用之用을 뜻하는지는 잘 모르겠지만, 사회나 회사의 필요와 기준에 자신을 억지로 맞추지 않고 사는 것도 의미가 있다는 말로 읽혔다. 하지만 우리 세대 모두가 세상과 단절하여 '나는 자연인이다'로 살 수도 없고, 그렇게 살고 싶은 사람도 많지 않다. 최소한 나는 프롤로그에서 언급한 '이 미친 세상'의 꼭짓점인 서울에서 앞으로도 계속 살고 싶다.

나는 요조가 말한 '쓸모없음의 쓸모'를 우리가 이 미친 세상을 당장 뒤집진 못하더라도 이런 세상에서 잠시나마 숨을 돌리자는 위로로 받아들였다. 그렇다면 다른 홍대여신들이 더 이상 자신의 음악을 보여주지 못하고 방송인이 된 것은 변절이 아니라 이 미친 세상에 적응하려고 잠시 숨을 돌린 것으로도 볼 수 있다. 설령 지난날의 홍대여신들이 다시는 홍대 거리로 돌아오지 못하더라도 그들을 비난할 자격은 누구에게도 없다. 대신 자신의 원래 꿈과 바람을 그대로 이루지 못한 그들에게 이 미친 세상을 함께 살아가는 동시대인으로서 마음속으로 위로와 연대를 보내야 할 것이다.

젠트리피케이션의 모순

오랫동안 다양한 예술활동이 퇴적되어 만들어진 홍대 거리만의 차별화된 분위기는 외부 사람들을 끌어들이면서 부동산 가격을 급등시켰다. 그리하여 홍대만의 독특한 분위기를 만든 예술가들과 세입자들이 쫓겨나는 젠트리피케이션이 발생했다.

홍대입구역 8번 출구에서 동교동 방향으로 100미터 정도 걸어가면 두리반이라는 칼국숫집이 있었다. 공항철도가 개통되면서 이곳도 철거될 위기에 처했다. 주변 건물들이 철거되고 세입자들도 다 떠난 상황에서 두리반이 있는 3층 건물은 홀로 남겨졌다. 그런데 이곳에 예술가들이 들어왔고, 이들이 공연을 하면서 개발에 저항하는 연대가 만들어졌다. 당시 나도 『인권오름』이란 매체에 「두리반과 도시에 대한 권리」(2010년 10월 26일자)라는 글을 기고하면서 작지만 연대의 힘을 보태고자 했다. 결국 예술가들의 연대는 두리반이 주변 지역에서 영업을 재개할 수 있는 합의를 이끌어내었고, 기존 건물은 철거되었다.

그러나 개발의 열기는 쉬이 식지 않았다. 30년간 영업해온 홍대 입구 사거리의 리치몬드 제과점이 2012년에 폐점해야 했고, 그 자리엔 리치몬드보다 비싼 임대료를 지불할 능력이 있는 '흔한' 프랜차이즈 카페가 들어섰다. 홍대입구역 9번 출구 앞에서 오랫동안 영업해온 또 다른 명물인 포장마차들은 "불법은 불법"이라는 구청단속반의 강경 진압으로 인해 길바닥에 시뻘건 떡볶이 국물을 흩뿌리는 날이 많아졌다. 그동안 홍대입구역의 매력적인 풍경의 일부였던 포장마차의 주인들은 그저 비싼 홍대 상권에서 공짜로 돈을 버는 불로소득자로 낙인찍혔다. 홍대 거리는 '익선동 그리고 기타 동동'의 원점原點이다.

2011년 9월의 어느 주말, 한국의 녹색성장 정책을 연구할 목적으로 체류하던 일본인 연구자 케이Kei와 친구가 되었다. 그녀가 다시 한국을 방문했을 때 대학원 동료들과 홍대 거리에서 만나 홍대 카페에 갔다. 내가 거기서 약속을 잡은 이유는 한국 문화에 관심이 많은 외국인 친구에게 서울의 '힙'한 장소를 소개하고 싶어서였다. 그러나 한편으로는 두리반 사태에 대한 연대를 지지하는 글을 쓰면서도, 홍대 거리의 한 카페에서 친구들과 커피를 마시면서 담소를 나누는 '소확행'(소박하지만 확실한 행복)에 담긴 모순을 의식하지 않을 수 없었다. 나의 소박한 행위가 두리반처럼 지역의 누군가를 쫓아내는 젠트리피케이션을 부추길 수 있기 때문이다.

이곳은 ○○ 있는 홍대 거리

홍익대 학생들에게 미안하지만 이 글의 제목은 '홍대 없는 홍대 거리'다. 1990년대 초부터 인디음악을 중심으로 만들어진 두터운 문화자산이 뿌리내리면서 형성된 거대한 숲이 이름만 남겨놓고 홍익대의 존재를 덮어버렸기 때문이다. 하지만 사회를 비판하는 노래를 부르던 쟈니로얄이 종적을 감추고, 그들이 공연하던 드럭을 비롯한 인디음악의 전초기지인 클럽들이 주점이나 음식점으로 바뀌면서 숲의 크기는 아마존 열대우림이 줄어드는 속도만큼이나 빠르게 축소되었다.

그럼에도 불구하고 여성을 대상화한 아이콘의 전면에 있던 요조가 '쓸모없음의 쓸모'라는 화두를 꺼내면서 소통을 시도하고, 무명의 밴드들은 젠트리피케이션에 저항하고자 두리반에서 공연을 했다. 그리고 아직 남아 있는 클럽이나 길거리에서는 이 사회를 '미친 세상'으로 인식하는 20~30대를 위로하고 그들과 연대하려는 밴드들의 공연을 볼 수 있다. '9와숫자들'도 그러한 밴드 중 하나다. 이들의 3집 앨범 《수렴과 발산》solitude and solidarity(2016)은 보컬 송재경이 설명하듯이 "타인의 고독에 마음이 움직이고, 각자의 고독 안에 머물러 있던 수렴이 타인의 고독으로 방향을 틀 때" 연대가 형성될 수 있음을 의미한다. 홍대생들에게 재차 미안하지만, 앞으로도 이곳은 '홍대 없는 홍대 거리', 다시 말하면

'○○ 있는 홍대 거리'로 남았으면 좋겠다. 이 거리에서 누구나 '○○' 가 될 수 있고, 연대를 실천할 수 있는 공간으로 말이다.

> 하얀 장막에 가려져
> 선명히 볼 순 없을 거야
> 그러나 보지 못해도
> 곁에 있는 널 느낄 수 있어
> 여기는 대체로 흐린
> 바람이 멎지 않는 도시
> (……)
> 난 끝까지 노래할게
> 그대가 언제고 들을 수 있도록
> 자욱한 그리움 속에서도
> 나 살아 있음을 알릴 수 있게
> 오늘 밤도 나는 노래할게
> 관심 없는 표정과 냉소에 맞서
> 먼 훗날 안개가 걷힌 뒤에
> 누구도 우리를 부정할 수 없게
> —9와숫자들, 〈안개도시〉 중에서

덧붙이는 어쩌다 '감사의 글': 어느 일요일 오후 3시 커피프린스 1호점 근처에 있는 카페에서 후배 동료인 지혜, 희진, 새롬과 이 책에 실릴 원고들을 함께 읽으면서 피드백을 받는 시간을 가졌다. 마침 지난주에 '홍대 없는 홍대 거리 1, 2'를 쓰면서 오랜만에 가고 싶은 생각이 들었고, 결국 그곳에서 만났다. 그런데 원고 검토 시간이 예상보다 길어지면서 일단 저녁을 먹기로 했다. 우리는 홍대 정문, 클럽 드럭이 있던 골목 입구 그리고 극동방송국을 지나 하카타분코에서 라면을 먹었다. 저녁을 먹고서는 합정역 근처의 카페에서 10시가 넘도록 나머지 원고들을 살펴보는 강행군을 하고서야 그날을 마무리할 수 있었다. 그날 원고를 읽은 동료들에게 그날이 소소하게 즐거운 추억으로 남았으면 좋겠다. 그 자리엔 참석하지 못했지만 그동안 내 글을 꼼꼼히 읽어준 준수와 이 책을 쓰기 시작하면서 내게 붙들려 1980년대, 1990년대, 2000년대 자신이 경험한 서울을 이야기해준 친애하는 지인들(동헌, 영래, 홍미, 세린, 유윤)에게도 깊은 감사의 마음을 전한다. 끝으로 책의 형태를 아름답게 빚어준 북디자이너 박연미 실장님, 다양한 '진태들'을 일러스트를 통해 마주칠 즐거움을 주신 이윤희 작가님, 그리고 이 책의 편집자 김진구·오효순 님, 돌베개 식구들에게 깊이 감사드린다. 어쩌다 보니 '감사의 글'을 책 한복판에 실었다.

7
신촌역
7번 출구를 핑계로

연인마다 만드는 연애의 풍경들은 다 다르다. 하지만 내 풍경 한구석에는 신촌역 7번 출구와 같은 장소의 기억이 조용히 뿌리내려 있다. 지구상에서 그 기억을 공유하는 오직 두 사람 간에도 A는 그 기억이 찌질하다며 서둘러 뽑으려 하고, B는 먹먹한 기억을 그대로 두려 할지 모른다. A와 B는 다른 것이지, 틀린 것은 아니다. 그때도 다르고, 지금도 다른 것뿐이다.

12년 전인가? 아니 보름 전이었나? 너와 만나기 전까지 내게 신촌역 7번 출구는 아무 의미가 없는 장소였어. 너를 만났던 시간을 목성이 태양을 한 바퀴 도는 데 걸리는 12년이란 긴 시간에서

부터 달이 차는 데 드는 15일 보름이라는 광폭廣幅의 시간대를 설정하고, 신촌역 7번 출구라는 다소 뜬금없는 장소를 끌어들인 것은 혹여 우리를 아는 누군가가 바로 우리가 우리임을 알아차리지 못하도록 하려는 의도였어.

매일 같은 서울 하늘을 바라보지만 헤어지기 전이나 후나 서로 너무 다른 생활세계에 살고 있는 우리는 둘 중 누군가 작정해 다가가지 않는 한 이번 생에서 다시 만날 확률은 0퍼센트도 안 되고, 그나마 우리 둘을 알고 있는 목격자라고는 무관심한 지구인 몇 명, 너를 전속으로 지켜온 야경단夜警團 대장 샤키를 비롯한 인형 몇 개뿐인데. 내가 너무 조심스러운 걸까? 그런데 이 정도로 우리가 공유했던 시간과 공간을 지워야만 내가 너에게 못했던 이야기를 전할 시공간을 겨우 만들 수가 있더라.

그날 각자의 생활세계 반경 안에서는 결코 만날 수 없었던 우리가 우연히 만나게 되었지만, 연인이 되기에는 녹록지 않은 상황에 처했었지. 나는 네가 좋아하는 라디오헤드의 앨범 《In Rainbows》(2007)에 실린 〈All I need〉를 반복적으로 들으면서 "I am a moth"라는 가사를 내 초조한 처지에 투영했었어. 하지만 한 치 앞을 모르는 먼지 속을 날던 나방의 시간은 무사히 지나갔고, 네 눈에 내가 "쓸데없이 잘생겨서"라는 달달한 말과 함께 그 노래는 그만 듣게 되었지.

우리가 만났던 시기는 네가 이직을 준비하는 시기와 겹쳤고, 초봄부터 넌 새로운 꿈을 실현하는 데 도움을 줄 신촌역 부근에 있는 학원을 다니게 되었지. 그러던 어느 날 너를 응원하기 위해 저녁 약속을 잡았던 장소가 우리에게 의미 없었던 신촌역 7번 출구였고.

그때 네가 나를 좋아하는 이유도 많았지만 우리의 관계를 지속하기 어려운 이유들도 하나둘 생기기 시작했었지. 그날도 너의 표정은 좋지 않았어. 나는 조금이라도 너의 기분을 으쌰으쌰 할 수 있는 것을 고민하다, 미리 알아봐둔 근처 스타벅스 뒤편 골목에 있는 허름한 아구찜 식당에 함께 갔고. 다행히 너는 맛있게 먹었고, 표정도 밝아졌어. 그리고 며칠 후 우린 헤어졌지.

공교롭게도 나는 그해 봄부터 여름의 문턱까지 수요일마다 연세대에 가야 했고, 수요일은 네가 학원에 가는 날들 중 하루와 겹쳤지. 수요일의 신촌은 너라는 영주가 부재해도 너의 영토가 되었고, 나는 귀갓길에 그 수많은 사람들 중에 너를 마주칠까 봐 바보같이 빠른 걸음으로 지하철을 타고 그곳으로부터 탈출하려 했어. 불과 며칠 전만 하더라도 "거대한 인파 속에서 나만이 아는 빛으로 반짝이던"(9와숫자들, 〈그대만 보였네〉 중에서) 너를 단번에 찾아낼 수 있는 내 타고난 시력과 눈썰미가 이별 뒤엔 원망스러웠고.

그래도 보름의 시간만으로는 아직 미열이 채 식지 않아서였을까? 헤어진 지 보름이 지난 수요일. 누가 먼저였는지 몰라도 우리 둘의 행동반경이 겹치는 그 수요일 오후 1시경 "잘 지냈어?"로 시작한 안부 문자를 주고받았지.

왜 헤어지고 나서는 카톡이 아니라 문자 메시지로 연락을 하게 될까? 카톡은 마음과 감정이 노골적으로 흐르는 뜨거운 매체지만 문자는 이성적인 차가운 매체라서? 혹여 카톡 대화방에서 내 감정을 노출할 수 있는 이모티콘들을 나도 모르게 쓰게 될까 봐? 아니면 프로필 사진이나 심리 상태를 알 수 있는 텍스트를 상대방이 볼까 봐? 어떤 이들은 카톡에 아무것도 올리지 않지만, 우리는 관심이 가거나 좋아하는 책, 사진, 음악, 문구 등으로 정체성과 취향을 적극적으로 표현했지. 그래서 그때 카톡이 아닌 담담한 단문을 주고받은 것은 뜨겁게 달군 프라이팬에 찬물을 끼얹는 것처럼 각자의 감정들이 불필요하게 상대방에게 튀는 상황을 피하고 싶었던 건지도.

표면적으로는 차가운 매체를 통해 대화를 나눴지만, 오래된 연인들이 헤어지고 몇 년 만에 우연적 필연으로 마주하기까지의 시간만큼이나 우리에게 보름은 길게 느껴졌어. 그래서 잠깐 커피 한 잔 마시는 시간을 정당화한 거였고. 그리고 너를 만나기 전 몇 시간 동안 나는…… 신촌역 7번 출구에서 오후 6시에 만나기로 약속한 그 순간부터는 만나서 무슨 말을 할까, 잘 지내는 척해야 하나, 책상 앞에 펼쳐놓은 정리되지 않은 언어의 저수지 속에서 허우적거렸어.

5시 반 연희관 건물을 나서면서는 "잘 지냈어?"로 시작해 "이따 봐!"로 마무리된 몇 자 안 되는 문자들을 몇 번이고 읽으면서 백양로를 지나고, 독수리약국을 지나고, 현대유플렉스를 지나 신촌역에 도착하기까지, 그렇게 '신촌역과 신촌역 사이'의 풍경은 지워졌고, 네가 기다리고 있을 7번 출구라는 소실점으로 나는 직진했지. 그리고 의미 없던 신촌역 7번 출구는 내 머릿속에 그동안 쌓인 신촌의 풍경과 기억들을 모조리 삼켜버린 네가 있어서 이젠

의미 있는 장소가 되었고.

　다시 마주한 너는 전 세계 사람들이 자신의 언어로 흔하디흔하게 말해 진부해져버린, 그러니까 굳이 나까지 그 진부한 어휘 사용 내역에 '+1'을 보탤 필요가 있을까 싶지만, "그사이에 왜 이렇게 예뻐졌는데?!"라는 말이 입 밖으로 나오려는 것을 겨우 삼켰어. 우린 아구찜을 먹었던 골목 초입의 스타벅스에 자리를 잡았고, 너와 마주한 나는 덤덤한 척, 관심 없는 척, 쿨한 척, 아무튼 온갖 어설픈 연기를 척척척 하면서 커피를 들이마셨지.

　학원 수업이 시작되기 30분 전. 그때 너와 더 눈을 마주치고 싶었고, 더 이야기하고 싶었고. 그리고 다시 모든 걸 돌려놓고 싶었어. 하지만, 그래 하지만, 나는 너의 학원 시간을 지켜주고 싶었어. 그 작은 마음부터가 나와 다른 색채를 가진 너의 미래를 더 이상 흐리게 해서는 안 되고, 너에게 부족한 나로부터 너를 보호해야 한다는 나 나름의 마지노선으로 이어졌거든.

　그렇게 스타벅스를 나와 마지막 인사를 하면서 "한 번 안아주면 안 돼?"라는 네 말에 미약하게 떨리는 두 팔로 너를 안고서, 우린 7번 출구로 돌아왔지. 그런데 내가 저녁을 못 먹고 긴 귀갓길에 들어서는 게 맘에 걸렸던 너는 학원에 30분 정도 늦어도 된다며 근처에서 때우자 했고, 결국 작은 일식집에서 저녁을 먹었지. 나는 학원 앞까지 널 바래다주고. 이제 진짜 마지막이라고 생각했던 넌, "한 번만 더 안아달라" 말했고, 나도 이번이 진짜 마지막인 거 같아 널 꼭 안았어.

　우리가 다시 시작할 수 없다는 걸 알면서도 막상 너를 보고 있으니까 1분이라도 아니 1초라도 더 보고 싶어지더라. 혹시라도 네 수업이 끝날 때쯤 다시 볼 수 있지 않을까 미련이 생긴 나는 귀가하지 않고 연세대로 돌아가서 하다 만 작업을 하겠다고 말했지. 너와 나 사이의 마지노선을 그었던 당사자인 내가 경비를 잘 서지 못하고, 그 룰을 어기고, 그 선을 넘었던 거야. 그런데 신촌역이 가까워지면서 너를 한 번 더, 1분 1초를 더 보는 게, 너에게 머무는 게 부질없다는 생각이 들었고, 나는 집으로 향하는 지하철을 타 버렸지.

30분쯤 지나 청량리역에서 전철이 멈췄을 때 너에게서 "아직 학교야? 오늘 수업이 일찍 끝날 거 같은데 맥주 한 잔만 할래?"라는 문자가 왔고. 낮에 받았던 문자인 "커피 한 잔 할래?"에서 음료의 종류만 바뀐 건데, 문자를 받자마자 내 마음도 순식간에 바뀌더라. 나는 아직 학교에 있다며 거짓말을 하고, 바로 전철을 갈아타고 신촌역으로 돌아갔지.

시간이 조금 남아서 연세대 천문대 앞 돌계단까지 갔는데, 그날따라 보름달이 엄청 컸어. 보름달이 떴을 때 이렇게 너를 만날 수 있는 거라면, 내려가려는 달을 늘 하늘 위에 떠 있도록 축구공처럼 뻥뻥 차올리고 싶을 만큼 여전히 네가 좋았어. 우리가 헤어진 이유 같은 건 쉽게 잊어먹고 말이야. 수업이 끝나고서 우린 서강대 정문 근처 허름한 호프집에서 떡볶이를 안주 삼아 즐겁게 맥주를 마셨지.

그 후 우린 다시 시작했고, 둘은 노력했지만……. 우리의 처음을 장식한 너의 한마디인 "쓸데없이 잘생겨서"를 다시 말하면서

찌푸린 너의 표정이 마지막이 되었고. 이번엔 진짜로 헤어지게 되었어. 음…… 응…… 정말, 헤어졌지.

두 달이 지나고 우연히 지구인 1인으로부터 네가 원하던 자리에 합격했다는 소식을 들었어. 네가 간절히 원하던 자리였음을 누구보다 잘 알고 있었기에 망설이다가 용기를 내서 "취업 축하한다"라는 문자를 보냈지만, 너는 답을 안 함으로써 선명한 메시지를 내게 보냈었지. 너의 집 앞에서 작별할 때 "취업하면 한턱 쏠게"라는 너의 말이 떠올랐지만 왜 내게 먼저 취업 소식을 전하지 않았는지 원망하진 않았어. 오히려 내 마음속에 그어진 마지노선이 더 뚜렷해졌고. 너의 무응답인 응답 덕분에 비로소 나도 너의 카톡과 전화번호를 삭제할 수 있었고, 네가 없는 일상으로 돌아오게 되었지.

얼마 전 꿈에 네가 나왔어. 겨울이었고, 홋카이도 호타루의 오래된 버스터미널처럼 클래식한 분위기가 나는 기차역사 안에서 너는 남자 두 명, 여자 한 명과 기차를 기다리고 있었어. 나는 너와 20미터 정도 떨어져 있었고. 이내 우린 눈이 마주쳤고 서로 알아봤지. 꿈속에서도 내 문자에 네가 답하지 않았던 일을 의식했고, 나는 여전히 등신이어서 너를 향해 단 한 걸음도 떼지 못하고, 덤덤한 척 안부인사도 못하고, 서둘러 내 일행과 밖으로 나와 버렸지.

그런데 역사 밖을 나가면서 폐로 훅 들어온 찬 공기가 서로의 진로를 이야기하고 포트폴리오를 봐주고 진심으로 응원했던 대화들을 재생시켰고, 그저 축하한다는 말 한마디를 전하는 게 왜 그리 어려운 일일까 하는 자책과 함께 다시는 너를 볼 수 없을지 모른다는 아쉬움을 느끼는 동시에 역사 안으로 뛰어들어갔어. 그런데 그사이 몇 초가 흘렀다고, 그리 빨리 사라진 거니? 쌀쌀한 새벽, 그 아쉬움이 식은땀에 젖은 나를 흔들어 깨웠지.

12년 전인가? 아니 보름 전이었나? 축하 문자는 이미 보냈지만, 좀 멀쩡하게 제대로 전하고 싶어서! 마음속에 꾹꾹 눌렀던 이 한마디 전하려, 신촌역 7번 출구를 핑계로 이 긴 편지를 썼어. 아직도 난 이렇게 싱겁다.

취업 진심으로 축하해.

4장

한 번도 제철을
만끽하지 못하고 시들어간
연인의 젊은 얼굴
—
영등포구로구

1
예외공간,
'영등포구로구'

서울의 남서쪽은 우리 동네에서 가장 먼 서울이다. 1990년대 우리 동네에서 출발하는 30번 버스의 종점은 구로구에 있는 지하철 1호선 개봉역이었다. 그러니까 개봉역이라는 역이 있다는 딱 그 정도, 어릴 적 남서쪽과 관련된 추억이라고 말하기에도 민망한 기억이다. 그러고 보니 우리 동네 광운대보다 부산 해운대가 친숙하다고 말한 친구도 남서쪽인 목동에 살았으니 역지사지, 그의 해운대 사랑이 이제 이해된다.

종로는 아상블라주, 신촌은 밀푀유라는 공간적 메타포를 떠올렸던 것처럼 서울 남서쪽에 대해 글을 쓰기 전에 나에게 이곳은 어떤 곳이었는지 생각해보았다. 이곳에 대한 느낌은 아득한 바다 위에 떠 있는 섬과 같은 고립감과 막막함이다. 우리 동네나 다른 익숙한 지역들에 비해 남서쪽에 대한 경험과 정보가 적다는 사실을 바닷물에 숨기려는 것은 아니다. 진짜 섬인 여의도가 있어서인지 일단 섬이 떠올랐고, 그다음 구로공단과 노량진이 떠올랐다. 그리고 이들 지역의 특성으로는 지리학자들이 사용하는 '예외공간' 개념을 적용하면 적절하겠다는 생각이 들었다.

현재 서울 남서쪽에 있는 구區는 여럿이지만 1963년부터 1972년까지는 덩그러니 영등포구 하나밖에 없었다(참고로 서울의 남동쪽, 즉 오늘날 강남 3구에 해당하는 지역은 강북의 성동구에 속했다). 하지만 도시화가 진행되면서 인구가 증가하고, 각 지역의 원활한 관리를 위해 관악구(1973), 강서구(1977), 구로구(1980)가 떨어져 나갔다. 행정구역을 엄밀히 따지자면 뒤에서 다룰 노량진은 동작구에 속하지만, 과거에는 영등포구에 속했다. 지극히 개인적인 내 마음속의 지도는 예전 1960~1970년대 행정구역도와 비슷하면서도 영등포구뿐만 아니라 구로구를 중심으로도 등고선이 그려져 있다. 그래서 이 책에서 구로공단, 대림동, 노량진, 여의도는 예외적으로 '영등포구로구'라는 나만의 행정구역에 속하게 되었다.

예외공간은 정상공간에서 적용되는 규칙, 제도, 관습이 적용되지 않는 공간으로 정의내릴 수 있다. 2000년 이후 국제학계에선 예외공간에 대한 연구가 활발히 전개되었다. 대표적인 학자로는 이탈리아의 철학자 조르조 아감벤Giorgio Agamben이 있다. 그의 통찰이 주목받는 이유는 예외상태의 형성 과정은 정상상태와 독립된 별개의 메커니즘이 아니라 역설적으로 정상상태를 유지하기 위해 예외상태를 필요로 한다는 점을 간파했다는 데 있다. 아감벤으로부터 영감을 받은 지리학자들은 헌법과 주권이 정상적으로 작동하는 근대국가에서 어떻게 예외상태가 공간적으로 생산되는지를 주목했다. 2001년 9·11 이후 미국이 테러와의 전쟁을 명분으로 운영한 관타나모 해군기지, 1980년 5월 전두환 군부세력에게 짓밟힌 광주를 예외공간의 예로 볼 수 있다.

정치지리적 주제뿐만 아니라 경제지리학에서도 예외공간 개념이 연구되었다. 대표적으로 경제특구를 들 수 있다. 한국에서는 1997년 외환위기 이후 인천 송도를 시작으로 경제특구가 만들어졌다. 자본과 공장을 유치하기 위해 국가는 특구에 각종 세제 감면 혜택을 포함한 제도적 지원을 마련하고, 반면에 국내의 경제공간에서 적용하던 노동권을 제약하는 규정을 이곳에 두었다. 이를 두고서 연구자들은 '경제적 예외공간'으로 설명한다. 구로공단도 오늘날의 경제특구와 유사한 경제적 예외공간으로 볼 수 있다.

이러한 예외공간들은 주로 국가나 자본 같은 강력한 사회세력들이 자신들의 정치적 정당성을 확보하거나 자본 축적을 도모하기 위해 만들어졌다. 하지만 지배세력의 필요뿐만 아니라 사회적으로 요구되는 가치들을 실현하기 위한 진보적 차원에서도 예외공간이 만들어질 수 있다. 노량진과 대림동은 언뜻 주류 사회로부터 배제된 예외공간으로 볼 수 있지만, 나는 그 공간에서 사회구성원들의 개인화, 원자화를 넘어선 세대 내·세대 간 연대가 확산될 가능성(노량진)과 사회적 낙인의 공간에서 코스모폴리타니즘cosmopolitanism을 학습하는 장場으로의 가능성(대림동)을 엿보고자 했다. 기성 정치인들이 점령한 정치1번지 여의도는 젊은 세대의 접근을 차단했다는 점에서 정치적 예외공간이다. 하지만 앞으로 우리 세대가 어떻게 이곳을 활용하느냐에 따라 새로운 정치를 만들 수 있다는 점에서 진보적 예외공간의 생산 가능성을 기대했다.

멀리서 보면 개별적인 섬들로 보이지만, 밤이 되면 빛나는 별들이 되고, 그중 어떤 별들은 서로 연결되어 희망의 별자리를 만들어내지 않을까 하는 기대감을 갖고, 서울의 남서쪽을 들여다보았다.

2
구로공단과
구로디지털단지 사이

돼지털이 디지털로 변하더라도

여전히 우리 사회에서는 '노동'이나 '노동자'라는 말을 사용하는 게 참 어색하고 낯설다. 5월 1일은 노동자의 날이 아니라 근로자의 날이고, 사회과학을 공부하는 나부터 '정체성'이나 '주체'라는 사회과학 용어를 발화發話할 때는 느껴지지 않는 이물감이 '노동자'에는 유독 콕 박혀 있다. 여러 학자들이 분석했듯이 이러한 이물감은 비역사적인 개인의 감각이라기보다는 한반도 분단과 반공주의, 압축적 경제성장 과정에서 잉태된 발전주의 같은 각종 이념들이 버무려져 형성된 '국가-자본 주도의 노동 억압적 경제경관'에서 비롯되었다.

1987년 6월 광장에서의 민주화 항쟁이 시민사회의 정치적 민주화를 촉발했다면, 이어서 발생한 7월부터 9월까지 공장에서의 '노동자 대투쟁'은 노사관계의 경제적 민주화를 이루고자 했다. 대투쟁에 대한 평가는 다양하지만, 우리의 정체성을 노동자보다는 시민으로 설명하는 데 익숙한 현재의 자화상이 보여주듯 1987년 7~9월의 대투쟁은 6월의 항쟁만큼 사회를 변화시키지 못했다.

국가-자본 주도의 노동 억압적 경제경관의 대표 공간으로 공업단지, 즉 공단을 들 수 있다. 한국의 경제성장을 이끌었던 주요 공단들의 형성 과정을 추적한 연구서인 『산업경관의 탄생』(알트, 2014)에서 나는 구미공단 부분을 집필했다. 이 책에서 다룬 첫 번째 사례는 '최고 정치지도자' 박정희의 고향인 구미에 세워진 구미공단이 아니라 서울의 구로공단이었다. 한국의 경제성장은 곧 '한강의 기적'으로 동일시되었고, 그 한강 젖줄에 구로공단이 위치해 있다.

구로공단은 박정희 정권 시기인 1960년대 수출산업단지개발조성법이 제정되면서 조성되었다. 구로공단의 규모는 지금의 구로구와 금천구에 걸쳐 있었다. 공단은 기업의 경제활동을 지원할 목적으로 국가가 특정 구역을 구획하고, 그 안에 오로지 생산을 위해 존재하는 공장과 노동자들이 밀집된 공간이다. 공단의 안과 밖을 가르는 경계선은 국가의 제도적 지원과 결합하면서 더욱 진해지고 굵어진다. 국가는 세금 감면 같은 경제적 혜택과 더불어 노동자들이 마땅히 누려야 할 노동3권(단결권, 단체교섭권, 단체행동권)과 같은 권리를 공단 노동자에게는 제약함으로써 공단 입주 기업들에 '기업하기 좋은 환경'을 제공했다. 이처럼 기존 법률이 적용

받는 정상적인 영토와 비교하여 특정 사회세력에게는 더 많은 경제적 혜택을 부여하고, 다른 세력들에게는 제도적, 법적, 정치적으로 더욱 취약하게 만드는 공단을 '예외공간'으로 볼 수 있다.

외부와 차별화된 공간 안에 노동자들을 몰아넣으면 그들을 통제하거나 착취하는 것이 훨씬 더 용이하다. 하지만 노동자들이 밀집된 공간은 역설적으로 노동자들이 투쟁을 조직하기에도 적합한 환경이다. 1985년 6월의 구로동맹파업에서 기업별 노조로 쪼개져 있던 노조단체들 간에 연대가 가능했던 요인 중 하나는 노동자들이 밀집된 공간적 특성에 있었다.

내가 구로공단역, 아니 구로디지털단지역에 처음 가 본 것은 2008년 가을이었다. 석사과정 시절 주요 생계 유지 수단이었던 서울연구원 아르바이트의 일환으로 구로구에 위치한 다문화지원센터 관계자들을 만나 설문조사를 하기 위해서였다. 그때도 세련된 외관의 '아파트형 공장'이 군데군데 들어서 있었지만, 오래된 공장들도 곳곳에서 볼 수 있었다.

현재의 역 이름은 2004년 10월에 바뀐 것이다. 구로공단을 돌아가게 했던 전통 제조업의 비중이 줄어들고, 2000년대 들어서면서 구로공단을 정보통신기술산업을 육성할 첨단산업단지로 탈바꿈시키려는 정부의 정책에 맞춰 구로공단이 구로디지털단지로 공식 명칭이 바뀌면서 역 이름도 변경되었다. 금천구에 위치했던 공단과 가까운 역인 가리봉역은 가산디지털단지역으로 바뀌었다.

이처럼 역 이름이 바뀌고, '돼지털'만 아는 사람보다 '디지털'도 아는 사람들이 많아졌다고 해서 지역성이 순식간에 사라진 것은 아니었다. 2012년 1월에 기획된 『한겨레』의 「화려해진 옛 구로 공단…… 노동자 삶은 되레 후퇴」라는 제목의 르포 기사에 따르면, 아파트형 공장과 이곳에서 일하는 소위 '신新산업 종사자'들이 늘면서 지역의 경관이 확연히 바뀌었지만 여전히 제조업 생산직인 '구舊산업 종사자'들이 일하고 있었다. 그러나 이들은 공장 안에 있는 구내식당에서 점심을 먹기 때문에 밖에서는 잘 보이지 않았다. 기사는 이 보이지 않는 노동자들이 아파트형 공장의 세련된 통유리 안에서 일하는 사무직 노동자들을 바라보며 위화감을 느낀다고 보도했다. 계급, 계층의 구분이 보이는 것과 보이지 않는 것, 밝음과 어둠으로 대비되어 인식되었다.

이 기사가 나온 지도 벌써 8년이 지났으니 그사이에 이 지역에서 전통 제조업 종사자들은 더 많이 사라졌을 것이다. 얼마 전 겨울 코트를 사러 가산동 마리오아울렛에 가는 길에 지역을 둘러볼 수 있었다. 신산업 종사자들을 위한 상업시설이 늘어난 것에 비례해 옛 공장들이 허물어진 것을 목격하면서 보이지 않는 곳에서 일하는 구산업 종사자의 숫자도 더더욱 감소했을 것으로 짐작되었다. 용케 남아 있는 오래된 공장 건물들도 '뉴커머'new comer들을 위한 공간으로 바뀌었다. 대표적으로 구로디지털단지역 3번 출구 앞에 있던 방직공장은 신산업 종사자들의 소개팅 장소인 근사한 카페로 변신했다. 그러나 여전히 변하지 않은 곳도 있었다. 방직공장을 개조한 카페 인근에 있는 '공단홍탁'이라는 오래된 식당의 사장님은 식당명을 '디지털단지홍탁'으로 바꾸지 않고 이 지역이 구로공단이었음을 손님들에게 상기시켜준다.

구로디지털단지역 3번 출구 근처 방직공장은 회사원들의
소개팅 장소로 손색없는 근사한 카페로 바뀌었다. 2019년
11월 25일.
—
연세대 사회학과 김왕배 선생님을 통해 알게 된 식당
'공단홍탁'. 식당명은 이 지역이 구로공단이었음을 행인과
손님들에게 상기시켜준다. 2019년 11월 25일.

근로자 다르고 노동자 다르다

아파트형 공장의 통유리 안에서 다른 누군가에게 위화감을 느끼게 한 뉴커머들은 잘 지내는 걸까? 프로그래머가 직업인 내 국민학교 동네 친구도 신산업 종사자이다. 10년 넘게 구로디지털단지의 여러 회사들을 전전하면서 그의 명함에 박힌 회사명은 계속 변하는데, 야근과 주말 출근을 포함한 고강도의 노동 착취에 하루하루 아등바등 버티고 있는 현실은 전혀 변하지 않았다. 친구는 건설 중장비를 운전하는 아버지의 조언에 따라 중장비 면허증을 따야 할지를 10년째 고민하면서도 쉽사리 현재의 직업을 관두지 못하고 있다.

여기서 다시 '근로자'와 '노동자'의 의미와 관계가 떠오른다. 근로자는 타인에게 근로를 제공하고 그 대가로 임금을 받는 사람이다. 언뜻 노동자도 근로자의 역할을 한다는 점에서 동의어로 보일 수 있다. 그런데 한국 사회에서 이 두 단어는 동의어가 아니다. 무노조를 지향하는 기업에 근로자는 있지만, 노동자는 없다. 적어도 내가 생각하는, 그리고 많은 사람들이 공감하는 노동자의 정의는 자본주의 경제 시스템 안에서 고용주와 피고용주 간에 맺어진 임노동 계약관계 안에 위치한 자신을 인지하며, 고용주를 상대로 임금협상과 노동3권을 보장받기 위한 노동조합을 '상식적'으로 결성할 수 있는 주체다. 아 다르고 어 다르다. 근로자 다르고 노동자 다르다.

금천구에 위치한 구로공단 노동자생활체험관은 한국의 경제성장을 견인한 구로공단의 주역이 노동자임을 보여주며, 노동자들의 땀과 희생을 기억하고자 한다. 혹자는 이 체험관을 둘러보며 착취당하는 노동자들의 삶, 빼앗긴 노동3권은 지난 과거 역사의 한 페이지일 뿐이라고 생각할지 모른다. 수평적인 저층 공장이 수직적인 아파트형 고층 공장으로 바뀌고, 언제 여기가 노동 착취의 공장이었느냐는 듯 세련된 분위기의 카페와 음식점들이 생기면서 착취니 노동이니 하는 단어들은 더 이상 이 지역과 어울리지 않는 것으로 보인다. 하지만 내 프로그래머 친구가 체험관을 방문한다면 어떻게 생각할까? 아마도 "과거 같은 소리 하시네"라고 말할 것 같다. 노동자가 아니라 근로자로서의 삶에 안주하는 것은 과거 노동 억압의 시대보다 더 반동적이며, 더욱 세련된 형태의 국가-자본 주도의 노동 억압적 경제경관에 포섭되는 것이다. 후대에 2019년 통유리 속 신산업 종사자들을 1985년 동맹파업을 감행한 구산업 종사자들과 달리 '어항 속 물고기였다'라고 기록하고, 쪽방이 아닌 통유리가 들어간 '구로디지털단지 근로자생활체험관'을 세울지도 모른다.

170여 년 전 전 세계를 뒤흔든 마르크스와 엥겔스의 『공산당선언』의 마지막 구절인 "만국의 노동자여, 단결하라!"를 되새김질하기에는 오늘날 세상이 너무나 다양한 경계들(정규직과 비정규직, SKY와 나머지 대학들, 대졸과 고졸, 수도권과 지방, 구산업과 신산업, 남성과 여성, 선진국과 후진국 등)로 복잡하게 쪼개져 있다. 그들이 하나로 단결하는 것은 쉽지 않다. 하지만 적어도 그런 다양한 계층들의 차이를 인지하면서도 단결을 유도할 수 있는 정체성이 근로자가 아니라는 것은 안다. '근로자의 날'이 '노동자의 날'로 바뀌고, 노동과 노동자라는 말이 우리의 입에서 익숙하게 튀어나올 때 노동을 바라보는 한국 사회의 시각도 달라질 수 있다. 그러한 시각의 변화에서부터 새로운 형태의 노동운동을 배양할 수 있을 것이다.

3
대림동의 숨겨진 지명들
―바드고데스베르크, 바이로이트, 아디스아바바

하얀 가면을 쓴 황인종

독일 유학 시절 내 박사과정 지도교수는 진보 성향이었다. 그러나 그는 자신이 사는 도시에서 특정 민족이 몰려 있는 구역을 아무런 근거 없이 테러분자들의 소굴로 간주했다. 명백히 이론과 실천의 불일치였다. 단일 민족의 밀도가 높은 국가에서 시민들은 동일 민족 내부의 불평등, 부정의injustice, 민주주의 문제에는 민감하면서도 자국에 사는 소수민족을 향해서는 배타성을 노골적으로 또는 은연중에 드러내는 경우가 종종 있다. 먼 나라 이야기가 아니다. 한국도 여기서 자유롭지 않다. 나도 한때는 인종차별주의자였다.

20대 후반만 하더라도 나는 중국인을 비하하는 '짱깨'라는 비속어를 대수롭지 않게 썼다. 석사과정 시절 학부생들과 중국 답사를 갔을 때, 몇몇 학부생들이 길거리 곳곳에 풍기는 향신료 냄새를 맡고서 "대륙의 냄새"라고 말할 때도 잘못됐다는 것을 알면서도 제지하기보다는 피식 웃음으로 동조했다. 20대 초반에 박노자의 『하얀 가면의 제국』(한겨레출판, 2003)을 읽으면서 우리 안의 인종주의를 일컫는 '하얀 가면'의 문제점을 머리로는 이해했지만 일상에서는 다른 나라를 비하하는 말을 태연하게 사용하는 모순덩어리였다. 더구나 같은 황인종인 중국인에게 인종차별적 언어를 아무렇지 않게 쓰는, 그야말로 나는 복합적 모순덩어리였다.

어느새인가 서울 대림동은 중국에서 온 동포들이 많이 사는 동네가 되었다. 이제 중국인을 가리키는 '짱깨'를 그들에게도 확대 적용하면서, 영화와 드라마를 비롯한 각종 매체에서는 대림동을 '범죄도시'로 간주하기 시작했다. 3년 동안의 나의 외국 생활 경험은 유독 대림동을 돌이켜보게 한다.

대림동의 숨겨진 첫 번째 지명—바드고데스베르크

박찬욱 감독이 연출한 첫 TV드라마 《리틀 드러머 걸》(2018)의 1회 도입부를 보다가, 그동안 잊고 있던 독일의 익숙한 지명이 툭 튀어나왔다. 독일 분단 시절 서독의 수도였던 본Bonn의 바드고데스베르크Bad Godesberg였다. 드라마에서는 1979년 이곳에 위치한 이스라엘 대사관 관저 부근에서 팔레스타인 혁명군에 의한 폭탄테러가 발생한다(첩보소설을 각색한 이 드라마 속 테러사건은 허구다). 이 장면을 보면서 2012년 12월 10일 본 중앙역에서 시한폭탄이 발견된 사건이 떠올랐다. 다행히 점화장치가 없는 어설픈 폭탄이어서 인명 피해는 없었다. 사건 발생 직후 독일 경찰은 용의자로 소말리아 출신의 '극단'(당시 언론의 보도 문구) 이슬람 조직원들을 검거했다. 하지만 그들은 무혐의로 석방되었다.

당시 독일에 있던 나는 지도교수와 이 사건에 대해 이야기를 나누었다. 그런데 그가 바드고데스베르크를 테러분자들의 소굴인 양 말해서 나는 상당히 놀랐다. 지도교수는 나름대로 진보적인 학자였는데, 용의자가 검거되지 않은 상황에서 특정 지역을 그 사회에 동화되지 않는 이질적인 장소로 분리시키는 타자화他者化의 시선을 갖고 있는 게 당혹스러웠다. 중동인들이 밀집하면서 그곳이 이슬람 민족 경관을 이루고 있다는 사실에서 비롯된 인식이었다. 가게 간판들이 거의 아랍어로 쓰여 있고, 254쪽 사진에서 보듯이 심지어 서구인들에게 두려운 지명인 바그다드라는 이름의 식료품 가게까지 있다!

드라마의 배경이 된 바드고데스베르크가 어떤 역사를 담고 있는지는 모르지만, 특정 지역을 근거 없이 부정적이고 위험스러운 공간으로 규정하는 것은 특히나 권력과 공간 사이의 긴밀한 관계성을 밝혀내야 하는 지리학자들이 경계해야 할 점이다. 결국 용의자들이 검거되었는데, 핵심 인물은 이슬람으로 개종한 '하얀 피부'의 독일인이었다.

테러분자들의 소굴로 인식된 바드고데스베르크에는 다양한 인종과 민족이 살고 있다. 본-바드고데스베르크 지하철역 부근에는 중동 식당도 있고, 브라질 식당도 있고, 파키스탄 식당도 있고,

본 바드고데스베르크에 있는
'바그다드'라는 이름의 식료품 가게.
2015년 8월 27일.

레바논 식당도 있고, 아프가니스탄 식당도 있고, 독일 식당도 있다. 심지어 본 대학 근처 한인 식당에서 일하시던 아주머니가 독립해 문을 연 한국 음식점(식당 이름은 Kooki)도 있다! 그렇다. 이슬람주의보다 우리 안의 징글맞은 인종주의가 더 무섭다!!

대림동의 숨겨진 두 번째 지명—바이로이트

2012년 8월 독일에 유학 가서 살게 된 첫 번째 도시는 바이로이트Bayreuth였다(본은 지도교수가 학교를 옮기면서 따라간 도시이다). 바이로이트는 작곡가 리하르트 바그너의 고향이자, 매해 여름에 열리는 오페라 축제인 '바이로이트 바그너 페스티벌'로 유명한 작은 도시로 인구 7만 명(2015년 기준)이 산다. 한국의 맥주 마니아들에게 잘 알려진 마이셀의 생산공장도 바이로이트에 있다.

이곳에 도착하고 한 달 동안 나는 세 번의 인종차별을 정말 제대로 겪었다. 첫 번째는 아침에 마트까지 걸어가고 있는 도중에 경험했다. 50대로 보이는 중년 남성이 자전거를 타고 내 옆을 지나가면서 인종차별적인 한마디를 던지고 유유히 지나친 것이었다. 그의 눈에 나는 'Indian fuck'이었다. 시리아 난민이 유입되기 전에는 바이로이트 같은 독일 소도시에서 흑인이나 동양인은 드물었고, 그나마 있다면 나와 같은 유학생이었다. 시내에 나가면 대도시에서 경험하지 못한, 하얀 피부의 독일 사람들의 시선이 아주 잠깐이지만 강렬하게 몰려드는 것을 느낄 수 있었다. 내게 욕을 날린 독일인은 자기와 얼굴색이 다른 내가 인도 사람인지 한국 사람인지도 구분하지 못할 정도로 '덜' 세계화된 사람이었다.

자전거를 탄 그가 멀찍이 달아났음에도 모욕감으로 흥분한 나머지 그에게 던질 돌멩이 하나 없다는 사실을 알면서도 한동안 주위를 두리번거리며 분을 삭였다.

며칠 후 낮에 마트에서 장을 보고 기숙사로 돌아가던 길이었다. 프라이드 기종과 유사한 낡은 파란 자동차를 타고 가던 펑크 스타일 복장의 젊은 독일 친구들이 맞은편에서 오는 나를 발견했다. 역시나 예감은 싸했다. 잠시 후 그 자동차는 굳이 유턴을 해서는 바로 내 옆을 지나갔다. 그때 조수석에 앉은 펑크머리 여자가 나를 향해 가운뎃손가락을 세워 보였다. 그날 이후 위축된 나는 일주일 정도 학교 밖으로 나가지 않았다.

그렇게 기숙사와 학교 연구실만 왔다 갔다 하던 어느 날 기숙사에서 저녁을 먹고 연구실로 가는 길이었다. 연구실은 살짝 언덕 위에 있었는데 자전거 두 대가 내려왔다. 자전거를 탄 남자아이들은 고등학교 1학년 정도의 앳된 얼굴이었다. 이 두 녀석은 앞서 중년 남자의 자전거 타기 기술과 펑크머리 여자의 손가락 올리기 기술을 결합한 융합기술을 내게 선보이고 쏜살같이 튀었다.

이번엔 돌멩이가 주변에 있었다. 하지만 나는 던지지 못했다. 아마 첫 번째와 두 번째 현장에 돌멩이가 있었더라도 나는 던지지 못했을 것이다. 독일에서 박사학위를 받으려면 전과가 없음을 증명하는 범죄경력증명서를 제출해야 한다. 외국인 유학생은 그 사회의 약자이기에 귀국할 때까지 조용히 지내야 한다고 생각했고, 나는 그렇게 했다.

대림동의 숨겨진 세 번째 지명—아디스아바바

2015년 7월 에티오피아의 수도 아디스아바바를 방문했다. 아프리카 국가들이 한국의 경제성장 모델을 수입하고자 하는 이유를 분석할 목적으로 독일인 지도교수, 에티오피아 동료와 함께 독일에서 아디스아바바를 갔다. 아직 아디스아바바를 방문한 학문적 목적(즉 논문 쓰기)은 달성하지 못하고 있지만, 보름 동안의 체류는 내 안의 인종주의를 발견하고 반성하는 계기가 되었다는 점에서 충분히 가치가 있었다.

1990년대 대기업 대우의 전문경영인이었던 김우중과 유사하게 에티오피아 대기업을 이끄는 '에티오피아 김우중'의 따님 생일 파티에 참석한 일화나 1970년대 한국의 경제기획원과 같은 정부기관을 방문해 자국의 경제성장을 위해 노력하는 눈빛이 초롱초롱한 에티오피아 연구자들과 토론한 일, 독일에서 함께 공부한 에티오피아 친구와 그의 아들과 함께 한국 음식점 '대장금'에서 금값인 치맥을 먹은 일 등 자잘한 일화들이 기억에 남아 있지만, 가장 압도적인 기억은 온통 흑인들로 가득한 거리를 걸으며 백인 몇 명과 황인종인 내가 그들 사회에서는 철저한 마이너임을 경험한 일이었다. 세상이 뒤집힌 기분이라고 해도 과언이 아니었다. 여기가 아프리카이니 흑인이 주류인 것은 당연하다고 생각할지 모르겠다. 그러나 역사적으로 인종차별의 피해자들이 주류인 사회에서 마이너가 된 경험은 지구상의 특정 지역(고작 제1세계나 동아시아)에 존재하는 인종주의가 얼마나 국지적 현상인지를 확인할 수 있었다는 점에서 짜릿한 성찰의 기회였다.

바드고데스베르크·바이로이트·아디스아바바의
숨겨진 지명, 대림동

3년 동안 서울을 떠나, 바드고데스베르크, 바이로이트, 아디스아바바에 체류하다가 서울에 돌아오니 이 세 도시의 숨겨진 지명이 대림동이었음을 깨달았다. 한 도시에서 함께 살아가는 이웃인데도 불구하고 바드고데스베르크가 테러분자들의 소굴로 낙인찍힌 것처럼 서울 시민들은 대림동을 범죄도시로 낙인찍고 있다. 아랍어 간판들이 즐비한 풍경을 보며 불안감을 느끼는 독일인들처럼 대림동에 걸려 있는 중국어 간판을 읽지 못하는 우리는 다른 것을 틀린 것으로 간주한다. 그런 오해들이 쌓여 타자화의 씨앗을 만드는 것은 아닐까? 바이로이트에서 겪었던 인종차별 세트는 내 생애를 통틀어 가장 기분 더러운 순간이었다. 그 더러운 기분을 느낀 내가 그동안 개념 없이 내뱉었던 '짱깨'라는 소리를 혹시 지나가던 중국인이나 중국 동포가 듣고서 내가 타국인 독일에서 참았듯이 그들도 타국인 한국에서 참았던 게 아닐까 하는 생각이 들어 낯이 뜨거워졌다.

민족, 국적, 인종과 상관없이 모두를 동등한 시민으로 대우하는 코스모폴리타니즘을 실현하기 위해 칸트의 책을 읽거나 머나먼 아디스아바바까지 직접 갈 필요는 없다. 2호선을 타고 대림역에 내리면 된다. 영화 《범죄도시》(2017)를 본 700만 명 가까운 관객 중에서 실제 대림동에 가본 사람이 몇이나 될까? 같은 서울 하늘 아래 살면서도 그동안 잘 만나지 못하고 익숙하지 않아서 오해와 편견이 쌓이고 그러다가 누군가를 타자로 만들었던 것은 아

대림동의 상징인 대림중앙시장. 시장 음식점에서 점심으로
마라탕을 먹었다. 2020년 2월 22일.

닐까?

며칠 전 TV를 보다가 한 중국 동포 아주머니가 "조선족이 아니라 중국 동포라고 불러주세요"라고 말한 것이 기억에 남는다. 중국 동포라고 부를 줄 아는 최소한의 예절을 갖추고 훠궈, 마라탕, 양꼬치가 '땡기는' 날 대림동에 가보는 건 어떨까? 대림동은 서울 시민들이 코스모폴리타니즘과 환대의 정치를 학습하고 실천할 수 있는 소중한 마주침의 공간이다.

4
노량진은
황달색

여기는 대한민국 공무원사관학교 노량진입니다

노량진을 떠올리면 노란색이 연상되는 것은 발음 때문만은 아니다. 20대 중반까지 노량진은 가본 적이 없고 전철로 지나치기만 하던 곳이었다. 서울의 서쪽에서 볼일을 보고 지하철 1호선을 타고 한강을 건너기 직전에 잠시 서는 노량진역 플랫폼에서 바깥을 바라보면 오래된 노란색 학원건물(노량진뿐만 아니라 오래전 도심에 지어진 대형 학원들은 대부분 노란색으로 칠해졌다)의 뒤태가 보였다. 건물 뒷모습을 보면서 건물 앞에 달린 입을 연상했는지 모르겠지만 "이번 역은 노량진, 노량진역입니다"라는 안내방송은 노란 건물의 입을 거치면서 "여기는 대한민국 공무원사관학교 노량진입니다"라고 말할 것 같았다. 다시 출발한 전철이 한강을 건너는데,

때마침 일몰 시간과 겹치면 왼쪽으로 더욱 샛노래진 63빌딩이 성큼 다가온다. 그러니 내게 노량진은 더 노랗게 인식될 수밖에 없었다.

음, 내가 어릴 적 가장 좋아한 색은 노란색이었다. 노란색이 들어간 크레파스, 색연필, 색종이, 개나리, 유치원 유니폼 그리고 꼬마자동차 붕붕이를 좋아했다. 그런데 노량진의 노란색은 내가 좋아하는 높은 채도의 산뜻한 노란색이 아니었다.

국민학교 미술시간에 수채화 그리기를 유난히 어려워했다. 물을 머금은 밝은색과 어두운 색이 서로 침범하지 않도록 그리고 싶었지만 번번이 농도 조절에 실패해 각각의 색들은 서로를 재빨리 껴안고 탁해지면서 내 의도와 상관없이 수채화가 아닌 수묵화로 장르가 바뀌곤 했다. 내 불안한 그림 실력처럼 누군가가 노량진을 캔버스에 그린다면 중심색인 노란색은 온전히 노랗게 빛나지 못하고, 주위의 다른 색들과 섞이며 탁한 노란색이 될 거라는 불안감이 든다. 이런 불안한 색깔이 무엇일지 굳이 찾는다면 노란색과 갈색을 섞은 황갈색에 가깝지만, 황갈색은 내가 바라보는 노량진의 이미지를 충분히 반영하지 못한다. 간이 나빠서 얼굴빛이 노랗게 되는 현상을 황달黃疸이라 부른다. 색상집에는 수록되지 않은 색이지만, 이름을 붙인다면 외적으로는 황갈색과 비슷하더라도 내적으로는 어딘가 불편한, 또는 불안한 상태를 반영한, 으음…… 황달색이라고 부르고자 한다! 노량진은 황달색이다.

1980년대부터 1990년대 중반까지의 고도성장이 멈추고, 1990년대 후반에 터진 외환위기를 기점으로 저성장이 고착화

되었다. 프롤로그에서 말했듯이 전람회와 브로콜리너마저의 〈졸업〉이라는 노래가 제목은 같지만 가사 내용은 정반대인 것처럼, IMF 이후 세대는 이전과 전혀 다른 환경을 맞이했다. 노동시장에서는 '비정규직'이라는 포지션이 새롭게 발명되었다. 브로콜리너마저의 덕원이 칭한 '이 미친 세상'의 다른 말인 '알바천국'이 도래하면서 젊은 세대들은 안정적인 직장을 찾기 위해 자신의 소신이나 전공, 적성, 꿈을 접어두고 노량진으로 몰려들었다. 누군가는 시민들의 안전하고 행복한 삶에 기여하겠다는 소신을 가지고 경찰관, 소방관, 교사, 7·9급 공무원을 목표로 그 꿈을 실현하기 위해 노량진을 찾아간다. 하지만 적지 않은 청춘들이 단지 마땅한 직업을 찾지 못해 끌려 들어왔다는 점에서 노량진은 한국 사회의 황달 증세가 극적으로 드러난 공간이다. 내가 이곳으로 발걸음을 하지 않았던 것도 이러한 답답함 또는 무거움과 마주하고 싶지 않았기 때문이다. 하지만 노량진과의 인연을 영영 피할 수는 없었다. 대학 4학년을 앞둔 겨울방학 때까지만 해도 소주 진로를 몇 병 마실까를 고민하던 나에게 두 번째 진로 고민이 찾아온 것이다(첫 번째는 첫 수능 이후의 진로 고민). 이제 스무 살 때처럼 염상섭의 『삼대』를 한가하게 읽고 있을 수만은 없었다.

나도 별수 없는 졸업반

사범대생이었으니 교사를 목표로 입학했지만, 20대 초중반을 학교에 붙어 있지 않고 밖에서 인터넷 논객으로 활동했다. 이미 만들어진 교과서의 지식을 학생들에게 효과적으로 전달하는 교수법을 고민하는 예비 교사가 되기보다는 논객 활동을 하면서 나만의 시각과 지식을 만들고, 이를 사회적으로 공론화하는 데 흥미를 느꼈다. 나중에 교생 실습을 하면서 다시 한 번 확인했지만, 하루에 여러 반을 돌면서 같은 내용을 반복적으로 전달하는 것은 도무지 적성에 맞지 않았다. 개인의 생각을 밝히는 것을 튀는 행동으로 간주하는 학교의 보수성도 '갑갑갑갑'했다. 당시 전교조 위원장이던 숙모가 참여정부를 상대로도 참교육 실현을 어려워하는 것을 목격하면서 교사가 내 적성에 맞는지, 그리고 이런 내가 학생들에게 참스승이 될 수 있을지 확신이 없었다. 그렇다고 배운 기술도 없고, 집이 부자인 것도 아니었다. 임용고시 이외에 어떤 길을 갈 수 있을지 막막했다. 이상과 현실 사이에서 나도 별수 없는 졸업반이었다.

그렇게 맞이한 2007년 12월, 3학년 겨울방학이 시작되자 다른 동기들과 함께 노량진 임용고시 학원에 등록했다. 그때 노량진역 밖을 처음 나가게 되었다. 노량진역을 나가면 바로 도로 건너편에 보이는 이데아 학원이 내가 다닐 곳이었다. 중학교에서 플라톤의 이데아 개념을 배우기 전에 서태지와아이들의 〈교실 이데아〉(1994년 3집 수록)로 선행학습을 했던 터라 이런 용어가 있다는 사실 정도는 알고 있었다. 하지만 역시나 수능 대비 암기의 대상이었던 이데아는 비물질적·초월적 실재라는 의미답게 나의 뇌에는 좀처럼 안착하지 못하는 비물질적·초월적, 그러니까 쉽게 말해서 까다로운 단어였다. 더구나 학원 수강생들을 상대로 장사하는 학원이야말로 물질적·세속적 공간인데도, 이데아라는 이름을 버젓

이 붙인 이 모순의 공간에 들어가면 화장실과 달리 나올 때도 여전히 개운하지 않았다.

이데아의 사전적 의미와 상관없이 천국과 같은 긍정적인 의미에서 "이곳이 이데아구나!"라고 생각할 때도 있었다. 바로 추운 겨울날 밖에 나가지 않고, 학원 지하 식당에서 다양한 메뉴를 고를 때였다. 이건 오리엔탈 특급 칭찬이다! 지금도 그 식당의 메뉴들을 다 먹어보지 못한 것이 아쉬울 정도로 가격 대비 음식의 질이 좋았던 것으로 내 위장은 기억하고 있다. 그런데 순전히 먹는 즐거움만으로 학원에 다닐 수는 없지 않은가?

문제는 집중력! 학창시절에 MC스퀘어가 필요한 학생처럼 정말 집중이 안 되었다. 국민학생 때도 겪지 않았던, 수강생으로 가득한 콩나물 교실에서 종일 강의를 듣고 다음 날 학교 중앙도서관에서 예습과 복습을 하는 게 임용고시 준비생의 생활이었다. 하지만 내 시선은 책으로 향하지 않고 바다만큼 산만했다.

굳이 외재적 핑계를 들자면, 당시는 참여정부 후반기였고, 정부가 밀어붙이던 한미 FTA의 주요 쟁점 중 하나인 투자자-국가 직접소송제가 사회적 논란이 되고 있었다. 『한겨레』에 외교통상부 한미FTA 담당 관료가 기고한 투자자-국가 직접소송제를 옹호하는 칼럼을 하필 읽고 말았고, 가만히 넘어갈 수 없었던 나는 전공서를 잠시 덮고 반박하는 글을 『한겨레』에 기고했다. 그리고 "이제는 정말 공부에 집중할 때다!"라며 전공서를 다시 펼치려고 금석같이 마음먹었건만, 예상치 못한 상황이 전개되었다. 그 관료가 재반박하는 글을 투고한 것이다. 결국 나도 이에 대한 반박 글을 썼는데, 화불단행禍不單行이었다! 이 논쟁에 주목한 라디오 시사 프로그램에서 인터뷰 섭외가 들어오고 신문사에서 원고 청탁이 들어오면서, 1월이 스윽 지나가버렸다.

물론 외재적 핑계만 있지는 않았다. 교사직이 내 적성에 맞는지 확신하지 못하는 내재적 요인이 여전히 집중을 방해했다. 그때의 판단이 다행인지 불행인지는 모르겠지만, 결국 등록한 지 보름만에 학원비를 환불받았다. 당시로서는 교사 말고 다른 진로는 떠오르지 않았고, 일단 학원비를 환불받은 후 친구들과 소주 진로를 찾았다. 또 다른 진로는 찬찬히 고민하다가 그렇게 남은 겨울방학을 보냈다.

공시생이 사회를 논하는 것은 사치일까?

요즘 노량진 학원가를 소재로 삼은 르포 형식의 프로그램을 종종 TV에서 보게 된다. 심지어 '공시생'(공무원 입시 준비생)들의 이야기를 다룬 드라마(대표적으로 《혼술남녀》, 2016)까지 방영된 것을 보면 노량진이 한국 사회의 축소판이라는 사회적 공감대가 형성된 듯하다. 나를 두근두근하게 만드는 소설가 김애란도 노량진을 배경으로 한 「건너편」이라는 단편소설을 썼다.

주인공은 노량진 학원가에서 만나 연인이 된 도화와 이수다. 도화는 경찰공무원 시험을 준비하고, 이수는 7급 공무원을 준비 중이다. 도화는 시험에 합격해서 교통정보방송을 진행하고 있는데 비해, 이수는 몇 년째 시험에 떨어진다. 결국 도화는 "나는 네가 돈이 없어서, 공무원이 못 돼서, 전세금을 빼가서 너랑 헤어지려는 게 아니야"라며 "그냥 내 안에 있던 어떤 게 사라졌어. 그리고 그걸 되돌릴 수 있는 방법은 없는 거 같"(김애란, 「건너편」, 『바깥은 여름』, 문학동네, 2017, 115쪽)다고 말하고 이별을 통보한다. 어느 날 도화는 방송 대본을 읽다가 "이어서 노량진"이라는 문구에서 더 말을 잇지 못하고 잠시 머뭇거린다. 작가는 이 상황을 다음과 같이 풀었다.

> 도화는 노량진이라는 낱말을 발음한 순간 목울대에 묵직한 게 올라오는 걸 느꼈다. 단어 하나에 여러 기억이 섞여 뒤엉키는 걸 알았다. 서울시 동작구 노량진동 안에서 여러 번의 봄과 겨울을 난, 한 번도 제철을 만끽하지 못하고 시들어간 연인의 젊은 얼굴이 떠올랐다.
> —김애란, 「건너편」, 117쪽.

나는 김애란이 도화-이수 커플을 동정의 시선으로 과하게 바라보지 않고, 수묵화처럼 담담하고 차분하게 표현한 점이 현재의 노량진 풍경을 잘 드러냈다고 생각한다. 도화의 결별 통보를 '쿨'하게 받아들인 이수, 이수와 헤어지고서 어느 날 방송에서 '노량진'을 말하는 순간 "목울대에 묵직한 게 올라오는 걸 느"끼는 도화는 기존 대중매체에서 노량진 공시생들을 고립되어 있고, 취약하고, 우울하고, 수동적인 존재로 재현하는 것 이상의 개성과 감정이 있는 개인임을 보여준다.

그런데 내가 노량진을 황달색이라고 지칭할 때의 물든 시선은 「건너편」에 등장한 다양한 개인들이 말 그대로 다양하다는 사실을 드러내는 것에서 한 걸음 더 나아간다. 즉 개인들의 집합인 한 세대가 적성이나 꿈보다 오로지 안정된 직장을 구하기 위해 공시생의 길을 택하게 된 경직된 사회구조로 향한다. 도화가 느꼈던 '목울대에서 묵직하게 올라오는 것'은 전 남자친구 이수에 대한 개인적 감정이기도 하지만, 공무원이 되고서 돌이켜본 자신의 과거이자 현재의 노량진 공시생들을 향한 '사회적 감정'일 수도 있다. 김애란이 도화와 이수에 집중하여 노량진의 현실을 드러냈다면, 나는 사회과학자로서 두 명 이상이 만드는 사회적 감정에 주목하면서 노량진의 미래를 좀 더 이야기하고 싶다.

대중매체뿐 아니라 우리도 노량진 안의 공시생이 노량진 밖의 공무원이 되었을 때 그들이 치열한 경쟁을 뚫었다는 결과에 주목하지, 왜 그렇게 많은 사람들이 노량진에 몰리는가에 대해서는 질문하지 않는다. 여기서 우린 '국가는 왜 도화와 이수가 노량진에서 시들어가도록 만들었는가?'라고 질문할 수 있어야 한다. 우리 사회는 지금까지 국가를 추상적이고 특별한 존재로 간주하면서, 국가를 향해 '감히' 질문을 던질 수 없게 했다. 하지만 국가는 그렇게 추상적이지도 특별하지도 않다. 이데올로기에 포박된 우리 자신이 국가를 계속 그렇게 인식하게끔 한 부분도 적지 않다.

이러한 인식을 걷어내기 위해서는 노량진을 국가가 고안한 '예외공간'으로 접근할 필요가 있다. 국가는 정규직과 비정규직의 구분을 제도적으로 허가하고, 비정규직이더라도 자존감을 가지고 떳떳하게 사회구성원으로 살 수 있게 하는 복지제도를 시장경제와 경쟁력의 약화를 핑계로 등한시했다. 정규직과 비정규직 이전에 동일한 사회구성원인 사람들 간의 연대를 막는 전형적인 '분할 통치'divide and rule이다. 정규직/비정규직을 구분하는 분할 통치로 인해, 젊은 청년들이 정규직 '철밥통' 공무원이 되기 위해 노량진으로 몰려들고, 철밥통을 확보한 공시생, 아니 이제 공무원들은 굳이 국가가 만든 게임의 법칙을 문제 삼지 않는다. 공무원이 된 전직 공시생들은 여기서 던진 불편한 질문들에 답하는 것을 피하고자 다시 국가를 앞세우고, 자신은 국가 뒤에 숨은 채 국가를 추상적인 존재로 보이게끔 만드는 데 일조한다. 한국 사회의 황달색이 노량진까지 번진 것이다.

국가의 평범함

국가를 추상적, 전지전능한 존재로 바라보는 인식은 여기 한국만의 현상은 아니다. 그런데 최근 해외 학계에서는 국가를 추상적 구조로, 개인은 국가가 수립한 정책을 수동적으로 따르는 객체로 바라보는 데 회의적 시선을 보이고 있다. 이들 연구는 개인은 평범한 일상 속에서 국가와 무수히 연결되어 있으며, 개인은 그러한 연결성을 이용하여 국가를 변화시킬 수 있다는 국가의 '평범함'prosaic에 주목한다. 예컨대 우리의 일상과 직접적으로 관련된 동네 주민센터처럼 국가의 공간은 매우 구체적이고 일상적이다. 동네 주민센터, 구청, 시청, 도청 등의 국가기관 곳곳에서 일하는 상당수는 노량진 공시생 출신이다. 이들이 어떻게 움직이느냐에 따라서 국가는 변화할 수 있다. 사회 변화에 보수적 태도를 취하기 쉬운 '철밥통' 공무원보다는 공무원이 되기 이전의 공시생들이 머무는 노량진에서 보다 긍정적 변화의 희망을 모색할 수 있을 것이다.

나는 전략적 낭만주의를 기존의 '발전', '근대', '이성'으로부터 해방하는 데 필요한 감성과 상상력을 발휘할 수 있는 것으로 정의했다. 그간 한국 사회에서 발전, 근대, 이성의 이념은 국가와 매우 긴밀한 관계를 형성하면서 '발전국가', '근대국가', '국가이성'으로 발현되었다. 노량진 공시생들에게 국가에 대한 전략적 낭만주의의 접근은 자신들의 일상 공간에서 일어나는 국가와 관련된 사안들에 좀 더 구체적으로 관심을 갖는 것부터 시작된다. 예컨대 주머니가 가벼운 공시생들을 상대로 컵밥 같은 저렴한 음식을 판매하지만 구청과 용역깡패에 의해 언제든지 쫓겨날 수 있는 노점상인들, 간만에 소주에 회 한 접시를 먹으러 가는 노량진 수산시장에서 새 건물로 옮겨가지 않고 옛 건물에서 버티는 상인들은 국가가 정한 불법과 합법의 경계에 서 있는 취약한 존재들이다. 이러한 문제는 해당 구청에 발령받을 공시생들이 맞닥뜨릴 사안들이다.

얼마 전 노량진 고시촌 이야기를 드라마로 제작한 신입 조연출 피디가 스스로 생을 마감한 사건은 국가의 노동정책에 대해 묵직한 생각할 거리를 던진다. 임용고시를 준비하는 졸업반 시절의 내가 추상적으로만 보았던 외교부 관료와 논쟁을 벌인 것도 국가를 구체적 대상으로 만들고 일상의 의제와 연결시켜 국가 정책에 문제 제기를 한 작은 실천이었다. 공시생들이 잠시나마 이런 주제들을 서로 이야기할 수 있다면, 노량진에도 산뜻한 노란색이 물들 여백이 생기지 않을까?

국가 안과 밖에서 각자 변화를 향한 크고 작은 실천들이 쌓인다면, 우리 세대에만 국한되지 않는 세대를 가로지르는 공통의 목적(소위 더 나은 사회)을 위해 국가를 활용할 수 있을 것이다. 그러한 변화를 이끌 인재를 양성하는 노량진이라면 더 이상 노량진은 황달색이 아니다. 내가 좋아하는 노란색 목록에 꼬마자동차 붕붕 다음으로, 볼빨간사춘기 안지영의 노란 머리보다 먼저 노량진이 떠오르는 날이 오길 기대하며, 아직 고시촌에서 분투하는 친구에게 회 한 접시와 소주 한잔하자는 톡을 오랜만에 보낸다.

5
여의치 않은
여의도

생활세계와 제도정치의 간극

지리학자의 시선에서 여의도는 연굿거리가 많은 흥미로운 곳이다. 생각나는 대로 열거하자면, 민주화 전후 여의도광장(현재 여의도공원)의 공간성 변화(권위주의 정권 시기 대중 동원부터 예능 프로그램《무한도전》의 추격전까지), 2008년과 2016년 촛불집회를 계기로 논란이 된 국회의사당 100미터 이내 시위 금지 조항에 대한 위헌여부, 3대 공중파 방송국이 지역사회에 미친 영향, 아파트 단지와 학군 간의 관계, 노무현 정부 때 추진된 동북아 금융허브 전략 등이다.

인터넷 검색창에 여의도를 검색하면 단연 윤중로 벚꽃축제가 상위를 차지하지 않을까 싶다. 하지만 내가 벚꽃을 보기 위해 여의도에 간 것은 20대 후반이었고, 그전에 여의도에 가본 것은 스물한 살인 2002년 5월에 전국청소년과학경진대회 진행요원으로 아르바이트를 할 때였다. 내 임무는 한강고수부지에서 하루 종일 학생들이 날린 고무동력기가 하늘에 몇 초 동안 떠 있는지 시간을 재고 기록하는 일이었다. 여의도 하늘에 길어야 1분 남짓 머물다 땅으로 추락해 완전 분해되기 전까지 남은 생을 폐기물로 살아야 하는 고무동력기의 짧은 생애를 지켜보면서 한국과학문화재단이 개최한 이 행사는 과학과는 아무 관련이 없다고 나름의 과학적인 결론을 내렸다.

인간이 자연에 미치는 영향력(콘크리트, 핵물질, 플라스틱의 개발과 이산화탄소 배출 증가 등)이 커지면서 새로운 지질시대를 가리키는 용어인 인류세Anthropocene가 등장했다. 아직도 고무동력기 경연대회가 있을까 궁금해서 뉴스를 검색해보니 '고무동력기 독점자본'은 여전히 견고하다. 4차 혁명이 회자되는 오늘날, 언제까지 5월의 하늘에 고무동력기를 쓸데없이 날려야 할까? 먼 미래에 고무동력기 부품으로 구성된 유난히 두터운 플라스틱 지층을 발견한 후손들은 이 층의 시간을 과학의 달 5월이었노라고 정확히 추정할 듯싶다.

여의도를 검색하면 윤중로 벚꽃이 상위에 있을 줄은 알았지만, 우리 엄마와는 무관할 거라고 생각했다. 이 글을 쓰다가 거실에서 드라마를 보고 있는 엄마에게 여의도에 대한 추억이 있는지 여쭈었다. 옛날부터 엄마는 어딜 가는 것을 귀찮아해서 나는 아빠와 동생하고만 외출하곤 했다. 그래서 별 답변을 기대하지 않았는데, "네 아빠와 30번 버스 타고 벚꽃 보러 갔다"라는 뜻밖의 대답이 돌아왔다. 나의 엄마가 되어주기 이전의 그녀에 대해서 나는 아직 모르는 게 많다.

국민학생 때 현재의 광운대학교 동해문화예술관 자리에 30번 상신교통 버스회사가 있었다. 1973년, 서울에 상경한 20대 초반의 젊은 청년이자 미래의 내 아빠는 이 첫 직장에서 1990년대 후반까지 일하셨다. 아빠가 일하는 회사이니 엄마와 아빠는 기사에게 머쓱하게 눈인사를 하고는 여의도 가는 공짜 버스를 탔을 것이다.

가끔 국회에서 치러진 행사의 회식이 늦게 끝나면 광운대 앞을 지나는 261번을 탄다. 261번은 30번의 후신이다. 회사명도 버스 번호도 소유주도 회사의 위치도 바뀌었지만 261번을 타면 50원과 10원짜리 잔돈을 섞어 요란한 소리를 내거나 회수권을 애매하게 찢어서 (세 장짜리 회수권을 넉 장으로 절단하기) 버스비를 덜 내던 철부지 학생(심지어 아빠가 그 회사에서 월급을 받는데도 불구하고!)이었던 내가 떠오르고, 젊은 신혼부부였던 엄마와 아빠가 즐겁게 벚꽃 구경을 하고선 피곤한 몸으로 축 처진 채 버스를 타고 집으로 돌아오는 길이 상상된다.

이렇게 학자, 1일 아르바이트생, 자식으로서 여의도에 관한 기억이 몇 개 있지만, 그중 하나를 선택해 이야기를 풀어나가기에는 몇 퍼센트가 부족하다. 그래서 애당초 이 글은 쓸 생각이 없었다. 여의도는 아직 가보지 못한 63빌딩이 있는 섬 정도로 쓱 넘어가려 했다가, 한 사람의 죽음이 떠올라 여의도답게 정당정치에 대한 이야기를 쓰기로 마음먹었다.

2002년 제16대 대통령 선거를 앞두고 민주당 대선 후보를 선출하는 국민경선에서 승리한 노무현 후보를 당 후보로 인정하지 않는 희극에 가까운 비극(강준만 선생이 규정하길 '노무현 죽이기')이 벌어지자, 자칭 '지식소매상' 유시민은 "바리케이드 앞에 화염병을 들고 다시 서는 심정"으로 절필絶筆을 선언하고 현실정치의 길바닥으로 나왔다. 그의 절필은 역설적으로 노무현 죽이기에 분노하던 사람들이 인터넷 공간으로 몰려와 펜을 들게 했다. 『국민일보』기자였던 서영석이 만든 인터넷 공론장 사이트 '서프라이즈'는 순식간에 노풍의 인터넷 진앙지가 되었다. 서프라이즈 필진으로 서영석을 비롯해 변희재, 장신기, 공희준 등의 인터넷 논객들이 참여하고, 칼 폴라니의 『거대한 전환』을 번역한 홍기빈이 주목할 만한 글들을 종종 올렸으며, 산소학번 신입생 생활에 적응하기 바빴던 나도 가끔 주목을 덜 끄는 글을 올렸다.

'바보 노무현'을 대통령으로 만든 경험은 정권 교체를 이끈 한 표를 행사한 것에 그치지 않고, 인터넷 공간에서의 공론장 활성화와 젊은 층의 정치에 대한 관심을 높이는 계기가 되었다. 이 물결에 젖어들면서 스무 살의 나도 정당정치에 관심을 가지게 되었다. 참여정부가 이라크 파병 결정을 하면서부터는 참여정부보다는 왼쪽 깜빡이를 켠 '일하는 사람들의 희망'이 되고자 한 민주노동당(이하 민노당)에 눈길이 가기 시작했다. 인터넷 공간에서 민주당에게 서프라이즈가 있다면, 민노당에게는 진보누리가 있었고 '밤의 주필' 진중권이 필봉을 휘둘렀다. 파병뿐만 아니라 참여정부가 추진하는 경제, 노동정책에 대한 실망이 커지면서 정치적 입장은 친노에서 노무현에 대한 비판적 입장을 견지하는 '비노'로 기울었고, 서프라이즈보다는 진보누리를 더 자주 접속하게 되었다. 그러다 1990년대 후반 '인터넷 논객 사관학교'로 불리던 인터넷 신문 『대자보』의 이창은 편집장의 제안으로 『대자보』 필진으로 합류했다.

근거 있는 개폼

민노당 당사는 국회 앞 한양빌딩 4층에 있었고, 당의 싱크탱크인 진보정치연구소가 잘 굴러가서 당 기관지인 주간지 『진보정치』와 월간지 『이론과 실천』이 주기적으로 발행되었다. 나는 비록 당원은 아니었지만 『이론과 실천』에 청년세대의 정치적 보수화와 총선 전략을 주제로 두 편의 글을 기고했다. 자연스럽게 여의도에 대한 기억의 중심에는 민노당이 자리 잡게 되었다.

2003년 어느 날 국회에서 볼일을 마치고서 여의도역으로 가고 있었다. 여의도공원을 지나서 횡단보도를 건너는데 반대편에서 남루한 검정 트렌치코트를 입고 당당하게 걸어오는 사람이 있었다. 그는 당시 민노당 대변인이었다. 그 짧은 순간을 아직까지 기억하는 건 국회의원 금배지도 없는 주제에 코트를 바람에 휘날리며 국회 쪽으로 호방하게 걸어가는 폼이 멋있었기 때문이다. 그는 현재 전국 유치원 원장들에게 공공의 적이 된 더불어민주당 박용진 의원이다. 금배지도 없는 여의도 정치인으로부터 뿜어져 나온 근거 없는 개폼이 박용진 개인이 아니라 민노당 차원의 특권

사무총장
노 회 찬

(150-748) 서울시 영등포구 여의도동
14-31 한양빌딩 4층
TEL : 02-761-▪▪▪
FAX : 02-761-▪▪▪
H · P : 011-257-▪▪▪
http://www.kdlp.org
E-mail:mayday@labornews.co.kr

일하는 사람들의 희망
민주노동당

2003년 크리스마스이브, 민주노동당 사무총장 시절의
정치인 노회찬을 인터뷰하러 간 자리에서 그에게 받은
명함. 2003년의 크리스마스 선물은 그와의 만남과
이 명함이 아니었을까?

일지 모른다는 추정은 노회찬 의원을 만나면서 확신이 되었다.

2018년 7월 23일 정치1번지 여의도는 한국 정치의 여의주를 잃었다. 그날 이후 내 낡은 지갑에는 국회의원이 아닌 민주노동당 사무총장 노회찬의 명함이 들어 있다. 2003년 12월 24일 여의도 민노당 당사에서 받은 명함이었다. 사회생활을 하면서 수많은 명함들을 받고 버리지만, 이 명함은 20년 가까이 보관하고 있다. 그의 명함을 간직하고 있는 것은 그가 내게 어떤 이익을 주었거나 그가 유명 정치인이 될 것을 기대해서가 아니었다(그때 나는 고작 스물두 살이었다). 그를 만난 것은 『대자보』 기자인 김광선, 심재석 선배의 인터뷰 취재를 따라가서였다. 인터뷰 기사를 찾아 읽어보니 당시 노 의원의 관심사를 알 수 있다.

민주노동당은 매번 선거 때마다 '사표심리'라는 벽에 부딪혀 원내 진출이 좌절되곤 했다. 물론 지난 대선 때 사표심리가 있었을지 모르지만, 예전보다 굉장히 완화됐다고 보고 있다. 따라서 내년 총선에서 민주노동당은 "민주노동당에게 10표를 주면 10표만큼 세상이 바뀐다"고 주장하면서, 사표심리를 막기 위해 최선의 노력을 다할 것이다.

—김광선·심재석, 「총선에서 10석 이상 원내 진출하겠다」, 『대자보』, 2003년 12월 26일.

2003년 겨울 민노당은 2004년 총선에서 원내 진출하는 것을 지상과제로 삼았다. 그리고 결국 총선에서 10석을 거머쥐며 원내 진입에 성공했다. 노회찬 의원이 인터뷰에서 밝힌 목표는 '일단' 이루어졌다. 하지만 민주노동당의 후신인 정의당이 현재 원내 진 입을 했을지라도 의석 수가 부족하여 여전히 고전하고 있으며, 녹 색당과 같은 군소 진보정당은 국회의원 1명을 배출하고 있지 못 한 실정이다. 만일 노 의원이 지금 인터뷰를 한다면 "이제는 '고작' 10석이 아니라 '적어도' 100석을 거머쥐는 새 목표를 설정해야 한 다"고 발언했을 것이다.

노 의원의 명함에 적힌 이메일 주소는 민노당 서버가 아니라 『매일노동뉴스』 서버다. 발행인으로서 『매일노동뉴스』에 대한 그 의 애착을 확인할 수 있다. 그의 이메일 아이디는 노동절을 의미 하는 'mayday'이다. 인터뷰를 마무리 지으며 그는 "최선의 노력을 다해 노동자, 농민, 그리고 서민이 안정된 삶을 누릴 수 있도록 하 겠다"라고 말했다. 그의 육성을 직접 들으면서 그가 금배지를 단 흔한 정치인들에게서는 볼 수 없는 담대한 비전과 자신감으로 가 득 찬, 다른 말로 '근거 있는 개폼'을 잡았음을 알았고, 그날 이후 부터 그가 죽음에 이를 때까지 그의 동선을 좇았다.

봄, 사랑, 벚꽃 그리고 정치

정당정치에 신경 쓰기에 나의 세대 그리고 이후 세대는 더더 욱 바빠졌고, 이 세대의 정치세력화의 여건도 나빠졌다. 오늘날 의 우리는 아르바이트를 해야 하고, 비정규직에서 정규직이 되어 야 하기 때문에 2002년 유시민이 말한 것처럼 바리케이드를 치고 화염병을 들고 갈 짬조차 내기가 어렵다. 내가 20대 때 『이론과 실천』에 기고한 글에서도 지적했듯이 우리 세대의 정치적 보수화와 정치에 대한 무관심은 취업을 비롯한 우리 삶의 질을 떨어뜨린 정치경제적 구조에서 기인한다. 그리고 30대 후반이 된 지금, 상황은 더 악화되고 있다. 사실 박용진, 노회찬 의원의 개폼은 이런 시대를 살아가는 우리와 미래 세대들이 가져야 할 품성일지 모른다. 고장 나버린 구조를 고칠 수 있는 주체도, 그러한 구조의 영향을 받는 객체도 바로 우리이기 때문이다.

남편은 버스회사 정비사였고, 아내는 집안 살림을 맡았다. 평범한 신혼부부는 1970년대 후반까지 봄이 오면 이따금 버스를 타고 여의도 벚꽃을 보러 갔다. 하지만 두 아이를 낳고 맞이한 1980년대에 남편은 아침부터 저녁까지 강도 높은 노동을 버텨야 했고, 아내는 요즘과 같은 보육 시스템이 부재한 상황에서 두 아들을 힘겹게 키워야 했다. 20대 부부는 그나마 1년에 한 번 있는 벚꽃 구경도 잊은 채 살게 되었다. 원래 그렇게 살아야 하는 줄 알았을 것이다.

그로부터 40년이 지난 지금 우리의 삶은 어떠한가? 1년에 한 번 벚꽃을 보기 위해 여의도에 가지만, 40년 전의 그들처럼 다시 고단한 삶 속으로 돌아가야 하는 사람이 적지 않을 것이다. 그렇다면 우리가 안고 있는 삶의 의제들을 개진하고 개선하기 위해 봄, 사랑, 벚꽃 찾아 윤중제도 가고, 더불어 바로 옆 국회의사당도 들러보는 건 어떨까? 벚꽃축제 기간에는 국회의사당 잔디밭을 시민들에게 개방한다. 다른 날은 바빠서 시간 내기가 어렵다면 꽃구경 가는 날에 각자 혹은 모두의 정치적 의제들을 싸들고 잔디를 합법적으로 점유할 수 있지 않을까?

40년 전 신혼부부가 겪었던 삶처럼 잠깐의 불꽃 같은 꽃놀이로 현실의 고단함을 견뎌내기보다는 우리와 다음 세대의 삶이 곧 꽃이 되기 위해서 정당정치에 대한 관심과 참여라는 꽃망울부터 피워야 한다고, 나는 생각한다. 민노당 사무총장 노회찬의 '미래'를 이제 더는 좇을 수 없게 되었지만, 우리의 꽃망울 속에는 그의 미래가 오롯이 담겨 있다. 젊은 세대가 봄, 사랑, 벚꽃뿐 아니라 정당정치에 관심을 가져야 한다는 말이 어쩌다 꼰대의 잔소리 혹은 한가한 이야기와 동의어가 돼버렸지만, 이 책에서 이 주제를 한번은 다루고 싶었다. 다음 세대에서는 이 말이 꼰대의 잔소리가 아니라 삶의 필수조건과 동의어가 되기 위해서라도 말이다. 정치 1번지 여의도에 대한 글이지만 내 또래 국회의원이 거의 없는 현실에서 정치 얘기를 꺼내는 것이 여의치는 않다.

5장

강남은
대한민국이
꾸는 꿈
—
강남

1
강북의 거울,
강남

소비 특별시 강남

부르조아/ 무분별 사치 풍조와/ 자기 과시/ 그 집 자식/
쓰레기 물론 마찬가지/ 여러 가지 놀고 있지

때 많이 벗겨놓은/ 정말 고마운/ 부모 때 돈 착취/ 자
기만족 성취/ 하는 오렌지족…족/

좀 많이 벗겨 모은/ 정말 버거운/ 섹시한 몸매, 구매하
려는 싸그리 다타 야타족…족/

그 족속과의 차이/ 몇 푼 차이/ 가벼운 웃음/ 슬픔에
젖음/ 나 탈까? 나타족…족/

정말 너희들 행복하니?/ 생각하니?/ 프롤레타리아/

너희 카페테리아/ 에서 여피처럼/

　커피 마신/ 너희 자신/ 을 돌아보렴/ 이젠 내 연설을
수렴/

　불과 20년/ 과연?/ 예전 배밭/ 이젠 금밭/ H 백화점/
나쁜 점/ 과소비 일번지/

　느 동네/ 상전벽해/ 누구 통곡해/ 하지 않아/ But 굳
이/ 구찌/ 팔지/ 후다닥/ 프라다/

　누구 똥?/ 루이비똥 명품/ 너희 성품/ 에 비례하지 않
지?/ 그치?/

　인정하길 바래/ 그게/ 밝은 미래/ 새로운 유래/

　이젠/ 빈부 전쟁/ 종결/ 해결

　로데오거리/ 사치와 향락의 거리/ 정체성이 결여된 국
적 없는 국거리/ 너희만의 거리/

　라는 압구정동/ 구정물에서 빠져나와/ 정저지와/ 에
서 빠져나와/

　너의 야합/ 이젠 그만/ 사회 통합/ 의 기반 조합/

　—dchjt, 「소비 특별시」, 『The Bounce』 2001년 2월호, 40쪽.

　ISBN(국제표준도서번호)이 등록된 공식 간행물에 처음 쓴 글
을 20년 가까이 까맣게 잊고 살다가 이 책에서 강남을 쓸 차례가
되니 불현듯 떠올랐다. 구글에서 검색해도 글이 실린 잡지를 찾지

한국 최초의 힙합 전문 잡지 『The Bounce』의 2001년
2월호에 게재된 나의 랩 가사와 미국 힙합 뮤지션
스눕독의 사진을 실은 표지.

못하다가 서초구 국립중앙도서관에 소장되어 있다는 사실을 알고서 토요일 오후 7호선을 타고 고속터미널역에 내려 이곳을 처음 방문했다. 그전까지 내게 국립중앙도서관은 1972년생 정이현의 자전소설 「삼풍백화점」에서 대졸 실업자인 주인공이 "열람실에서 하루 한 통씩 이력서를 썼"(『오늘의 거짓말』, 문학과지성사, 2007, 56쪽)고, 맛없는 도서관 구내식당에서 빠져나와 마을버스를 타고 삼풍백화점 5층에 있는 식당에 가서 비빔냉면을 맛있게 먹던 1995년의 풍경으로 떠올랐다.

내 글이 실린 잡지는 1999년 가을부터 2002년 여름까지 YG엔터테인먼트의 전신인 양군기획에서 출간한 한국 최초의 힙합잡지 『The Bounce』(바운스)였다. 몇 월호에 실렸는지 기억이 안나서 여러 권을 대출하여 다른 글들도 살펴보았다. 그중에는 나중에 힙합 가수로 데뷔한 이들의 이름도 있었다. 글이 게재된 코너의 이름은 '나의 라임 연습장'이었고, 매달 한두 편의 랩 가사가 실렸다. 내 가사는 스눕독Snoop Dogg이 표지 모델로 나온 2001년 2월호에 실려 있었다. 당시에는 대부분의 래퍼들이 가명을 썼기에 나도 본명 대신 dchjt를 썼다. 이 가명은 지금도 나의 이메일 주소로 요긴하게 살아남았다.

첫 번째 수능을 보고 편의점 아르바이트를 시작하기 전인 12월 한 달 동안 저녁 7시에 가족과 저녁을 먹고, 8시에 MBC 일일드라마를 보고서는 재건축 전 우리 집에서 가장 작은 방의 가장 뜨거운 바닥에 엎드려 배를 지지면서 멍 때리는 날들을 반복했다. 그러던 어느 날 불현듯 머릿속에 떠오른 가사 내용과 사용할 라임을 정리하고, 몇 번 소리 내어 가사를 웅얼거리다가 한 번에 쭉 써내려간 생애 첫 랩 가사를 잡지사에 보냈다. 그런데 그게 덜컥 실렸다.

그때 쓴 가사의 제목이 '소비 특별시'라는 것은 기억했지만 내용은 잊고 있었다. 오랜만에 다시 읽어보니 "섹시한 몸매"와 같은 남성 중심적, 저렴한 표현들이 있어서 뜨악했다. 고등학교 3학년의 어휘 수준이 그러려니 넘어가주고, 가사의 핵심 의미를 살펴보자.

가사에서 나는 사회계층을 부르주아와 프롤레타리아로 나누는 이분법을 바탕으로 강북에 사는 나를 프롤레타리아로, 강남에 사는 사람들을 부르주아로 구분했다. 배밭이 금밭이 된 상전벽해의 과정은 졸부로 상징되는 천민자본주의의 성장이었고, 부를 축적한 결과로서 나타난 오렌지족, 야타족의 출현과 명품에 열광하는 행태를 비판했다. '소비 특별시'라는 제목은 명품 소비의 측면을 강조하려 했던 것 같은데, 차라리 강남특별시라고 제목을 바꾸었다면 서울에서, 아니 한국 사회에서 강남이 갖고 있는 위상을 더 잘 드러내지 않았을까 하는 아쉬움이 들었다.

가사는 강북에 사는 나의 위치를 도덕적 우위가 있는 것으로 전제하고 잘사는 강남을 비판하는 내용이었지만, 당시 강남에 대한 내 감정은 더 복잡했다. 최소한 세 가지 키워드가 떠오른다. 위화감, 위험, 그리고 따라 하기다.

위화감

내가 강남다운 장소로 기억하는 곳은 국민학교 5학년 때 여름방학 과제로 오페라 〈라보엠〉을 보러 엄마와 함께 갔던 예술의 전당이다. 강남의 핵심 지역은 아니었지만, 어린 나이에 본 예술의 전당의 근사한 외관과 어마어마한 규모는 강남이 내가 살고 있는 강북과 다르다는 인식을 심어주었다. 고등학생 때는 종로에서 구하기 힘든 수입 음반을 사러 압구정역 부근에 있는 상아레코드까지 종종 갔다. 언젠가 방송반 PD 후배와 거기에 간 김에 로데오거리도 가볼까 간을 보았지만, 결국 근처 중국집에서 후배에게 짜장면을 사주고는 가지 못했다. 가사에서는 로데오거리를 '사치와 향락의 거리', '너희만의 거리'라고 칭했지만 실제 가보지도 못하고 쓴 것이었다.

1990년대 오렌지족이 사라진 2000년대에도 갈 엄두를 내지 못하다가 결국 가긴 갔다. 로데오거리의 쇠락을 젠트리피케이션의 측면에서 보도한 기사를 읽고서야 이제 가도 되겠구나 안심하고 2017년 여름, 로데오거리의 한 음식점에 스윽 들어가 냉면 한 그릇을 먹었다. 냉면 맛은 강북과 차이가 없었다.

위험

1994년 9월 추석에 연쇄살인범 조직 지존파가 압구정 현대백화점 고객 명단을 갖고서 이들을 살해할 계획을 모의하다 검거되었다. 한 달 후인 10월에 성수대교가 무너졌다. 1995년 6월에는 삼풍백화점이 붕괴되어 전 국민이 온종일 TV로 생중계되는 현장을 지켜보았다. 정이현은 삼풍백화점 붕괴에 대해 "가슴 한쪽이 뻐근하게 저릴 때도 있고 그렇지 않을 때도 있다. 고향이 꼭, 간절히 그리운 장소만은 아닐 것이다. 그곳을 떠난 뒤에야 나는 글을 쓸 수 있게 되었다"(「삼풍백화점」, 『오늘의 거짓말』, 67쪽)라고 말하면서, 자신의 고향 강남에서 발생한 사회적 재난이 미친 심리적 고통을 예리하게 드러냈다. 당시 기적 같은 구출 장면을 보고 어린 나도 울컥했던 기억이 남아 있지만, 다른 한편으로는 1990년대 연달아 비극적 사건들이 발생하는 것을 보면서 강남은 위험이 도사리는 공간이라고 인지했다. 그리고 상대적으로 안전한 강북에서 산다는 사실에 안도했다.

따라 하기

1990년대 후반 강북의 남학생들은 교복바지를, 여학생들은 교복치마를 타이트하게 줄여 허벅지와 엉덩이를 억압하고, 이스트팩이나 잔스포츠 가방을 『드래곤볼』의 무천도사 할아버지가 메고 있는 거북이 등껍데기처럼 등에 바짝 붙이고 다녔다. 이른바 강북 스타일이었다. 거꾸로 나는 교복바지를 통이 넓은 힙합바지처럼 입고, 워커나 농구화를 신고, 가방끈은 늘렸다. 강북 안에서만 보자면 모두가 쫄쫄이일 때, 나는 헐렁이가 되어 나만의 스타일을 고집했던 것이다! 그러나 강남 문화를 "정체성이 결여된 국적 없는 국거리"라고 비난한 랩 가사와는 모순되게 사실은 강남의 교복 스타일을 따라 한 것이었다. 그때 자주 보았던 패션 잡지에서는 이대, 홍대, 신촌, 압구정 등 서울의 주요 거리에서 만난 일반인들의 패션 스타일을 소개하고, 그들의 사진을 싣는 코너가 있었다. 나는 가본 지역보다는 가보지 못한 압구정 로데오거리에서 촬영된 폴로 스타일로 깔끔하게 입거나 머리에 두건을 쓴 힙합 스타일의 형 누나들에게 눈이 갔고, 그들을 동경했다.

고등학생 때 생애 처음으로 정규 출판물에 쓴 글이 강남에 관한 것이었고, 십수 년 후에 공저한 두 권의 책이 『강남 만들기, 강남 따라 하기』(동녘, 2017)와 『대치동: 사교육 일번지』(서울역사박물관, 2018)였다는 사실에서 강남에 한 번도 살아보지 못했으면서 강남을 어지간히 의식한 강북 키드의 생애가 읽힌다.

학창시절에 느꼈던 강남에 대한 복잡한 감정을 한 줄로 정리하면, 강남을 향한 '증오와 사랑의 변증법 사이에서 줄타기를 하다'일 것이다. 강남은 천민자본주의의 소굴이자 위험한 공간이라고 생각하면서도, 교복부터 강남 문화를 따라 하고 싶은 마음과, 랩 가사에서 비난한 압구정동 로데오거리를 가고 싶어 하는 동경이 공존했다. 강남의 지역정체성이 온전히 강북에 영향을 미친 것은 아니지만, 거울처럼 비춰진 강남의 일부 혹은 왜곡된 모습이 강북의 지역정체성에 영향을 미쳤음을 몸소 경험한 당사자가 바로 나였다. 그 덕분에 『강남 만들기, 강남 따라 하기』에서 사람들이 평소 강남을 비난하면서도 그곳에 살고 싶은 욕망이 꿈틀거리고, 자신이 사는 도시에서 '대구의 강남', '부산의 강남'이라고 부르는 '강남 따라 하기'의 메커니즘을 포착할 수 있었다.

이처럼 정이현과는 다른 의미에서 내게 강남이라는 "고향이 꼭, 간절히 그리운 장소"만은 아니었다. 비록 강북의 장소들만큼 많은 곳은 아니지만, 내 고향 서울의 하늘을 공유하는 강남의 몇 몇 장소에는 추억과 기억이 남아 있어 그 이야기들마저도 공유하 려 한다.

2
88강남올림픽

서울올림픽은 열리지 않았다

88서울올림픽이 열렸을 때 나는 일곱 살이었다. 서울올림픽은 다양한 스펙터클을 보여주었다. 무엇보다도 귀여운 호돌이, 계속 보면 어지러운 나선형의 올림픽 엠블럼, 굴렁쇠 소년, 성화 봉송, 거대한 경기장 그리고 '종합 4위'라는 순위가 떠오른다. 일곱 살짜리가 소련, 동독, 미국에 이어 한국이 4위를 했다는 사실에 뿌듯해했다는 것은 군사쿠데타로 집권한 전두환 정권이 스포츠 국가주의에 기름칠과 펌프질을 성공적으로 했음을 반증한다. 이처럼 국민에게 각인된 여러 스펙터클들은 서울올림픽이 '서울'에서 개최되었다고 말하고 있다. 그런데 내가 경험한 두 개의 에피소드는 서울올림픽이 강남올림픽이었음을 새삼스레 일깨운다.

첫 번째 에피소드는 1988년 6월 잠실 올림픽주경기장에 직접 갔을 때다. 아직 올림픽 행사를 치르지 않은 깨끗한 경기장이었다. 어두운 복도를 지나 밝은 경기장 내부로 들어갈 때 나는 경기를 보러 가는 줄 알았다. 그런데 경기장에는 우리밖에 없었다. 나는 어리둥절해서 "아빠, 왜 아무도 없어?"라고 물었다. 누군가는 이런 질문을 일곱 살짜리가 정말 했겠느냐고 의심할지도 모르겠다. 하지만 서울올림픽 개최를 앞두고 TV에서는 하루 종일 올림픽 관련 프로그램이 방영되었고, 경기장 트랙은 선수들이 뛰기 위해 그어졌다는 사실 정도는 알았다. 그때 아빠가 뭐라고 대답했는지는 기억나지 않는다.

두 번째 에피소드는 으뜸유치원에서 있었던 일이다. 그리스 아테네에서 출발한 성화가 제주도에 도착해서 이후 거쳐 가는 도시들을 표시한 전국 지도가 벽에 붙어 있었다. 유치원 선생님은 아이들을 모아놓고 "오늘은 성화가 부산에 도착했단다", "오늘은 전주에 도착했대"라며 성화의 위치를 매일 알려주었고, 아이들이 그린 조악한 성화 그림을 지도에 붙였다. 지도 위에 표시된 도시들의 위치를 확인했던 경험은 미래 지리학자의 원초적 본능을 건드리며 짜릿한 기억으로 남았다. 한편 쓸데없는 걱정도 했는데, 아테네에서 제주도까지, 제주도에서 부산까지 활활 타오르는 불덩어리를 어떻게 옮겼을까 하는 것이었다. 성화가 비행기를 타고 온다는 설명을 들었을 때는 비행기에 불이 나지 않을까 걱정했다. 드디어 성화가 서울에 진입해 개막식 때 올림픽주경기장에서 점화되는 장면을 보고서야 비로소 안심했다.

1988년 6월 잠실 올핌픽주경기장에서 동생(오른쪽)을
껴안고 찍은 사진.

그런데 나는 성화가 점화된 개막식과 종합 4위를 했음을 알리는 폐막식만 생각나지 정작 올림픽 경기에 대한 기억은 없다. 제주, 부산, 광주, 전주, 속초, 의정부까지 성화가 전국 곳곳을 지나가던 장면은 드문드문 기억나지만, 정작 내가 살고 있는 서울에 성화가 들어온 이후는 세상에 남겨진 하나의 불꽃이 성화라면 그것마저 꺼진 것처럼 기억이 깜깜하다! 정말 서울에서 올림픽을 치렀던 걸까?

앞에서 나열했듯 올림픽의 스펙터클한 장면들을 지금도 기억하고 있다. 물론 그 후 미디어를 통해 일곱 살 때 놓쳤던 인상적인 경기 장면들을 볼 수 있었다. 여기서 초점은 올림픽이 진행되는 동안과 끝난 직후에 그 '중간'에 대한 기억이 없다는 점이다. 일곱 살이었으니 현란하거나 강렬한 스펙터클에 쉽게 주의가 쏠렸을 테고, 긴 경기를 시청하기에는 집중력이 부족했을 것이다. 일곱 살의 인지능력과 기억력, 집중력의 한계가 그 '중간'이 빈칸으로 남겨진 이유라고 하기에는 뭔가 설명이 부족하다.

1988년에 개최한 올림픽의 공식 명칭은 서울올림픽이고, 전국을 순회한 성화는 최종적으로 서울에 도착했다. 내가 살고 있는 강북도 서울인데 왜 나는 서울올림픽이라는 의문의 여지가 없는 사실에 쉽게 동의하지 못하는 걸까? 두 가지를 생각할 수 있다. 첫째, 서울에서 올림픽 경기가 열리지 않았다. 둘째, 내가 알고 있는 서울과는 '다른 서울'이 존재한다. 이러한 인지부조화 현상을 일곱 살의 엉뚱함으로만 치부할 수 있을까?

같은 하늘, 다른 서울

올림픽 경기가 한창일 때 못 갔던 이유를 추론해보자면, 지방에서 상경한 30대 젊은 부부였던 부모님은 국제 스포츠 경기뿐만 아니라 국내 스포츠 경기도 관람한 경험이 없었다는 점, 올림픽 경기가 치러지는 시간이 평일 낮이었다는 점, 그리고 강북이 아니라 강남 잠실에서 올림픽이 개최되면서 같은 서울이라도 우리 집에서 멀다는 점이 서로 맞물렸을 것이다. 강북과 강남을 비교하는 사회적·경제적·문화적 구별 짓기는 1990년대에 본격적으로 나타났으므로 1988년의 부모님은 아마도 강남에 위화감을 느꼈기 때문에 올림픽 경기에 우리를 데려가지 않았던 것은 아닐 것이다. 하지만 부모님을 따라 지하철 2호선을 타고 한강을 건너는 체험을 하며 나는 잠실이 내가 사는 동네와는 '같은 하늘 다른 서울'이라는 인식과 감각을 형성하기 시작했다.

중학생 때 친구들과 올림픽공원에 갔다. 당시 SBS에서 1박 2일 동안 진행하는 《기아체험 24시간》이라는 프로그램에 참여하기 위해서였다. 나는 친구들과 함께 두 번 참여했다. 24시간 동안 체조경기장 안에서 얼마 안 되는 기부금을 내고 배고픔의 고통을 함께 경험한다는 취지에도 공감했지만, 행사에 참여한 가장 큰 이유는 TV에서 보던 가수들을 직접 볼 수 있다는 것이었다. 행사 첫해에 첫 번째 출연한 가수는 엄정화였다. 요즘 말로 '걸크러시'였던 엄정화는 〈배반의 장미〉(1997)를 멋지게 불렀다. 3인조 남성그룹 솔리드는 〈끼리끼리〉(1997)를 불렀는데, 이 앨범은 정말 자기들 '끼리' '끼리끼리'해서 망했다고 친구들과 얘기했던 게 기억난다.

첫날 방송과 공연이 끝나고서 어떤 아이들은 자유시간이나 핫브레이크, 초코파이를 몰래 챙겨와 먹기도 했지만 대부분은 순순히 굶었다. 다음 날 마지막 초청 가수는 2인조 남성그룹 '아이돌'(그룹명이 정말 '아이돌'이다)이었고, 우리는 굶주림에 지쳐서인지 공연보다는 주최 측에서 나눠주는 소보로빵을 받는 데 더 혈안이 되었다.

우리에게 기아체험보다 더 중요한 행사는 올림픽주경기장에서 열리는 드림콘서트였다. 관람석에서 팬클럽은 오늘날 두 열강인 미국과 중국처럼 H.O.T와 젝스키스로 양분됐고, 다음으로 S.E.S와 핑클의 팬클럽이 선전했다. 그리고 그 사이에서 꿋꿋하게 응원하던 홍일점은 4인조 남성 아이돌 그룹 태사자의 팬클럽이었다. '태사자'라고 키보드를 두드리는 순간 "태사자 in the house!"라는 가사와 음정이 떠오른다. 드림콘서트에 대해서는 이미《응답하라 1997》에서 영상으로 충실히 재현했기 때문에 더 자세한 묘사는 생략하겠다.

1990년대 강북의 중학생이 지하철 2호선을 타고 한강을 건너 올림픽공원과 올림픽주경기장에 갔던 체험은 때마침 미디어에서 묘사되던 강남의 부유한 이미지와 자연스럽게 결합되면서 "강남이라서 이런 대규모 콘서트도 열리고, 올림픽도 열렸구나"라는 인식을 갖게 했다.

사실 어린 나의 '선先 강남 형성, 후後 올림픽 개최'라는 인식은 서울 도시계획의 역사를 살펴보면 착각이었음을 알 수 있다. 1970년 서울시는 한남대교와 연결되고 강남을 관통하는 경부고

속도로의 동쪽 지역(서쪽 지역은 영동1지구인 현재의 반포동, 서초동)을 개발하면서 영동2지구(압구정동, 논현동, 역삼동, 삼성동 등)와 잠실까지 개발지역에 포함시켰다. 흥미롭게도 1971년에 이미 서울시 관료는 잠실지구의 도시개발 과정에서 "올림픽도 개최할 수 있는 국제 규모의 종합경기장을 세운다"(『강남 만들기, 강남 따라 하기』, 244쪽 참조)라는 계획을 고려했다.

그러니까 새로운 강남의 일부가 될 잠실이 형성된 이후에 올림픽 같은 국제적인 행사가 개최된 것이 아니라, 1970년대 초반에 이미 개발계획에서부터 도시의 핵심 인프라로서 올림픽 개최를 위한 경기장의 건설이 포함되었던 것이다. 이러한 계획을 바탕으로 1970년대 후반과 1980년대에 올림픽이 준비되고 개최되는 과정을 통해 오늘날 강남의 일부로서 잠실의 물질적·상징적 토대가 확고해졌다.

2008년 가을, 언니네이발관이 내가 최고의 명작으로 손꼽는 5집 《가장 보통의 존재》를 발매한 지 얼마 안 되어 그랜드민트 페스티벌에서 공연을 했다. 그때 에두아르 마네의 작품이 연상되는, 올림픽공원 풀밭 위에서 남녀 몇 명이 앉아 노래를 흥얼거리며 유리 와인잔에 와인을 따라 마시는 장면을 보고는 촌스럽게 "역시 강남이네!"라고 생각했다. 일곱 살 때 형성된 '강남올림픽'이라는 인식의 자기장으로부터 여전히 자유롭지 못했던 것이다. 어쩌면 그들은 강남 사람이 아닐 수도 있는데 말이다. 은평구 불광동이나 우리 동네 월계동에서 온 음악 마니아였을지도 모른다!

한국 현대사에서 88서울올림픽은 전쟁으로 폐허가 되었다가

2008년 가을, 올림픽공원에서 열린 그랜드민트
페스티벌에 갔을 때 받은 출입증 목걸이. 목걸이에 새겨진
싸이월드 로고가 그때의 우리는 '과거'가 되었다고 말하는
거 같아 씁쓸하다. 그리고 이런 감정을 느끼는 것도
낯설다.

비약적으로 발전한 한국의 수도 서울에서 개최된, 군부정권의 취약한 정치적 정당성을 보완하려는 국가적 이벤트로 기록되어 있다. 하지만 유치원생이었던 나는 전국을 도는 올림픽 성화의 위치를 매일 체크하고 심지어 올림픽주경기장을 직접 방문했음에도 불구하고, 서울올림픽이 열리지 않았을 거라는 인지부조화를 겪었다. 시간이 흘러 1990년대와 2000년대를 지나서야 유년기의 내가 강북에 사는 동안 강남에서 올림픽이 열렸다는 사실에서 이러한 인지부조화가 연유했음을 깨달았다.

나만의 한국 현대사에서 88서울올림픽은 오늘날 전 국민이 욕망하는 궁극의 거주 공간이자 '같은 하늘, 다른 서울'로서 강남을 구별 짓기 시작한 도시 이벤트 '88강남올림픽'으로 기록되어 있다.

3
비非강남인을 위한 연극무대, 강남 고속버스터미널

서울이 꾸는 한 편의 악몽

고속버스터미널은 서울이라는 거대 도시가 꾸는 한 편의 악몽이었다. 목이 쉰 기독교 광신도와 푼돈에 몸을 파는 남창, 두 다리를 잃고 찬송가를 부르는 걸인과 어수룩한 상경객을 노리는 사기꾼, 구역 없는 창녀들과 가출한 십대들, 외계인의 도래를 믿는 신흥종교 교주와 호객꾼들, 소매치기들이 서로를 증오하며 살아가는 곳이다.

—김영하, 『너의 목소리가 들려』, 문학동네, 2012, 13~14쪽.

1990년대 강남에서 가장 강남 같지 않은 곳을 꼽으라면 단연 강남 고속버스터미널이 떠오른다. 소설가 김영하가 강남 고속버스터미널의 장소성을 '한 편의 악몽', '서로를 증오하며 살아가는 곳'이라고 묘사한 것과 달리, 그곳에서 불과 50미터 폭의 도로만 건너면 가로로 줄지어 세워진 반포쇼핑타운의 한 분식집에서 라면 한 그릇을 먹을 수 있고, 상가 뒤편의 한신아파트 단지로 걸어가면 강남 밖 사람들이 꿈꿔왔던 한 편의 '강남몽'인 중상류층 의식을 공유하며 살아가는 공간에 진입하게 된다.

1990년대 성북역(현재 광운대역)에서 지하철을 타고 가장 멀리까지 가본 역은 고속버스터미널역이었다. 설날이나 추석 때 부모님의 고향인 진주로 가는 고속버스를 타기 위해서였다. 부모님을 졸졸 따라 1호선을 타고 종로3가역에서 3호선으로 갈아타서 고속버스터미널역까지 갔다. 3호선 강북의 최남단 옥수역에서 3호선 강남의 최북단 압구정역으로 이동하면서 한강을 통과하는 잠깐 동안 한강변을 따라 건설된 압구정 현대아파트 단지를 살짝 엿보면, 이내 지하철은 강남의 지하로 빨려 들어갔다.

고속버스터미널역에 도착하기 전에 지나치는 압구정역, 신사역의 지명을 통해서 이곳이 강남의 영토임을 실감했다. 사실 강남 사람과 강북 사람의 패션이 크게 다른 것도 아닌데, 이들 역에서 승하차하는 사람들에게 나는 '강남 사람'에 대한 판타지를 덧씌웠다. 어려서부터 형성된 인식의 관성으로부터 자유롭지 않아서인지 아니면 지리학자로서의 직업병 때문인지는 몰라도, 지금도 지하철이 정차한 1분 남짓, 저 사람들은 압구정에서 어떤 일을 하는지, 어디서 사는지, 어디로 가는지가 궁금해진다. 고속버스터미널역에 내리면 외부로 나가지 않고 바로 터미널 내부로 들어갈 수 있어서 터미널 지상에 올라오더라도 지하철 안에 있는 기분이었다. 한강을 건너고, 강남의 주요 지명이 들어 있는 역들을 지나치고, 강남의 영토에 당도했지만 터미널 안은 여전히 강북 같았다.

요즘엔 보통 인터넷으로 예매하지만 1990년대는 명절 연휴 표를 예매하는 기간이 발표되면, 터미널로 직접 가서 표를 사는 방법밖엔 없었다. 그런데 아빠는 회사에 출근해야 해서 평일 낮에 표를 사러 갈 수가 없었다. 그래서 매번 당일에 표가 남아 있기만을 바라며 무작정 터미널로 향했다. 아직 지구력이 약한 어린 내게는 당연히 기이이이이인 시간을 소모하는 기이이이이이인 줄을 서는 게 벅차고 지루했고, 목을 빼는 기이이이이이이이다림의 끝에 하마터면 기이이이이이이이이이린이 될 뻔했다!

그땐 고속버스가 충분하지 않아서 버스 회사에서 전세 관광버스를 임시교통편으로 운영하기도 했다. 우리 가족도 어찌어찌해서 버스를 타긴 탔다. 지금은 흔들리는 버스에서 글을 읽어도 멀미를 하지 않지만 어렸을 때는 버스를 타면 가죽의자나 에어컨에서 나오는 '버스 냄새' 때문에 멀미를 했고 심하면 토하기까지 했다.

김영하가 아수라처럼 묘사한 고속버스터미널 앞 광장을 보게 되는 순간은 서울에 도착해 버스에서 내려 지하철역으로 갈 때였다. 광장의 풍경을 김영하처럼 세세하게 기억하진 못하지만 그가 나열한 사람들 중에서 기독교 광신도와 걸인이 기억나고, 그가 언급하지 않았지만 목탁을 두드리며 시주를 받는 스님도 있었다.

서울이 꾸는 한 편의 춘몽

30년 넘게 강남 고속버스터미널을 드나들면서 들었던 생각은 "고속버스터미널은 서울이라는 거대 도시가 꾸는 한 편의 악몽"이었다고 보는 김영하와는 차이가 있다. 그는 이곳을 현실로 보았지만, 내가 보기에 이곳은 비非강남인들을 위한 연극무대였다.

명절 때마다 강남 고속버스터미널에서 고속버스를 타고 고향을 다녀온 비강남인은 고향보다 잘사는 서울에 살고 있다는 자부심을 새삼 확인하게 된다. 서울로 돌아오는 버스에서 내려 터미널 앞 광장으로 나오면 목격하게 되는 김영하가 묘사한 '서로를 증오하며 살아가는 곳'은 비강남인들에게는 청량리역, 영등포역, 서울역에서도 익숙한 풍경이라서 여기 강남도 서울 다른 곳과 별 차이가 없는 똑같은 서울이라는 착각 혹은 상상에 빠지게 한다. 길 건너편 한신아파트 단지를 가면 그런 착각과 환상을 깰 수 있지만, 귀성 행렬에 지친 몸들은 도로 하나를 건널 여유도 없이 곧장 지하철역으로 향했다.

이렇게 강남 고속버스터미널 앞 광장은 강남도 비강남과 별반 다를 게 없다는 듯 기독교 광신도, 남창, 걸인, 사기꾼, 창녀, 가출 청소년, 신흥종교 교주, 호객꾼, 소매치기 배역을 맡은 명품 배우들이 귀성객을 위해 '한 편의 악몽'이란 제목의 작품을 열연하는 연극무대였다.

언제부터인가 예술의 전당은 '예당', 반포 카페 골목은 '까골', 강남 고속버스터미널은 '고터'로 줄여 부르기 시작했다. 고속버스터미널과 고터라는 신구新舊 단어는 같은 공간을 가리키지만 다른 분위기를 내포한다. 전국적인 버스 교통망이 연결된 고터에 접붙이기를 한 신세계백화점은 먹는 것부터 입는 것까지 전국적인 유행을 선도하는 출발점이다. 지하철 3호선뿐만 아니라 7호선, 9호선이 연결되면서 비강남과의 교통 접근성이 좋아지면서 고터 근처의 강남 주민들뿐만 아니라 비강남인들도 편하게 고터를 향유한다. 터미널 광장에서 열연했던 무대는 고터로 옮겨졌고, 그곳에서는 '악몽' 같은 연기가 아니라 기분 좋아지는 달달한 솜사탕 로맨틱 코미디 연기를 볼 수 있다. 강남과 비강남의 차이는 없다!

강남 고속버스터미널은 서울이라는 거대 도시가 꾸는 한 편의 춘몽春夢이다.

4
한 장의 사진 속을
다녀오다

하나의 프레임에 들어온 이질적 피사체 둘

오늘날 한국 사회의 불평등은 교육이나 직업 같은 개인적·개별적 요인보다 이러한 요인들을 감싸고 있는 계급에 근거한다는 사실이 '식상'을 뒤집어놓은 '상식'이 되었다. 최근에 벌어진 진보 성향 지식인의 장관 채용 과정에서 불거진 자녀교육 특혜 문제도 진보와 보수라는 분자 간의 차이보다는 계급이라는 분모로 꽉 묶이는 그들 간의 동질성을 뚜렷하게 드러냈다.

계급과 불평등 간의 긴밀한 관계를 아는 것이 상식이 된 사회이지만, 1997년 외환위기가 터지기 전만 하더라도 아직 우리 사회에는 발전과 성장 담론이 지배적이었고, 누구나 노력하면 성공할 수 있다는 공감대가 있었다(물론 이 사회의 불평등의 기원은 아래 소개한 신광영 선생의 책에서 분석하듯이 상류로 더 거슬러 올라간다).
이 때문에 프롤로그에서 말한 전람회의 〈졸업〉과 같은 가사가
1990년대에 나올 수 있었다. 하지만 외환위기가 지난 2000년대
는 노력이 아니라 '노오력'을 해도 성공은커녕 숨 쉬기조차 벅차
지면서 브로콜리너마저의 〈졸업〉에서는 이 세상이 "이 미친 세상"
으로 증오되고 있다.

2000년대 한국 사회의 불평등을 보여주는 대표적인 이미지
를 꼽으라면 한 장의 사진이 떠오른다. 바로 도곡동 타워팰리스와
개포동 구룡마을을 하나의 프레임에 담은 사진이다. 2000년대 사
회 불평등을 다룬 기사에서는 이 사진이 빠지지 않고 실렸다. 이
사진이 주목받은 것은 서로 이질적인 두 피사체가 처음으로 하나
의 프레임 안에 등장했기 때문이다. 그전까지 가난한 자의 공간
(낡은 주택)과 부유한 자의 공간(고급 아파트)은 각각 따로 촬영되어
서 가난한 자의 공간이 담긴 사진을 보더라도 부유한 자의 공간
이 직접적으로 연상되지는 않았다. 그러나 이 사진은 가난한 자의
공간이 만들어진 원인이 부유한 자의 공간과 관련되었음을 시각
적으로 보여주었다.

중앙대 사회학과 신광영 선생이 2004년에 펴낸 책『한국의
계급과 불평등』의 표지에도 이 사진이 실려 있다. 그는 한국 사회
의 자산계급과 무자산계급의 재산과 소득을 분석한 결과, 유일한
돈벌이 수단인 '제대로 된' 직업을 가진 무자산계급보다 직업이 없
는 금융, 부동산을 소유한 자산계급이 고수익을 얻고 있으며, 직
업이 있는 무자산계급에서는 다시 정규직과 비정규직 간 임금 격

차가 더욱 벌어지고 있음을 밝혔다. 출간된 지 20년이 다 되어가는 이 책이 한국 사회에서 '현대의 고전'이 된 이유는 학자가 아니어도 아는 식상한 상식을 각종 통계자료에 근거해 학자답게 꼼꼼하게 증명했다는 점에 있다.

2004년에 군인이었던 나는 백일휴가를 나와서 이 책을 구입했다. 당시 나는 이등병이었고, 월급 2만 5600원(2019년 현재 이등병 월급은 30만 6100원이다. 그나마 월급의 진보!)을 받으면 초코파이와 딸기파이, 야간경계를 마치고 전우들과 야식으로 컵라면과 함께 먹을 냉동식품을 사는 데 탕진했다. 백일휴가를 나왔을 때 제대 후 어떻게 먹고살지가 최대 고민이었던 나는 신광영 선생의 책에서 자산계급 분석 부분을 읽으면서 "바보야, 문제는 직업이 아니야!"라는 것을 쓸쓸히 깨닫고서 책을 덮어버렸다. 결국 짧은 휴가에 동기들과 술 먹을 시간도 부족했고, '북촌 방향'으로 걷느라 책은 다시 펼치지 못한 채 자대복귀했다.

그로부터 12여 년이 흐른 2017년 연초, 중앙대 사회학과 교수 채용에 지원해 공개강의를 하게 되었고, 그때 신광영 선생을 처음 대면했다. 면접시간은 길지 않았지만 국내 사회과학의 대표 석학이 새파란 후학의 문제의식과 연구 성과를 존중해주고, 진지한 문답을 주고받았던 시간은 지금도 따스한 기억으로 남아 있다.

그날 공개강의와 면접을 마치고 방전된 몸으로 귀가하자마자 뻗어버렸다. 다음 날 아침 눈을 뜨자마자 그 책의 후반부가 궁금해졌다. 후반부를 후다닥 읽고 나서야 비로소 구룡마을과 타워펠리스가 담긴 사진을 표지에 실은 이유를 짐작할 수 있었다. 그는 불평등을 단지 수치적으로 보여주려는 것이 아니라 실제 서울의 사례를 통해 공간적으로 밝히려는 것이었다.

> 서울은 그 자체가 계급적으로 분화되어 있고 공간적으로 분리되어 있는 불평등 사회이다. 더구나 서울시 내에서 계급과 공간의 결합 양상이 두드러져서 영세민 밀집지역이 사라지기는 했지만, 부유층이 밀집되어 있는 지역들이 형성되고 있어서 새로운 계급에 따른 공간 분리 현상이 나타나고 있다. 이러한 현상은 주택 가격이 비싼 지역에서 고가의 아파트들이 건설되면서 더욱 가속화되고 있다. 특정 지역의 주택 자산가치가 높아지면서, 이 지역으로의 진입장벽은 더욱 높아져서 계급 간 공간적 분리 현상이 더욱 촉진될 가능성이 있다.
>
> ─신광영, 『한국의 계급과 불평등』, 을유문화사, 2004, 196쪽.

진태 씨, 구룡마을로 바캉스 갑시다!

서울대 지리학과 박사과정에 재학 중인 다무라 후미노리 선생이 구룡마을 지역 조사 아르바이트를 하면서 마을 주민들과 친해졌다는 것은 익히 알고 있었다. 하지만 중앙대를 시작으로 당시 대학 채용에 지원 준비를 하느라 정신없던 나는 함께 갈 여유가 없었다. 그해 상반기에 여러 자리에 지원했지만 서류심사조차 넘지 못하고 연달아 떨어졌다. 연줄 끊어진 연처럼 방황하다 땅에 처박혀 지내던 나를 다시 하늘로 날려보낼 생각이었을까? 다무라는 마치 하루키의 『해변의 카프카』의 등장인물 중 한 명이 말했을 법한 말투로 "진태 씨, 구룡마을로 바캉스 갑시다!!"라고 권했다. 나이가 들면서 이런 예외적 상황을 환영하지 않게 되었지만, 하루키 소설의 도입부처럼 이유를 내세우지 않고 그를 따라나섰다.

2017년 8월 5일 12시경에 타워팰리스가 딱 붙어 있는 도곡역에 도착했다. 먼저 도착한 다무라와 그의 친구 하야시와 인사를 나눴다. 직업이 교사인 하야시는 평소 사회문제에 관심이 많았고, 마침 다무라를 보러 한국을 방문했다가 구룡마을에도 함께 오게되었다.

마을버스를 타고 정류장 몇 곳을 지나 구룡마을 입구에 도착했다. 마을 입구에 들어서자 이곳이 방금 지나온 타워팰리스가 있는 강남 한복판이라는 사실을 잊게 만드는 산골 마을 풍경이 펼쳐졌다. 다무라의 말처럼 정말 바캉스를 온 기분이 들었다. 그러나 곧 "임대보증금 유예! 목돈 없이도 화재로부터 안전한 주거로 이주 가능합니다"라는 서울주택공사가 걸어놓은 샛노란 현수막이 여기가 여전히 서울이라는 현실을 일깨워주었다.

구룡산도 식후경. 점심시간이라 배고팠다. 대모산과 구룡산 산자락에 걸쳐 있는 마을에는 등산객을 상대로 장사하는 식당들이 있었다. 우린 다무라가 제안한 삼계탕집에 갔지만, 시내 여느 핫한 맛집처럼 자리가 없어서 오르막길에 위치한 돼지고기 김치찌개 식당으로 갔다. 찌개는 맛있었고, 산으로 바캉스 왔으니 맥주도 한잔했다.

구룡마을 입구에 내걸린 현수막은 재개발을 둘러싼
갈등이 현재 진행형임을 환기한다. 2017년 8월 5일.

—

2000년대 일간지 사회면에 수없이 실렸던 구룡마을과
타워팰리스가 함께 있는 장면. 2017년 8월 5일.

식사를 마치고 밖으로 나오니 마을 너머로 타워팰리스가 보였다. 나도 찰칵 사진을 찍었다. 2000년대 신문 사회면에 실린 이 구도의 사진을 찍으러 수많은 사진기자들이 이곳을 찾아왔다. 그 사진들은 신광영 선생이 평했듯이 "서울은 그 자체가 계급적으로 분화되어 있고 공간적으로 분리되어 있는 불평등 사회"임을 환기시키고자 했을 것이다. 실제 지도를 보면, 타워팰리스와 구룡마을은 불과 1.4킬로미터밖에 떨어져 있지 않다. 걸어서 20분 정도 소요되는 지근거리다. 하지만 막상 구룡마을에서 타워팰리스를 바라보니 가까우면서도 멀게 느껴졌다. 한국 사회의 욕망과 갈증을 해소시켜줄 오아시스 같은 신기루가 누구에게나 문을 열어놓은 것처럼 대낮에도 반짝반짝 빛났다.

이리저리 동네를 휘젓다보니 주변 풍경도 익숙해지고, 슈퍼에서 시원한 하드를 사서 당분을 주입하고 나서야 우리는 비로소 여유를 부리며 잠시 미뤄두었던 재개발에 대한 이야기를 시작했다. 얼마 전 화재가 발생해 폐허가 된 곳과 곳곳에 붙은 화재 조심 현수막과 소화 장비들, 마을 입구에 상시 대기하는 소방차, 불이 번지기 쉬운 다닥다닥 붙어 있는 집들을 보고 나서 나는 개발 예정 지역에서 흔히 발생하는 보상 문제가 해결되고, 주민들이 이 위험한 공간에서 벗어나 하루빨리 안전한 곳으로 이주하면 좋겠다고 생각했다.

다무라와 알고 지내던 아주머니의 집을 방문한 우리는 냉커피를 얻어 마시고, 그 집 반려견의 환대를 받았다. 밖에서 보는 것과 달리 집 안은 깨끗하고 아기자기하게 꾸며져 있었다. 아주머니의 건강은 어떠신지, 시집간 딸은 잘 살고 있는지 등등 일상적인 이야기를 나누었다. 아주머니는 부엌에서 차를 준비하면서 집 안 촬영은 안 하면 좋겠다고 말했다. 당시 나는 고질적인 분석 본능으로 비록 잘 가꾼 집이지만 가난한 살림살이가 창피해서, 그리고 우리가 마을 주민들을 연구 대상으로 바라보는 것이 불편해서 그런 말을 했을 거라 '판단'했다.

이제 와서 생각하면 우리가 '오버'한 것이었다. 우리 집에 예상치 못한 손님, 게다가 처음 보는 사람도 있다면 나라도 촬영을 쉬이 허락하지 않았을 것이다. 집은 주거인의 사적 공간이기 때문이다. 애정을 갖고 가꾸어온 장소에 대해 외부인의 촬영을 금지하는 것은 주거인의 정당한 권리다.

언론에서 어쩌다 구룡마을을 보도하면 보상 문제라는 경제적 가치를 둘러싼 갈등만 부각시킨다. 그러다 화재라도 발생하면 위험한 공간으로 묘사한다. 다닥다닥 붙어 있는 집들은 불이 번지기에 좋은 조건일 뿐, 그런 연유로 이웃들이 사촌처럼 오순도순 지낼 수 있겠구나 하는 생각은 하지 못한다. 아주머니 집을 방문하기 전의 나처럼 말이다. 내가 마주쳤던 마을 주민들은 수십 년 동안 살아온 집에서 인간답게 거주할 권리를 누리고 싶어 했다. 그러나 언론은 그들의 목소리를 욕심이라며 외면한다. 심지어 명색이 도시 연구자인 나조차 그러한 언론 프레임에 편승하여 '안전한 곳으로 하루빨리 이주하면 좋겠다'라고만 생각하지 않았던가. 그래서 도시 연구자들은 연구실을 나와 실제로 사람들이 살아가는 현실을 이해하기 위한 '도시 바캉스'를 종종 할 필요가 있다!

터. 벅. ㅌ. ㅓ. ㅂ. ㅓ. ㄱ.

오후 4시 무렵, 하야시와는 먼 나중을, 다무라와는 가까운 맥주 타임을 기약하며 바캉스를 파했다. 저녁 약속 장소는 타워팰리스 부근이었다. 구룡마을도 그날이 처음이었지만 타워팰리스 근처에 가는 것도 처음이었다. 타워팰리스에 사는 학계 후배를 만나기로 했다. 후배는 비판적 문화지리학 이론을 바탕으로 한국에서 다문화주의를 둘러싼 갈등(특히 이슬람 식문화)에 관한 연구로 석사 논문을 썼다. 조금 늦었지만 졸업 축하도 하고, 내가 편저를 한 책『강남 만들기, 강남 따라 하기』도 전해줄 참이었다. 타워팰리스 건물 안에 있는 일본식 돈가스집에서 저녁을 먹고, 타워팰리스 근처 커피점에 갔다.

나는 그날 낮에 다녀온 구룡마을 이야기부터 꺼냈고, 자연스럽게 후배에게 구룡마을에 가본 적이 있느냐고 물었다. 내가 예상한 답은 "가본 적 없네요"였다. 그런데 전혀 뜻밖의 대답이 돌아왔다. 후배는 초등학생 때 연탄배달 봉사활동 등으로 종종 가본 적이 있다고 덤덤하게 답했다. 띠용. 사실 나의 선입견은 이번이 세 번째였다. 첫 번째는 저녁을 먹었던 돈가스집에서 음식 가격이 "타워팰리스 안에 있는데 의외로 저렴하네"라고 생각한 것이고, 두 번째는 차를 마시러 간 카페에서 "같은 프랜차이즈인데 왜 다른 지역보다 비싸지? 타워팰리스 근린효과neighborhood effect 때문인가?"라고 생각한 것이다. 이곳이 강남이라는, 특히 타워팰리스라는 사실 하나로 모든 것을 설명하려 했던 것이다. 물론 이런 1차원적 질문을 차마 입 밖에 내진 못했다. 만약 그랬다면 후배도 타워팰리스에 산다는 사실 하나로 자신이 규정되는 것이 불편했을 것이다. 이곳에서 사는 사람들도 나름의 사정이 있을 텐데 말이다.

성인이 되고서도 터벅터벅 발걸음으로 귀가할 때가 종종 있다. 국민학교 2, 3학년쯤이었나? 우리 집에 들어온 첫 번째 컴퓨터는 IBM에서 '286'이 나오기 전의 사양인 XT였다. 보글보글이나 페르시아의 왕자 게임을 하기 전 통과의례처럼 부팅을 해야 했는데, 그때 운영체제인 MS-DOS가 들어간 5.25인치 플로피디스크를 삼키고 내용을 읽느라 덜컥거리는 드라이브의 기계음이 터벅터벅 걸을 때의 내 발걸음과 리듬이 비슷했다. 터벅터벅 걸음은 대부분 나의 시답잖은 고민들 때문이었지만, 가끔은 진보적 학문을 연구하는 학자로서 현실을 어떻게 변화시킬 것인가라는 고민에 빠져 터벅터벅 걷기도 했다. 한 장의 사진 속을 다녀왔던 2017년 8월 5일의 귀갓길, 오랜만에 터. 벅. ㅌ. ㅓ. ㅂ. ㅓ. ㄱ. ㄱ. ㅓ. ㄹ. ㅇ. ㅓ. ㅆ. ㄷ. ㅏ.

2000년대 구룡마을과 타워팰리스를 나란히 비춘 사진은 한국 사회의 불평등을 적나라하게 보여주려는 의도를 담고 있다. 그 사진을 처음 보았던 20대 초반의 나도 이제는 고어古語가 되어버린 '천민자본주의'를 들먹이며 체제를 비판하고, 분노했다. 2010년대가 지나서도 사회적 불평등이 심화되고 있다는 점에서 천민자본주의는 아직은 현대어로 남아 있어야 할 것 같다. 한편 사진 속 장소를 실제로 가보니 체제 비판적인 시선에서는 미처 보지 못했던 지점도 발견할 수 있었다. 20대 초반의 나는 2000년대의 사진

속 구룡마을을 타워팰리스와 비교하면서 이곳은 불평등의 산 증거이자 사람이 살 만한 공간이 아니라고 인식했다. 그런데 사람이 살지 못할 것 같은 이 마을에서는 그로부터 십수 년이 흐른 지금까지도 사람들이 살고 있다.

고작 반나절 머물고 마을 주민들의 속내를 다 알 수는 없겠지만, 사람과 사람이 직접 만나면 물질적 가치로만 환원되지 않는 어떤 가치들을 소중히 하는지를 적어도 느낄 수는 있다. 사진을 보고 분노했던 과거의 나처럼 그 사진이 비춘 불평등을 해소하기 위한 사회적 합의와 제도적 변화를 고민해야 한다는 점에 여전히 나는 동의한다. 더불어 지금 당장 구룡마을이 사라지기보다는 냉커피를 내주신 아주머니처럼 마을에 머무르길 원하는 주민들의 의견을 존중해 마을이 마을답게 유지되도록 지원(화재 예방, 시설 개선 등)하는 것도 '진보'라고 생각한다. 사진을 찍었던 위치에서 바라본 구룡마을 자리에 타워팰리스와 같은 비싼 아파트가 들어서서 더 이상 타워팰리스가 보이지 않게 된다면 이는 '퇴보'다.

비강남의 반反이 아닌 서울의 반半으로

강남을 '비강남의 반反'으로 간주했던 강북 출신 연구자인 나는 강남 속에서 비강남의 정서 혹은 강남을 치장한 물질적 가치 이외에 다른 가치들(공유, 공동체, 호혜 등)을 발굴하는 것이 비강남과 강남 간의 거리, 타워팰리스와 구룡마을 간의 거리를 줄이기 위한 필수 과정이라고 생각한다. 그동안 서로를 '자신의 반反'으로 규정했던 강남과 비강남 사람들은 상대를 '서울의 반半'으로 인정하는 것에서부터 공존을 논할 수 있을 것이다.

　미래의 언젠가 "2017년 8월 5일에 구룡마을과 타워팰리스가 보이는 한 장의 사진 속을 다녀왔다"라고 회상할 때, 그날의 경험이 독특하고 특별했다기보다는 같은 서울 하늘 아래 누구나 보통의 삶을 누리는 게 너무나 당연하게 여겨지게 된 계기였길 바란다. 오늘의 귀갓길 발걸음은 덜 터벅거렸고, 조금 가벼웠다.

5장　강남

5
시네마오즈

20세기 말 할리우드 키드의 시네마 천국

1980년대의 '할리우드 키드'들은 광화문 프랑스문화원이나 남산 독일문화원을 찾아가 클래식 영화나 예술영화를 보았다. 1990년대 키드들은 동숭시네마테크를 순례했다. 하지만 그들 이후 세대인 나는 일찍이 영화의 맛에는 탐닉했으나 고등학생이 문화원을 직접 찾아가기에는 '야자'가 살벌하게 존재했고, 설령 야자를 째더라도 소중하게 확보한 시간은 친구들과 H.O.T나 젝스키스의 노래를 지르러 돈암동에 가거나 음반이나 책을 사러 종로에 가야 하는 바쁜 고등학생이었다. 더구나 우리 세대의 할리우드 키드는 수능 때문에 대학교 입학 이후에나 탄생할 터라(대학생이니 그들을 '할리우드 어덜트'라고 부르는 것이 더 적절한 표현이겠다), 고등학교에서 영화를 이야기할 수 있는 대화 상대는 대가뭄이었다. 그래도 가뭄에 콩 날 우연과 인연으로 방송반 동기 한 명이 영화에 관심이 있었고, 대화의 갈증을 해소할 수 있게 되었다(그 친구는 졸업 후 영화판에서 조명 스태프로 일하게 된다).

종로와 충무로의 상업영화관이나 동네 비디오 대여점에서는 클래식·예술영화를 접하는 것이 쉽지 않아 영화에 문외한인 고등학생 둘의 만남만으로 숨어 있는 영화들의 별자리를 찾는 것은 어려웠다. 그러다가 한 가지 대안이 떠올랐다. 한국의 『카이에 뒤 시네마』Cahiers du Cinéma(프랑스 영화평론가 앙드레 바쟁이 1947년에 창간한 영화 잡지)라고 칭하는 것이 아깝지 않은, 영화평론가 정성일이 주도한 『키노』(1995년 창간)를 '영화의 정석'으로 삼고, 한겨레신문에서 창간한 『씨네21』(1995년 창간)과 그 외 영화 잡지들을 과월호부터 거꾸로 읽어나가면서 우리가 어떤 영화들을 보고 싶은지를 파악하는 것이었다. 우리는 주로 음지의 경로와 가끔은 일요일 낮에 방영한 EBS '세계의 명화' 같은 양지를 통해 영화들을 섭취했다.

그러다 고등학교 2학년 때 강남구 논현동에 귀한 샘터가 있음을 알게 되었다. 바로 신사역 2번 출구 옆 건물 지하에 있는 시네마오즈였다. 클래식 영화 전문 상영관이라는 정체성을 커밍아웃하며 개관한 시네마오즈는 상업영화관과 차별화되는 외관과 분위기를 물씬 풍겼다. 극장 곳곳에 미술작품들이 전시되어 있었고, 영화《그랜드 부다페스트 호텔》(2014)의 미장센과 흡사한 인테리어가 기묘한 아우라를 내뿜었다. 그곳에 있으면 마치《오즈의 마법사》의 주인공 도로시가 되어 '시네마 천국'으로 빨려 들어갈 것만 같았다. 당시 나는 클래식 일본 영화에 빠져 있던 터라, 구로사와 아키라, 미조구치 겐지와 함께 일본의 3대 영화감독으로 꼽히는 오즈 야스지로(《동경 이야기》의 감독)의 이름도 염두에 둔 것이 아닐까 추측했지만, 수줍은 고등학생은 차마 극장 관계자에게 물어보지 못했다.

오즈를 알기 전에는 영화 상영 전에 당연히 광고를 봐야 하는 줄 알았다. 오즈에서 본 첫 영화는 1960년대 미국 히피문화를 다룬 《이지 라이더》(1969)로 기억하는데 영화 내용보다는 광고 없는 '직진 상영'에 첫 번째 충격을 받았다. 두 번째 충격은 영화가 끝나도 바로 자리를 뜨지 못하고 서툴게 만 김밥처럼 엔딩 크레딧이 줄줄줄 끝까지 풀릴 때까지 앉아 있어야 했던 것이다. 요즘 《어벤져스》 시리즈처럼 감질 나는 쿠키영상을 기다리는 것도 아니고, 《스타워즈》 시리즈처럼 마니아라면 의무적으로 착석해야 하는 것도 아닌 상황에서 10대 후반의 에너지 넘치고 산만했던 남자 고등학생들에게 그런 무의미한 기다림은 고역이었다. 다행히 유하 감독의 영화 《말죽거리 잔혹사》(2004)에 나오는 것과 같은 강도 높은 훈육까지는 아니지만 남고에서 받은 '알찬' 공교육 덕분에 남학생 둘은 기다림을 견딜 수 있었고, 클래식 영화관에서 요구하는 '품행'을 익힐 수 있었다.

돌이켜보면, 야자를 째고 한강을 넘어가 클래식·예술영화를 보고, 관람객에게 요구되는 품행을 습득한 경험을 강남 중산층의 도시문화를 흠모한 강북 고등학생의 추억으로 마무리하기에는

시네마오즈의 개관을 전하는 기사. 『매일경제』, 1998년
12월 10일.

—

시네마오즈 개봉 영화를 알리는 신문 광고. 『동아일보』,
1999년 4월 1일.

좀 더 생각해보아야 할 구석이 있다.

오즈 폐관의 의미

시네마오즈는 상업광고 없는 직진 상영을 통해 광고로부터 얻을 경제적 이익을 포기하고, 상업영화관에서는 볼 수 없는 영화들을 상영함으로써 관람객 수로 측정되는 '대중 흥행', 다른 말로 자본의 논리를 따르지 않고 소수가 보는 영화도 의미 있다는 영화의 다양성, 문화의 다양성을 지향했다. 여기서 오즈를 강남의 중심에서 반反자본주의를 외쳤다는 급진적 해석을 하고 싶진 않다. 여느 영화학 개론 수업의 초반부에서 언급하듯이, 영화는 태생적으로 '돈을 내고 본다'라는 산업 형태로 발전했다는 점에서 상업적 논리를 원천적으로 배제하기는 어렵다. 가령 우리에게 '영화산업'이란 용어가 익숙한 것은 우리 사회가 영화를 얼마나 경제 중심적으로 사고하는지를 보여준다. 하지만 신사역 사거리라는 공간과의 관계 속에서 오즈를 바라보면, 지역의 신진대사를 원활히 하기 위해서 자본의 논리만으로 충분한지는 의문이다. 이곳이 한국 자본주의의 심장인 강남이라 하더라도 말이다.

현재 신사역 사거리에는 한국을 넘어 아시아를 시장으로 삼는 대규모 성형외과 클러스터가 형성되어 있고, 조용한 주택가였던 가로수길은 이들 성형산업의 기술력을 확인하는 '런웨이'이자 상업 젠트리피케이션의 최전선이 되었다. 누군가에게는 사소할지 모르지만, 영화 시작 전 저렴하게 끼니를 해결했던 신사역 4번 출구의 KFC도 문을 닫았다! 오즈와 같은 전문 예술영화관은 아니지만 청담동 방향으로 도산대로를 걷다 보면 왼편엔 그랑프리극장, 오른편엔 브로드웨이극장, 시네마천국 등의 상업영화관을 볼 수 있었다. 영화의 다양성의 측면에서 보자면, 이들 소규모 극장들은 대기업형 멀티플렉스 극장들이 돈 되는 영화만을 개봉하는 상황에서 다양한 영화를 선택할 수 있는 관람객의 권리를 그나마 지켜주는 역할을 했다. 따라서 이 지역에서 이들 극장이 사라진 것은 대중문화 생태계의 다양성 감소로 이어졌다고 볼 수 있다. 또한 오래된 소규모 극장의 외관이 빚어낸 독특한 동네 풍경이 사라진 자리에 진부한 상업시설들이 들어서게 된 것은 지역 고유의 경관마저 실종되었음을 의미한다.

20년 전 신사역 사거리의 공간은 당시에도 대표적인 부의 공간이었지만, 오늘날에 이르러 자본의 논리는 이 공간에서 더욱 농밀해졌다. 그나마 남아 있던 문화적 다양성, 경관적 다양성이 설 자리는 사라졌다. 학계나 언론에서 거의 사어死語가 되어버린 '천민자본주의'는 지난 20년 동안 신사역 사거리의 장소성이 천박해졌음을 설명하는 데 여전히 유용하다. 클래식 영화에 대한 관심이 멀어진 2002년의 어느 날, 우연히 신사역을 지나다가 오즈가 아직 열려 있는 것을 보고 안도했지만, 상영작이 성룡의《택시도》(2002)였다는 점에서 안타까웠다. 하지만 한국 자본주의의 민낯을 보여주는 신사역 사거리에서 오즈의 선택은 변질, 타협이기보다는 생존을 위한 끈질긴 전투를 치르고 있는 것에 가까웠다. 4년 후 오즈는 문을 닫았다.

지금은 인터넷을 통해 클래식·예술영화를 손쉽게 다운받아

볼 수 있다. 구하기 어려운 영화가 아니라면, 굳이 시간을 들여 남산에 위치한 독일문화원이나 예술영화관까지 찾아갈 필요가 없다. 몇 번의 클릭만으로 1990년대 출간된 두터운 영화 잡지들에서 소개한 내용보다 풍부하고 신선한 정보들을 빠르게 접할 수있게 되었다. 잡지의 몰락이 비평의 몰락으로 이어짐에 따라 관객의 평점이 평론가의 평점보다 더 중요한 기준이 된 것은 문화적 진보로도 읽을 수 있다.

　이러한 기술적·문화적 진보와 멀티플렉스의 초토화 작전 속에서도 누군가는 광화문 씨네큐브, 이수역 아트나인, 서울아트시네마, 고려대 KU시네마트랩, 이화여대 아트하우스 모모 등의 '오즈의 아바타들'을 뚜벅뚜벅 찾고 있다. 2018년 초 이수역 아트나인은 스티븐 스필버그 감독, 메릴 스트립 주연에도 불구하고 멀티플렉스가 외면한 《더 포스트》를 상영했다. 《더 포스트》는 권력과 자본으로부터 언론의 비판적 목소리를 지키려는 『워싱턴 포스트』 기자들의 활약을 그려내고 있다. 사운社運이 걸린 워터게이트 폭로 기사가 담긴 신문을 윤전기에 돌릴 것인지를 고민하는 긴박한 상황에서 편집인 역을 맡은 톰 행크스는 다음과 같이 외친다. "Run it!"(돌려)

　오즈의 아바타들이여, 앞으로도 부디 run it!

6
이디야의 배신과
강남 따라 하지 않기

이디야 본점은 이디야가 아니다

2019년 4월의 어느 저녁에 학동역과 언주역 사이에 있는 강남구 논현동의 한 카페에 우연히 들렀다. 건물 앞 주차장에는 여기가 강남임을 보여주듯 포르쉐, BMW와 내 눈에는 기타 등등으로 보이는 이름 모를 외제차들이 즐비했고, 대리주차 직원도 있었다. 카페에 들어가려면 큰 철문을 열어야 하는데, 철문의 중간 부분에 1990년대 연예인들이 썼을 법한 동그란 안경테와 같은 모양의 유리창이 두 개 설치되어 있었고 유리창 너머 문 안쪽에 정장을 잘 차려입고 두 유리창을 자신의 안경처럼 종일 쓰고 있었을 문지기 직원이 친절히 문을 열어주었다. 카페 출구 오른편에는 거대한 로스팅 기계가 돌아가고, 안쪽으로 깊숙이 들어가면 왼편에는 크루아상과 바게트와 이름 모를 고급스러운 빵들이 진열되어 있었다. 1층 한복판에는 고급 목재로 만들어진 거대한 계산대에서 직원들이 주문을 받았다. 원형계단을 통해 2층에 올라가면 공연이 가능한 작은 무대가 있고, 다채로운 형태와 색깔의 액자, 의자, 테이블들이 고급스러운 분위기를 풍겼다.

이곳은 강남이고, 대리주차 직원과 문지기 직원까지 있는 프리미엄 카페이니 아메리카노 한 잔이 5000원인 것은 당연하다! 아니 오히려 저렴한 게 아닌가? 으음, 정말 당연할까? 아무리 강남이라도 당연하지 않은 카페가 있을 수 있다. 만약 이곳이 내가 사랑한, 내가 알고 있던 그 이디야Ediya Coffee라면 말이다!

나는 집 근처 광운대 이디야와 직장 근처 낙성대 이디야를 종종 이용했다. 가격 대비 나쁘지 않은 커피 맛(아메리카노 한 잔에 3200원!)과 스탬프 적립 혜택(열두 잔을 마시면 한 잔이 공짜!), 친절한 아르바이트생 그리고 저렴한 디자인의 테이블과 의자는 전국 어디에 위치하든 내게는 다 동일한 '동네 이디야'였다. 스타벅스는 보통 세 시간 작업 거리를 싸들고 가는 곳이라면, 이디야는 30분에서 한 시간 정도 가볍게 작업을 할 만한 곳이다. 그리고 약속한 친구가 "어디야?" 물으면 "이디야!"라고 편히 말할 수 있는 부담 없는 장소다. 이디야가 스타벅스 매장 근처에 입점해 손님을 빼앗는 무임승차를 한다는 조롱 섞인 보도가 나올 때도 나는 이를 '재치'로 해석해 옹호했다. 그랬던 나의 이디야가 배신을 때렸다.

무엇보다 본사 커피점은 이디야답지 않은 비싼 커피 값을 매긴 것부터가 이디야의 존재이유를 망각했다. '동네 이디야'의 콘셉

강남 이디야커피 본점을 방문할 때마다 외제차들이
즐비했고, 현관 앞에 있는 직원은 거대한 문을 친절히
열어주었다. 2019년 11월 11일.

트를 설계했을 본사가 위치한 매장에서 어떤 고급 커피 브랜드보다 더 강남을 따라 하고 있는 역설적인 상황을 목격하면서 가히 배신이란 말이 아깝지 않았다. 만약 내가 이디야 CEO라면 금싸라기 땅인 강남 한복판에 위치한 본사 이디야에서 더 좋은 커피 원두를 쓰더라도 가격은 다른 이디야 매장과 동일하게 책정함으로써 늘 편한 우리 동네 이디야의 정신을 추구했을 것이다. 더구나 커피 값도 비싼데 스탬프 적립도 안 되다니!

강남 따라 하지 않기와 새로운 도시성

2017년 『강남 만들기, 강남 따라 하기』가 출간된 후 지방자치단체가 출연한 연구기관에서 수행하는 "X도시에서 'X의 강남'은 어디인가?"를 찾는 연구용역회의에 자문위원으로 종종 참여했다. 한편으로는 학자로서 제시한 화두에 지자체 연구기관이 관심을 보이는 데 대해 보람을 느꼈지만, 다른 한편으로 한국 사회의 불편한 민낯이 전국 곳곳으로 퍼지기 시작했다는 경고음이라는 점에서 회의 장소로 가는 발걸음이 마냥 가볍지만은 않았다. 이들 기관에서 X의 강남을 찾는 방식은 내가 연구한 방식과 유사하게 행정구역상으로는 같은 도시지만 고급 아파트, 부동산 가격, 사교육 및 공교육 기관, 쾌적성, 문화시설, 계층의식 등의 요소가 다른 지역과 차별적이고 배타적으로 드러나는 공간을 탐색하는 것이었다.

자문회의의 내용은 어디든 비슷했다. '이 도시에서는 이곳이 X의 강남이다'라는 관계기관 소속의 연구자가 발표하면 이곳보다

저곳이 더 강남에 가깝지 않느냐며 참석자들 간에 설왕설래가 오간다. 끝으로 이 연구결과가 공개되면 지역 시민들 간에 위화감이 생길 수 있고, 더구나 도시정책을 연구하는 지자체 기관의 이름으로 발표하는 것이 정치적 부담이 될 수 있기 때문에 연구결과를 공개하느니 마느니 고민하다가 결론을 내리지 못하고, 저녁을 먹으러 간다.

그런데 얼마 전 참석한 자문회의는 강남을 강박적으로 따라 하려는 게 아니라, 강남이 보유한 거주민들의 삶의 질을 높여주는 요인들을 비강남 지역에도 확산시키려는, 즉 X의 비非강남의 '긍정적' 따라 하기의 가능성을 논했다는 점에서 인상적이었다. 연구원 원장은 'X의 강남'을 파악하는 것과 더불어 'X의 비강남'이 어디이고, X의 비강남이 처한 경제적·사회적·문화적·환경적 차별을 파악하자고 했다. 원장은 X의 강남의 긍정적 요인들을 X의 비강남에서도 누릴 수 있도록 그의 용어로 '상향 평준화'를 실현할 도시정책의 기초자료를 만들자고 제안했다.

사실 국내 도시정책가, 지자체 공무원들에게 관할 도시의 한 지역이 서울 강남과 같은 곳이라는 인식이 형성되면 이를 도시의 '발전'(즉 부동산 가격 상승)으로 여기며 반긴다. 반면 X의 강남을 제외한 X의 비강남에 대해서는 현상태 유지 내지 방치의 입장이 되기 십상이다. 이런 상황에서 도시정책을 비판하는 학술대회도 아니고, 지자체 기관 회의에서 상향 평준화라는 말이 나온 것은 이례적이었다.

언뜻 강남 따라 하기와 상향 평준화는 강남의 삶을 추구한다는 점에서 동일해 보일지 모른다. 그러나 좀 더 세밀히 따져보면, 지자체가 언급한 상향 평준화는 관할 지역 내 경제적·사회적·문화적·환경적 격차를 줄이려는 포용적 접근 혹은 '긍정적' 강남 따라 하기라고 한다면, 기존의 강남 따라 하기는 한 도시에서 특정 주민들이 다른 주민들과 스스로를 배타적으로 구별 지음으로써 도시의 포용성을 가로막는 접근법이다. 당연히 전자는 지향되어야 하고, 후자는 지양되어야 한다.

회의에는 지자체 공무원들도 참석했는데, 이들은 강남을 따라 하지 않는 다른 길을 제시하진 못해도 최소한 따라 하려는 속도라도 늦추어야 한다는 인식을 공유했다. 이처럼 정책가와 공무원들이 드러낸 미묘하게 변화된 도시에 대한 생각들을 목격하면서 어쩌면 물질주의 일변의 강남 따라 하기와는 다른 새로운 도시성urbanism을 추구하는 흐름이 조만간 정책에도 반영되지 않을까 하는 기대를 품고 서울로 돌아왔다.

참, 이디야 본사 카페를 방문했던 그날, 나는 매장 앞 왁스칠이 잘된 외제차 구경을 시작으로 문지기가 열어주는 '자동문', 고급스러운 내부 인테리어를 보며 "우아" 하고 연신 탄성을 터뜨렸고, 동네 이디야에서는 상상할 수 없는 풍경의 이디야에서 소개팅하는 직장인들 틈에 끼어 7500원짜리 라임 모히토를 홀짝였다. 나의 동네 이디야 그리고 학자로서 강남 따라 하기에 대한 문제의식을 배신한 것이다. 배신은 잠깐일 줄 알았다. 이후 몇 달 동안 동네 이디야를 가지 않고 있다. 강남 따라 하기에 대해 비판적인 연구자조차 강남 따라 하지 않기는 쉬운 일이 아니다.

에필로그

1

내 고향 서울 곳곳에 박혀 있는 기억들을 끄집어내는 작업은 《응답하라 1988》의 골목길 풍경마냥 낭만적이지만은 않았다. 달콤할 줄 알았던 지극히 개인적인 기억 속에서는 재개발, 젠트리피케이션, '몰카', 부의 양극화, 학생운동의 몰락과 같은 씁쓸한 맛들도 녹아 있었다. 프롤로그에서 밝혔듯이, 이 책은 '이 미친 세상'을 변혁시키려는 도화선이 아니라, 고향이 서울인 1980년대와 1990년대, 그 이후 태어난 세대들에게 우리가 잊었던 혹은 외면했던 기억들을 외부의 누군가가 아닌 스스로의 힘과 시각으로 나열하는 것부터 해보자는 제안에 가깝다. 아무래도 프롤로그에서 제안한 전략적 낭만주의를 선명하게 정의 내리기에 달랑 이 한 권만으로는 버거울 듯싶다. 이 제안에 공감하는 우리 세대를 포함한 다른 누군가의 기억들을 이 소규모 공론장에서 더 자주 마주쳤으면 좋겠다.

2

그해 1월 어느 깊은 겨울밤, 두 사람은 용산역 부근의 영화관을 나와 차가운 맥주나 따뜻한 사케 한 잔이 간절해 술집을 찾았다. 역 주변에서 마땅한 술집을 찾지 못한 둘은 택시를 타고 다른 곳으로 가려다가, 그래도 좋은 영화를 본 직후의 여운을 조금 더 간직하기 위해 근처에서 한잔하기로 했다.

"삼각지역 근처에 뭐가 있지 않을까?"라는 나의 확신이 덜 찬 제안에, 그는 "일단 가보자. 뭐라도 있지 않겠어?"라며 밝게 답했고, 일단 걸었다. 하지만 5분이 지났을까, 추위도 너무 추웠다. 용산역에서 숙대입구역 방향으로 걷다가 삼각지역 3번 출구를 발견하고 무작정 계단을 내려갔다. 지하도로 이동해 가급적 추위를 피해보자는 생각이었다. 그런데 삼각지역으로 가는 140미터가량의 '따뜻한' 지하도를 이용하려면 지하철 개찰구를 통과해야 했다. 건너편 1번 출구로 나가려고 하는데 문을 열어줄 수 있는지 역무원에게 물어볼까 고민하는 찰나, 그는 "이럴 때 쓰자고 우리가 지하철비 정도는 벌어놓은 거 아니냐?"라며 개찰구에 기꺼이 교통카드를 찍었다. 우리는 깔깔깔 웃으면서 당당하게 지하도를 통과했다. 이 책을 써야겠다는 생각의 씨앗은 몹시 추웠지만 마음만은 따뜻했던 바로 그 순간 발아했다. 그 겨울, 그를 통해 알게 되고 함께 흥얼거린 검정치마, 9와숫자들, 브로콜리너마저의 노래들 그리고 그와의 끊임없던 대화는 고스란히 이 책의 정서적 밑거름이 되었다. 장소의 기억은 이렇게 치명적이다.

> 내 사랑 서울엔 아직 눈이 와요
> 쌓여도 난 그대로 둘 거예요
> 쌓여도 난 그대로 둘 거예요
> ―검정치마, 〈내 고향 서울엔〉 중에서